戰魂歸位

逆命定三界

封神演義之哪吒新傳

代言 著

百年沉淪，磨去銳氣，卻磨不滅他的戰意。
當天地動盪，哪吒必將捨身一戰，誓護蒼生。

神力盡失、凡塵沉淪、宿敵歸來……
且看無雙戰神，如何捍衛三界之道！

目錄

第十六章　夢碎朝歌城……005
第十七章　敕封三界護法……017
第十八章　紫微宮驚變……033
第十九章　百年相思情……047
第二十章　蜀宮月冷霜寒……075
第二十一章　龍女復血仇……115
第二十二章　蔡國斬妖道……139
第二十三章　護曾國忠臣……159

第二十四章　妲己之怨……175
第二十五章　西方大鵬之戰……187
第二十六章　力戰牛魔王……205
第二十七章　通天歸三界……227
第二十八章　截教掌三界……237
第二十九章　哪吒悟道修行……247
第三十章　碧遊宮決戰……267

第十六章　夢碎朝歌城

朝歌城外，殺聲震天，烽煙四起。朝歌城內，周軍和商軍殘餘陷入混戰，相互廝殺，血流成河。百姓們如同熱鍋上的螞蟻，老老少少，或攜妻兒，往四面八方逃竄，哭聲、廝殺聲，震耳欲聾。到處是難民，有的蹲在城牆根下，有的蹲在破廟下，有的如同喪家之犬在大街上流浪，或被士兵斬殺，或被大馬踩死，哀嚎遍地。

宮牆之內，守城的士兵紛紛丟盔棄甲，棄城而去，有的士兵還在負隅頑抗，與周軍做最後的生死較量。王宮亂作一團，宮人開始在宮中搶劫，能搬的就搬，不能搬的就被他們毀掉或燒掉，很多宮殿的青銅和玉器被洗劫一空，多處宮殿成了廢墟或化成火海。

紂王正在顯慶殿裡喝爛酒，一樽接著一樽，神志恍惚，身著王袍，披頭散髮，幾近頹廢。

妲己火急火燎地來到紂王身邊，奪下他的酒樽，心急如焚道：「大王，快走吧，再不走就來不及了！姜子牙以楊戩和哪吒為先鋒，李靖為統帥，黃飛虎為副帥已經殺進宮城來了，要是再不走我們都走不了了！」

那妲己身穿白色狐裘，長髮及腰，皮膚雪白，閉月羞花，身材勻稱，雙肩似雪，乳溝清晰可見，妖豔無比，沒有一個男人能禁得住這般誘惑。

紂王奪過妲己手裡的酒樽接著喝了一口，苦笑道：「他們殺進來不是更好嗎？我死了妳不就得償所願，可以向女媧娘娘覆命了？」

妲己大吃一驚，問道：「大王，你說什麼？妾身不明白！」

紂王苦笑道：「別人說妳是狐狸精，寡人何嘗不知，寡人還知道妳是女媧娘娘派下來迷惑寡人的。所有人都說寡人是昏君，寡人心裡跟明鏡似的。但是寡人願意被妳魅惑，妳多美啊，就算為了妳去死，葬送這大商江山又如何，寡人願意！」

紂王伸出右手去摸了摸妲己的下巴，又吻了一下。

妲己深受感動，淚流滿面道：「大王，妲己的確是被女媧娘娘派下來的，但是妲己現在已經愛上了大王，別人不了解大王，大王所做的一切都是為了臣妾，如果大王不能活，臣妾也絕不苟活！」

紂王便向殿外喊道：「費仲、尤渾，這兩個狗東西跑哪裡去了？還不快點滾出來護駕！」

妲己道：「大王，費仲和尤渾早就跑了，如今這王宮裡沒有一個可用之人，他們把宮裡能用的能拿的都拿走了！」

紂王苦笑道：「寡人可悲啊，當了幾十年的天子，身邊連個親信都沒有。費仲和尤渾這兩個奸賊，平日裡盡給寡人講好聽的，把寡人泡在蜜罐裡，扮演忠臣，真的需要他們的時候，跑得比誰都快！寡人有眼無珠啊，輕信小人，活該亡國！」

妲己扶起紂王，準備帶紂王逃走。紂王推開妲己道：「妲己，寡人不逃。寡人當了亡國之君，丹青史書不會放過寡人，寡人無法面對大商的列祖列宗，如果寡人再逃就更加可恥。走，和寡人一起去看看寡人的酒池肉林。」

妲己攙扶著紂王便朝酒池肉林的方向走去。

商王宮裡的酒池特別大，足有半個足球場那麼大，隔著一里地就能聞到酒香。妲己陪同落魄的紂王來到酒池邊上，紂王趴在酒池邊上，隨手拿過擺在旁邊的酒樽，盛了一樽酒，並一飲而盡。酒池清澈見底，飲完酒，紂王又將頭伸了進去，用酒洗了個頭，紂王溼漉漉的頭髮上有酒不停地往池子裡滴灑。

他依稀看見了沒有心的王叔比干。紂王像得了失心瘋，亂了分寸，失了魂魄，一個勁兒朝酒池叩頭，恐懼道：「王叔，對不起，寡人該死，寡人不該為了取悅妲己挖你的心。寡人糊塗，但請你莫要怪罪妲己，不要找妲己報仇，她也是受女媧娘娘之命，下凡迷惑寡人的。王叔請放過我們，姪兒給你叩頭了！」

妲己往池裡看了看，連忙扶起紂王道：「大王，酒池裡沒有王叔啊。大王，比干王叔的死是妲己的錯，妲己會得到懲罰的！」

紂王偏偏倒倒地站了起來，面對一池美酒，和滿地的雞鴨魚肉，有些肉已經變質，腐爛，發出惡臭。

紂王冷笑道：「百姓餓殍遍野，寡人還在用酒洗澡沐浴，餐餐山珍海味，寡人活該淪為亡國之君，寡人是無顏面對祖宗的！世人都認為寡人是暴君，但世人如何知道一個人如果迷失在至尊之位是怎樣的感受！寡人寡人，孤家寡人，寡人的身邊都是像費仲和尤渾這樣的奸臣，寡人豈能明辨是非！」

妲己動了真情，面對紂王的真情流露，她心如刀絞，道：「大王，留得青山在，不怕沒柴燒，只要我們能活著出去，臣妾願意和大王做一對平凡夫妻，回到山間樹林裡蓋一間茅屋，陪著大王了此餘生。」

「這個想法很好，只可惜只有等下輩子了。」紂王萬念俱灰道。

妲己和紂王來到了炮烙刑柱前，當時情形歷歷在目。宮人們從紂王身邊經過，有些不長眼的宮人抱著青銅鼎撞倒了紂王，頭也沒有回繼續跑。妲己很生氣，紂王卻毫不在意。

紂王上前摸了摸炮烙柱，感慨道：「寡人手裡沾滿了多少血腥，枉殺了多少忠良，但寡人不後悔。寡人知道他們是忠臣，但是他們忠心的是百姓、是朝廷，從來沒有忠心過寡人。寡人身為天子想要什麼就要什麼，輪不到他們說三道四，他們總是告訴寡人這也不行那也不行，寡人豈能容他們！只可惜，是寡人一手毀了大商江山……」

就在紂王悲春傷秋的時候，楊戩和哪吒殺了過來，一路殺到紂王和妲己面前。王宮內屍橫遍野，鮮血染紅了雕欄玉砌。

妲己挺身護著紂王。楊戩問道：「你們就是昏君和妖妃？我今天就為姜王后和太子報仇，除了你這妖孽和昏君！」

哪吒打量了二人，調侃道：「怪不得能迷惑君王，果然妖豔啊！只可惜今日要命喪我兄弟二人之手！」

妲己道：「休要傷害大王，這一切都是我做的，要報仇衝我來！」

妲己隨手變出一撮狐狸毛，對著狐狸毛吹了一口氣。九尾狐的狐狸毛容易讓人產生幻覺，楊戩不小心吸入了狐狸毛，頓時生了幻覺。

楊戩的心結是他的母親，她的母親被壓桃山之下，不見天日，楊戩聽聞母親的慘叫。就在楊戩產生幻覺時，妲己一掌打過去，楊戩口吐鮮血，重傷在地，爬不起來。

而哪吒卻沒有任何反應。妲己吃驚道：「為何你沒事？」

哪吒大笑道：「法戒也是這麼死的。他用招魂旛，妳用狐狸毛，但是對我這個蓮花化身沒有用，我無魂無魄，百毒不侵，妲己、昏君，今日就是你們的死期！」

哪吒蹬風火輪、持火尖槍衝向妲己，妲己變出白霜劍與哪吒對戰，雙方大戰了數十個回合。妲己是修煉了千年的狐狸精，法力高強，哪吒也不占上風。雙方相互拆招，法力均發揮到了極致，驚天地泣鬼神，天崩地裂，劍氣翻滾，連天地都失了顏色。

就在哪吒和妲己打得不可開交的時候，九頭雉雞精、玉石琵琶精從天而降。二妖持寶劍與妲己一起圍攻哪吒，而楊戩正在一旁盤腿運功療傷。

妲己問二妖道：「你們怎麼來了？」

「我們三姐妹心靈相通，大姐有難，我們當然應該前往助陣。」玉石琵琶精道。

妲己欣慰道：「你們幫我護著大王，今日我們就和他們來個了斷！」

三人一起殺向哪吒。哪吒丟擲乾坤圈，連砸二妖，琵琶精和雉雞精當場倒地。

妲己震怒，丟下寶劍，眼冒紅光，一條狐狸尾巴有數丈高，又粗又長，那尾巴掃過的地方，立刻成了廢墟。九尾狐妲己的尾巴追著哪吒打，哪吒避之不及，中招，被打了數十公尺遠，從牆體滑了下來，站也站不起來。

哪吒大怒，道：「氣煞我也！」

哪吒變出三頭八臂，三顆頭向著三個方向噴出三昧真火，八隻手各執法器，陰陽劍、混天綾、火尖槍、九龍神火罩。哪吒的三昧真火追著妲己的尾巴燒，妲己恐懼，連連敗退。

直到妲己退無可退，哪吒用火尖槍，要取她性命；楊戩也調息好了，用三尖兩刃刀指著妲己，揚言也要取妲己性命。

紂王和二妖連忙跪在哪吒、楊戩面前求饒。

「寡人求你們了，放過妲己，要殺就殺寡人。江山都是你們的了，看在寡人做了幾十年天子的分上，放過她吧！」紂王跪在哪吒和楊戩面前苦苦哀求。

楊戩道：「你還好意思說你做了幾十年天子，你都為老百姓做了什麼？百姓恨不得拆你的骨，喝你的血！」

「都是寡人的錯……」紂王哀求道。

妲己苦笑，抬頭對上天喊道：「女媧娘娘，事到如今，您還不肯出來相見嗎？這一切都是女媧娘娘安排的，九尾狐只是聽命而已。妲己只是在山中安分修煉的狐妖，是您派我下來迷惑紂王的，現在大王和我深陷絕境，您難道不應該出來為我們說句公道話嗎？」

妲己怨氣沖天。女媧娘娘騎青鸞而來，左右有仙童數對，乘雲輦而來，有五彩祥雲相伴。

眾人見女媧娘娘，紛紛下跪拜應。

「九尾狐，妳的怨氣好大啊，出了事情全都往本座身上推。當初是本座讓妳等三妖下界迷惑紂王，這事不假，但本座讓妳殺伯邑考了嗎？讓妳殺死比干了嗎？聞太師不是也是妳間接害死的嗎？是妳使激將法讓他上陣，這些事情是本座讓妳做的嗎？妳垂涎伯邑考美色，伯邑考不從，於是慫恿紂王將其剁成肉醬，做成肉丸，讓姬昌吞下。那姬昌最擅長占卜之術，他豈能不知他吃的是自己兒子的肉？人家是在忍辱負重，藉機伐商啊！比干乃商朝忠臣，百年不遇，是妳變成菜農賣無心菜，這才害死他！本座今日下界就是看妳還有什麼好辯解的！」女媧娘娘義正詞嚴道。

妲己大笑道：「所以……娘娘……您打算怎麼處置我等？如果當年不是您差我下界，我等妖仙在山中自由自在，焉能有今日之禍！」

這時，雷震子闖了進來，雙手拎著兩顆人頭，還在滴血，一顆是費仲，一顆是尤渾。那雷震子興沖沖朝楊戩和哪吒喊道：「楊戩師兄……哪吒……你們在哪兒？我親手殺了這兩個奸臣！」

見眾人都跪在地上，雷震子抬頭一見是女媧娘娘，連忙放下人頭，跪拜道：「弟子雷震子拜見女媧娘娘！」

女媧娘娘對雷震子道：「雷震子，費仲和尤渾這兩個逆臣自有天收，自有命數，你不應該擅自將二人斬殺！」

一旁的紂王拍手稱快道：「奸賊死得好，只是死得這麼快難解寡人心頭之恨！我大商走到今天這步，此二人功勞不小啊！」

女媧娘娘見紂王如此囂張，用那拂塵一掃，將紂王打翻在地。紂王疼痛難忍，護住膝蓋，苦苦掙扎。

「你是天子，難道這所有的錯你都要推卸責任嗎？紂王，要不是當年你在女媧廟褻瀆神靈，又豈會有今日之禍，前後因果你可知道？」女媧娘娘震怒道。

妲己道：「娘娘，請您放過大王，我願意替大王去死！」

雉雞精和琵琶精爬到妲己身邊，異口同聲道：「姐姐不要啊……」

女媧娘娘道：「紂王必須死，他的死能換來大周八百年江山的安寧，也能安撫那些被他枉殺的忠臣家眷，還天下一個公道。」

哪吒轉身用火尖槍指著紂王，問道：「昏君，你想怎麼死？快說！」

紂王站起來，苦笑道：「寡人乃是天子，寡人自會自裁，無須爾等動手。寡人知道丹青史書不會放過寡人，大商的列祖列宗也不會原諒寡人，天下百姓也會怨恨寡人，寡人無顏再苟活於世，寡人就成全你們……」

紂王緩緩登上摘星樓。妲己痛徹心腑，面對女媧娘娘苦苦哀求道：「娘娘，大王並非昏庸，他所做的一切都是為了討好妲己，是妲己害他成了世人唾罵的昏君，妲己已經深深地愛上了這個男人，如果大王死了，妲己也不會苟活的。」

紂王剛登上摘星樓，忽來一陣怪風，隱約能聽見其內有人哭泣之聲，參差不齊；那惡鬼披頭散髮，赤身裸體，血腥惡臭，汙穢不堪。

紂王大驚失色，惶恐不已，嚇得變了形狀。那鬼魂扯住紂王衣襟，鬼聲鬼氣道：「還我命來……」

紂王又見到趙啟、梅伯，大罵道：「昏君，你的末日終於來了……」

紂王抖了抖衣襟，接著登摘星樓，覆上一層。那披頭散髮的姜王后，雙目正在流血，她扯住紂王的腿，大罵道：「昏君，你殺妻滅子，葬送社稷，有何面目面對九泉之下的先王。」

姜王后未走，又見黃娘娘，一身汙血，又扯住紂王，紂王受到驚嚇，從樓上摔了下來。

這時妲己趕到，將紂王扶了起來，痛心道：「大王，你怎麼了？」

紂王驚恐萬分，蜷縮成一團，道：「是姜王后向寡人索命來了，還有黃娘娘……」

妲己往四周望了望，道：「沒有人呀……」

紂王如同中了邪，撿起地上的青銅劍，朝四周圍亂砍，喊道：「來呀，你們來找寡人報仇啊，寡人就是自盡也不能被你們玩弄！」

妲己哭泣道：「大王，無論你是生是死，臣妾都陪著你！」

紂王苦笑，取下摘星樓上的燈籠，點燃了摘星樓上的窗戶布、布簾，大火瞬間竄上了房梁，熊熊燃燒。

紂王雙手杵著青銅劍，仰望星空，道：「寡人為了修建摘星樓，勞民傷財，害得很多人家破人亡，這些都是寡人的錯，比干王叔、姜王后、黃娘娘，所有被寡人害死的忠魂，寡人這就把命賠給你。」

紂王提劍插進了自己的肚子裡，鮮血迸流。殷郊突然衝了上來，撕心裂肺喊道：「父王……」他連忙衝過去扶起紂王。紂王奄奄一息地看著殷郊，道：「郊兒，你還活著，太好了，寡人對不起你，還有你的母親，寡人這就下去陪她……」

大火越燒越大，摘星樓搖搖欲墜，紂王忙道：「摘星樓快塌了，你們快走。」

妲己推開殷郊，摟著紂王，痛苦不堪道：「大王，臣妾說過，生生世世都不會離開你，臣妾與你一同赴死。」

妲己運氣，準備引爆體內的千年妖丹。妲己肚子裡的妖丹發出巨大光芒，如同烈火在燃燒，一脹一縮，眼看著就要爆炸，殷郊害怕，這才依依不捨地撤出了摘星樓。

殷郊從摘星樓飛了下去。摘星樓發生了爆炸，火光直逼天穹。

女媧娘娘搖了搖頭，面對眾人道：「此乃劫數。靈珠子、楊戩、雷震子，商朝已滅，你們功在千秋，你們收拾了商朝殘餘就回西岐，等待天庭敕封吧。」

女媧娘娘大袖一揮，收了琵琶精和雉雞精，道：「我讓二妖去我宮中打掃庭院，也好牽制她們。」

女媧娘娘轉身，騎青鸞，在仙童陪伴下消失在夜空。

第十七章　敕封三界護法

伐商大業完成，周天子姬發在都城鎬京分封諸侯，對王室成員、堯舜後人、大禹後人、商湯後人一一按公、侯、伯、子、男五等爵位封了諸侯，有八百諸侯國，天下安定，周武王大赦天下。

姜子牙當年奉師命下山助周伐商，如今大功告成，他需往崑崙山玉虛宮請旨封神。那日，他著玄色盛裝道袍前往崑崙山，崑崙十二金仙早已與元始天尊在宮裡等候。諸神與元始天尊一道打坐，白鶴童子引姜子牙來到元始天尊的碧遊床前，道：「稟道祖，姜師叔到了。」

姜子牙面對元始天尊拜道：「弟子拜見師尊。」

姜子牙又回頭分別面對十二金仙遙拜，道：「子牙見過諸位師兄。」

「子牙，伐商之事如何了？」元始天尊問道。

「師尊，商朝已亡，紂王已死。弟子今日上山，特向師尊請玉符、敕命，為陣亡的忠臣孝子，在戰爭中陣亡的修道者，早早封神，令其魂有所依。還望師尊大發慈悲，賜弟子《封神榜》早日完成封神大業，讓三界回歸秩序，諸神各司其職。」姜子牙迫切道。

元始天尊欣慰道：「商周之戰持續十幾年，生靈塗炭，我闡教弟子和截教弟子皆有死傷。本尊就賜你《封神榜》，亡靈封神必對子牙你感恩戴德，恩怨盡銷。你且拿去吧。」

元始天尊大手一揮，那金絲織成的封神榜就飛到了姜子牙的面前，姜子牙伸出雙手捧著。

十二金仙紛紛向姜子牙道賀。

姜子牙正要告辭，元始天尊道：「子牙，封神儀式結束後，諸神前往天庭，面見玉帝，本尊隨後就到。」

「領法旨。」姜子牙拜別了天尊和十二金仙，攜帶《封神榜》出了玉虛宮，飛往下界封神臺。

那封神臺從伐商之初，姜子牙就奏明了武王，開始修建，經過了長達數年之久，隨著朝歌的淪陷，封神臺已然竣工，前前後後有數萬勞力參與建設。那封神臺位於鎬京城東南二十里處，有三十餘丈高，呈正方柱體，兩面建了雲梯，雕欄玉砌；封神臺頂部平面上繪有一個直徑一丈寬的圓形太極圖，氣勢恢宏。封神臺頂部出現了五彩祥雲，姜子牙頭髮花白，頂紫金髮冠，著玄色道袍緩緩踏上雲梯，往封神臺頂部走去，他龍行虎步，非常有氣勢。伐商之戰中戰死的亡魂從四面八方而來，飛向封神臺，黑壓壓一片，齊聚封神臺上空，立於雲端之上。李靖、哪吒、金吒、木吒、楊戩、雷震子、韋護七人緊隨其後，一同見證封神大典。這些亡魂包括紂王、蘇妲己、杜元銑、聞仲、九龍島四聖、趙公明、比干、黃天祥、黃天化、姜王后、伯邑考、黃天祿等，這些都是在商周戰爭中死去的人。

哪吒一眼就瞧見了紂王，面對李靖激動道：「爹，怎麼紂王和妲己都來了？難道他們這樣罪大惡極的人還要封神嗎？！」

哪吒又看了看楊戩等人，眾人皆不滿。楊戩道：「是呀，師祖是不是老糊塗了，怎麼紂王這樣罪惡之人也要封神，應該下十八層地獄受烈焰刀山懲罰才對啊！」

眾人皆面面相覷，瞠目結舌。

身著盔甲，手托寶塔的李靖，莊重威嚴，他捋了捋長鬚，道：「你們不懂，紂王在下界所作所為無非是受天命而為，就連九尾狐也是女媧娘娘派下來的。紂王乃天子，必是那紫薇星轉世，如今功成身退，理應封神。」

金吒激動道：「孩兒明白了，殷商氣數已盡，所以天帝才派紫薇星下凡成了紂王，所以才有伐商封神之事！」

李靖笑道：「我兒不糊塗。」

哪吒激動道：「子牙師叔就要封神了，我們有好戲看了，大家快看！」

「只是不知道我們會被封為什麼神！」雷震子邊觀看邊嘀咕道。

封神當日，封神臺上空出現祥雲，隨之笙簫清脆，香氣襲來，旌幢羽蓋，黃巾力士簇擁而至，白鶴童子手捧玉符、金敕，從雲端上飛下來，來到姜子牙面前，道：「子牙師叔，我奉師祖之命送來玉符和金敕，願師叔早日完成封神大業。」

白鶴童子雙手將玉符和金敕送上，然後朝姜子牙鞠躬，轉身隨黃巾力士朝天上飛去。

姜子牙將玉符和金敕置於神臺供奉，面對武吉和南宮適道：「立八卦紙幡，鎮壓方向與干支旗號，你二人領三千人按五方排列。」

二人遵命行事，按姜子牙的要求，很快就形成陣勢。

姜子牙見萬事俱備，便拈香金鼎，酌酒獻花，繞臺三匝，再拜玉符、金敕。

姜子牙展開元始天尊誥敕，宣讀道：「奉太上元始天尊敕命，封柏鑑為三界首領八部三百六十五位清福正神之職。」

柏鑑手執百靈旛，向玉敕叩頭謝恩，隨之昇天。

姜子牙接著念道：「敕封黃天化為領三山正神炳靈公之職。」

黃天化拜了玉敕後昇天。

姜子牙念道：「奉太上元始天尊敕命，封武成王黃飛虎為五嶽之首，加敕一道，執掌幽冥地府十八層地獄，凡一應生死輪迴，人神仙鬼從東嶽勘對，方才施行。敕封東嶽泰山天齊仁聖大帝之職，總管人間吉凶禍福。」

黃飛虎再三拜謝後升了天。

姜子牙接著念道：「敕封崇黑虎為南嶽衡山司天昭聖大帝，敕封文聘為中嶽嵩山中天崇聖大帝，敕封崔英為北嶽恆山安天玄聖大帝，敕封蔣雄為西嶽華山金天願聖大帝。」

四嶽大帝叩謝敕封後，緊隨黃飛虎升了天。

姜子牙面對聞仲魂魄喊道：「聞仲上前聽封。」

聞仲對姜子牙仍然有怨氣，哪裡肯屈尊，面對姜子牙他怒目相對。聞仲身後緊隨二十四名將士，都是他生前屬下。

姜子牙高舉打神鞭，道：「聞仲跪聽玉虛宮元始天尊敕封！」

聞仲迫於壓力，這才率部跪下聽封。

姜子牙宣讀道：「奉太上元始天尊敕命，封聞仲為九天應元雷神普化天尊，令其督率雷部，興雲布雨，誅惡除奸，所率領二十四部將封為助雨護法天君。」

聞仲勉為其難地接受了封敕，隨部將二十四天君昇天。

雷祖聞仲昇天之時，電閃雷鳴，一聲聲巨雷響徹天空。

姜子牙接著念道：「奉太上元始天尊敕命，封羅宣為南方三氣火德星君正神之職，屬下五人為火部正神。」

羅宣叩謝後，化成烈焰與部下昇天，照得天體通明。

「奉太上元始天尊敕命，封呂岳為主掌瘟㫈天大帝，部下六人為瘟部正神。」

「封蘇護、金奎為東斗星官，姬叔明、趙丙、黃天祿、龍環、孫子羽、胡升、胡雲鵬為西斗星官，封魯仁傑、晁雷、姬叔升為中斗星官，封伯邑考為中天北極紫薇大帝，封周紀、胡雷、高貴、余成、孫寶、雷鵾為南斗星君，封北斗星君黃天祥為天罡星、殷比干為文曲星、竇榮為武曲星，封鄧九公為青龍星、殷成秀白虎星、馬方朱雀星、徐坤玄武星、姜王后太陰星、天子紂王天喜星、杜元銑博士星、紂王妃黃氏地後星、費仲勾絞星、尤渾捲舌星……」

姜子牙所封三百六十五位正神已盡數昇天，此刻正在天庭待命，面見天帝，準備分配神祇。

李靖、金吒、木吒、哪吒、楊戩、雷震子、韋護七人目睹了封神壯舉，見證了三界盛事，心血澎湃，但姜子牙封完所有神仙後，收起了玉符和金敕。封神臺上和風栩栩，紅日正中，姜子牙準備走下封神臺。

七人面面相覷，李靖道：「沒道理啊，連紂王、費仲和尤渾這樣的人都被封了神，我李靖沒有功勞也有苦勞，在商周之戰中我兒哪吒和楊戩功勞最大，我們怎麼什麼也沒有？！」

雷震子也心有不甘道：「我是周天子一百弟、周文王姬昌之子，在伐商中戰功赫赫，怎麼也沒有我？」

哪吒也有些失望，跳下雲端，攔住了姜子牙的去路，其他六人也一同跟上來。

「姜師叔，我是太乙真人的弟子，我爹是燃燈道人的弟子，還有楊戩大哥，我們幾人在封神一戰中即便算不上功勞最大，那也是戰功赫赫，連紂王和聞仲這樣的人都封了神，怎麼我們七人沒有任何敕封呢？！」哪吒憤憤不平道。

姜子牙捋了捋鬍鬚，笑道：「哪吒、楊戩，你們幾個從伐商之初就跟著我，百戰艱難，我如何不知，師尊他老人家又如何不知呢；汝等七人是伐商之戰中我仰仗的幹將，封神之事怎麼少得了你們呢，昊天玉皇大帝以及諸神正在天庭等待諸位呢。元始天尊、道德天尊隨後駕臨天庭，將對汝等論其功過，逐一封神。哪吒、楊戩，你們還記得師祖跟你們說過的話嗎？伐商大業完成就還你們金身正果。」

哪吒激動道：「師叔，這麼說道祖要親自敕封我們？」

「是呀，你們還不知道吧，元始天尊只有在敕封大羅金仙時才會出現，大羅金仙連玉帝都沒有權力敕封，你們準備準備，快快去天庭吧！」姜子牙道。

七人正要上天，楊戩突然想起，道：「師叔，我們都封了神了，怎麼師叔你自己沒有封神，師叔你是西岐丞相，這不公平啊！」

「是啊。」眾人異口同聲道。

姜子牙搖了搖頭，苦笑道：「我年近八十而遇周文王，扶周滅商，配享太廟，官拜丞相，封國齊侯，子子孫孫為諸侯，青史留名，受萬民景仰，我還有什麼不滿足的，封不封神不重要，你們快上天去吧，不要讓眾神久等。」

眾人搖了搖頭，十分同情這位兩鬢斑白的老人。他們親眼看著姜子牙搖搖晃晃走下封神臺，這才一跺腳上了天。

哪吒蹬風火輪飛在最前面，其餘六人駕雲。哪吒回頭喊道：「爹、大哥、二哥、楊戩大哥、雷震子、韋兄弟，我們只顧打敵人了，很久沒有比過腳力了，現在我們比比，看誰先到天庭。」

楊戩看了看眾人，朝哪吒調侃道：「你那對青鸞火鳳日行千里，誰跟得上！」

眾人笑了，哪吒得意地往天上飛去。

天庭之上，凌霄寶殿內已經人滿為患，姜子牙代元始天尊所封正神三百六十五位全部聚集在凌霄寶殿。玉帝坐在大殿龍椅之上，有十餘丈高，他丹眉鳳眼，長鬚至下丹田處，慈眉善目，又顯莊嚴。昊天玉帝身著九章法服，頭戴十二行珠冠冕旒，雙手持笏板，頭頂有神光護佑，雙肩有祥雲圍繞，左右有仙娥侍立兩旁。

三百六十多位正神，面對昊天玉帝跪拜道：「臣等拜見玉皇上帝陛下。」

玉帝悅道：「諸位愛卿請起，天庭很久沒有這麼熱鬧了，諸神歸位，三界從此有了新的秩序，可喜可賀啊！寡人今日是第一次與諸位愛卿相見，日後諸位愛卿要與寡人同心同德一起治理三界、護佑蒼生才是啊！」

「臣等遵旨。」諸神領旨後，便分站兩排。

眾神見玉皇大帝相貌奇偉，議論紛紛，交頭接耳，凌霄寶殿內喧囂嘈雜。這時那哼哈二將走進大殿，朝玉帝走來，只見二人睜眼鼓鼻，上身裸露，體魄健壯，手持武器，大力士模樣，神態威嚴。

「啟奏玉帝陛下，臣乃哼將鄭倫，他是哈將陳奇，我二人被封為天神，受姜丞相之命看守南天門，南天門外有七將要面見陛下，請陛下定奪。」哼將鄭倫道。

玉皇大帝笑道：「想必是托塔將軍李靖、先鋒將軍哪吒和寡人的外甥楊戩，還有周文王姬昌一百子雷震子他們到了。寡人聽太上元始天尊說過，伐商大業他們可是立下了汗馬功勞啊。快宣他們進來，少時由元始和道德兩位道祖親封。」

哼哈二將退出凌霄寶殿，少時，李靖等七人威風八面地來到了凌霄殿，向玉帝行了跪拜禮。

玉帝見七人，笑道：「寡人的外甥楊戩自不必說，六位將軍滿面英雄氣，氣度不凡啊！托塔將軍李靖，還有哪吒、金吒、木吒，你們父子四人在下界之事寡人早有耳聞，有情有義啊！李靖將軍為了救自己的兒子和陳塘關百姓，甘願替子去死；哪吒為了不連累陳塘關百姓和父母，剔骨還父剔肉還母，大仁大義啊！在下界你們父子四人又輔佐姜子牙戰功赫赫，寡人心甚慰！」

哪吒一臉詫異，問玉帝道：「陛下，當年我闖下大禍，差點讓陳塘關生靈塗炭，難道陛下不怪罪小人？！」

玉帝擺了擺頭，道：「龍太子惡貫滿盈，你殺了他也是替天行道，寡人不會怪你。再則陳塘關百姓和你父子命中有此一劫，所以寡人不怪你，望諸位將軍在封神後能繼續輔佐寡人，保衛三界安寧。」

李靖父子四人再次拜玉帝道：「多謝陛下不罪之恩，日後萬死不辭以報陛下！」

玉帝笑著伸出右手示意道：「汝等平身，馬上你們就能見到你們最想見的人了。」

崑崙十二金仙率先進入凌霄殿，個個意氣風發，他們來到玉帝駕前，紛紛稽首道：「見過玉帝。」

玉帝連忙起身，伸手示意道：「諸位大仙遠道而來，寡人失迎，恕罪恕罪！」

這時候，元始天尊和道德天尊出現在凌霄殿的天花板之下，緩緩落地。諸神見二位天尊駕到連忙跪拜道：「拜見太上元始天尊，拜見太上道德天尊。」

那玉帝見二位天尊駕到，連忙從御前下了臺階，面對二位天尊稽首道：「寡人拜見二位天尊。」

元始天尊和道德天尊連忙扶起玉帝。元始天尊道：「陛下，你如今是三界主宰，無須多禮，免禮！」

玉帝誠惶誠恐地退到一邊。

道德天尊面對諸神道：「諸位免禮！」

諸神分站兩邊，井然有序。元始天尊與道德天尊攜手登上臺階，面對眾神。元始天尊看了看李靖道：「托塔將軍李靖上前聽封。」

李靖低著頭，雙手拿著寶塔，聽聞元始天尊召見，連忙上前，朝天尊拜了拜。

元始天尊道：「爾原為凡人，鎮守陳塘關，愛民如子、除暴安良，後投師度厄真人、燃燈道人修習仙法有所成，下山後輔佐姜子牙伐商，立下汗馬功勞。本尊封你為高上神霄托塔天王，以後你就留在玉帝身邊，統領天界將士，共保三界祥和。」

李靖跪拜道：「謝天尊敕封。」

李靖起身，他那一身盔甲成了黃金甲，全身金光，眾人羨慕不已，三子也替父親高興。

「哪吒上前聽封。」元始天尊道。

哪吒一副躊躇滿志的樣子走向元始天尊，朝天尊稽首後便端正了站姿。

元始天尊道：「哪吒，你本是女媧娘娘座下童子靈珠子轉世，奉天命下界扶周滅商，你與李靖夫婦有宿世緣分，你剔骨還父剔肉還母有違倫理，身體髮膚受之父母，你雖有大功，但其罪難免，本尊定要罰你！」

李靖父子一聽，連忙跪在元始天尊面前。李靖懇求道：「道祖，都是小神教子無方，如今我父子冰釋前嫌，請天尊網開一面，就不要再懲罰哪吒了，小神願代哪吒受過！」

「我也願意為三弟受罰。」金吒道。

「我也是，天尊要懲罰三弟，就連跟我兄弟二人一起處置吧！」木吒激動道。

哼哈二將匆匆趕來，異口同聲啟奏道：「啟奏天尊、玉帝，九天玄女娘娘與座下弟子求見。」

道德天尊道：「快宣。」

少時，九天玄女娘娘帶著殷夫人來到了凌霄殿。李靖父子猛一回頭見是殷氏，頓時熱淚盈眶，他們站起來，相對無言唯有淚千行。

殷氏撲到了李靖的懷裡，與李靖相擁而泣，李靖老淚縱橫道：「婦人，我以為再也見不到你了，陳塘關一別，我去找過你，本來要去玄女宮找你，又聽聞哪吒有難，我只好先去救哪吒！」

哪吒、金吒、木吒紛紛撲到了殷氏身邊，抱著母親，淚流滿面，泣不成聲道：「娘……」

兄弟三人異口同聲地喊娘，那聲音真是撕心裂肺。

木吒哭道：「娘，你平安就好，我還以為再也見不到娘了。」

殷氏將木吒摟在懷裡，摸了摸他的頭，熱淚盈眶道：「不會的，孩子，娘一直都在你們父子身邊看著你，一直都在。」

「娘，我們擔心你，我們一家終於團聚了。」金吒道。

殷氏拍了拍金吒的臂膀，安慰道：「孩子，今天是你們父子的封神之喜，我怎麼能不出現道賀呢，我現在玄女宮修行，你們就放心吧！」

哪吒喊道：「娘，哪吒好想您……」

哪吒這一聲娘叫得她心碎。

殷夫人連忙跪在了元始和道德兩位天尊面前，乞求道：「兩位天尊，求你們寬恕哪吒吧，當年他還只是個孩子，不明事理，都是我這個當母親的教子無方，闖下大禍，殷氏願代哪吒受罰，請天尊開恩！」

殷夫人一味地叩頭，額頭都叩出淤血了。諸神滿臉同情，一個個抹著眼淚，場面十分感人。

元始天尊看了看道德天尊，道德天尊朝元始天尊點了點頭，元始天尊將殷氏扶起來，笑道：「殷夫人請起，如果本尊不這樣做，如何看到如此感人的一幕？哪吒是有功的，本尊又豈會真的罰他，夫人多慮了。」

殷氏懸著的心這才落下，她退到一邊。

元始天尊道：「李靖之妻殷氏上前聽封。」

殷氏深感吃驚，慌慌張張地站在臺階下，面對二位天尊做了稽首禮。

元始天尊道：「李靖夫婦伉儷情深，夫婦恩愛，封李天王之妻殷氏為素知聖母天后，常伴天王左右。」

「謝天尊敕封。」李靖全家異口同聲拜謝道。

元始天尊道：「封哪吒為中壇元帥哪吒三太子，授威靈顯赫大將軍，日後輔佐你父親李天王共同掃蕩三界妖魔！」

哪吒意氣風發，拜道：「謝天尊敕封。」

李靖夫婦對於兒子哪吒的成就深感欣慰。

玉帝從二位天尊身後走過來，面對哪吒道：「哪吒，你的事情天尊都與寡人說了，寡人再敕封你為三壇海會大神，以後你還是我凌霄殿的護法神。」

「多謝玉帝。」

李靖一家再次拜謝道。

元始天尊向哪吒道：「哪吒，當年本尊在西岐答應過你，今天我就還你一個金身正果。你原為蓮花化身，沒心沒肺，沒血沒肉，也沒有人的感官，這怎麼行。你的肉身本尊還替你保留著，今天我就把它還給你。」

元始天尊大袖一揮，哪吒立刻恢復了肉體。哪吒感覺身體變重了，又捏了捏自己的手臂，道：「好痛，這手臂太有彈性了！」

殷氏激動道：「哪吒終於有肉體了！」

一家人都為哪吒感到高興。

元始天尊道：「哪吒，你雖然已經恢復了肉身，但你師父太乙真人賜予你金光洞的金蓮藕還在，你的肉身已經與金蓮藕合而為一，日後三界內諸神諸魔沒有人能傷得了你，你已經是金剛不壞、長生不老之軀！」

哪吒一聽，欣喜若狂地跪拜道：「小神叩謝天尊！小神定不負天尊所望，盡心盡力為三界做事。」

元始天尊很欣慰，捋了捋鬍鬚，點了點頭。

九天玄女娘娘來到兩位天尊面前，稽首道：「小神拜見兩位天尊。」

「拜見玉帝」。九天玄女轉身朝玉帝拜道。

道德天尊道：「玄女免禮。」

九天玄女道：「當年我路過陳塘關，見下界兵荒馬亂，天王夫人殷氏正在被敵軍追趕，身上有傷，我這才施以援手，將她帶回玄女宮。如今天后一家團圓，我也心安了。」

李靖聽罷，抓起殷氏的手，面對九天玄女跪拜道：「李靖代全家感謝娘娘救命之恩。」

「謝娘娘救我娘。」哪吒三兄弟一起跪下來異口同聲道。

九天玄女連忙俯下身子將天王夫婦扶起來，受寵若驚道：「天王，你現在貴為天王，統領天兵天將，我怎敢受此一拜，免禮，我與天后也算有緣！」

在玄女一再勸說下，李靖一家方才起身。兩位天尊都看在眼裡，一臉欣慰。

元始天尊道：「封金吒為甘露太子，封木吒為騎拾將軍，封韋護為金剛護法神。」

三人紛紛叩謝了天尊。

楊戩目不轉睛地站在一旁，正視前方，穩如泰山。他很沉得住氣，身穿銀甲銀盔，手執三尖兩刃刀，威風八面，玉樹臨風。

元始天尊道：「楊戩聽封。」

「楊戩在。」楊戩上前一步。

元始天尊道：「爾原為人仙所生，天生神力，輔佐姜子牙伐商有功，屢為先鋒大將，敕封楊戩為清源妙道孚佑太乙真惠民仁聖大帝。」

「謝天尊敕封。」楊戩放下兵器跪拜道。

楊戩給兩位天尊叩了三個頭，便起身道：「天尊，我娘還囚禁在桃山上，當年天尊答應過小神，小神封神之日就是我娘劫盡之時，天尊沒有忘吧！」

元始天尊點了點頭，轉過身面對玉帝道：「陛下，本尊願為楊戩之母說個情。人仙之戀確實有違天理，於天條不容，但與令妹匹配之凡人已被陛下處死，況且令妹囚禁桃山之期將滿，如今楊戩被封了神，又在下界立下不世之功，何不讓他二人早早團聚，以全孝道？」

玉帝誠惶誠恐道：「如此小事，怎敢勞道祖說情，寡人遵天尊法旨，這就差人前往桃山放吾妹出來！」

「嗯。」元始天尊點了點頭。

元始天尊回頭給楊戩使了一個眼神，暗示他。

楊戩心領神會，來到玉帝駕前參拜道：「二郎叩謝陛下，甥臣定當為陛下盡犬馬之勞。」

元始天尊恩威並用，玉帝也感到臉上貼金，連忙吩咐道：「巨靈神，你速持開山斧前往桃山，將御妹放出來。」

「臣領旨。」巨靈神手持開山斧朝殿外走去。

楊戩忙道：「陛下，天尊，小神願與巨靈神一道救我母親出來。」

得到玉帝首肯後，楊戩火急火燎地趕往桃山。

道德天尊捋了捋長鬚，笑道：「如此，皆大歡喜了。」

第十八章　紫微宮驚變

雲端之上，金碧輝煌的通明殿內仙樂響起，整個天宮的宮殿零零散散地分布，屈指可數，全無天宮氣派。元始和道德兩位天尊敕封完諸神後，便打道回宮。玉帝正在通明殿內宴請剛剛敕封的三百多位神仙，兩人一桌，整個通明殿內大約擺了近兩百桌，桌子上擺滿了蟠桃、人生果等仙果及山珍海味，每位神仙身邊都有專門的仙娥斟酒，仙家們一通海飲。仙娥在通明殿內載歌載舞，諸神大口吃肉，大口喝酒，談笑風生，其樂融融。

玉帝右手端起酒樽，站起來，面對諸神道：「寡人平生不喜飲酒，但今日是個例外，我天界封神乃是三界大事，可喜可賀，諸位愛卿皆由凡人晉封神明，通情達理，受過人間疾苦，日後更能體恤蒼生。望諸位愛卿日後盡心盡力為寡人分憂，我們一起治理好三界，才不負天尊所託。寡人敬諸位一樽，寡人先乾為敬。」

諸神見玉帝起身敬酒，受寵若驚，連忙端起酒樽起身，面對玉帝稽首，異口同聲道：「臣等多謝陛下賜酒，臣等願為陛下分憂，萬死不辭。」

諸神一飲而盡，只有那紂王喝得爛醉如泥，昏昏沉沉，靠在座位上搖搖晃晃，被玉帝看見，諸神的眼光全都聚焦在紂王的身上。太陰星姜氏正站在他旁邊，見紂王冒犯了玉帝，嚇得臉色煞白，連忙推了推醉酒的紂王，急道：「天喜星，諸神都在回敬玉帝酒，你怎麼不站起來？」

姜氏用腳小心翼翼地踹了他兩腳，那天喜星昏昏沉沉，盡說胡話，他甩了甩手臂，道：「他是天帝，我也是天子，寡人憑什麼要向他下跪？！」

諸神一聽，紛紛指指點點，太陰星姜氏一聽，嚇得臉色煞白，連忙捂住他的嘴，低聲道：「你現在不是天子了，商朝已經滅亡了，你現在是天喜星，天帝之臣，你如果再冒犯了天帝，恐怕你的神籍也保不了，可能還要下地獄，你趕緊閉嘴！」

太陰星姜氏瞅了瞅諸神，尷尬地笑了笑，諸神擺了擺頭，有些許同情。

太陰星連忙向玉帝解釋道：「陛下，天喜星是喝醉了，陛下恕罪。」

玉帝道：「寡人是三界之主，豈會與一個下界的亡國之君一般見識，只是大家剛剛封了神不知天條戒律，傳臯陶上殿。」

少時，刑神臯陶上殿，只見那臯陶一身正氣，那不怒自威的黑臉讓諸神不寒而慄。玉帝道：「此乃上古舜帝時刑官臯陶，現在是我天庭的刑神，諸位愛卿關於天庭刑律多多請教他才是。」

臯陶面對諸神，拱手道：「諸位大神，小神臯陶有禮。」

諸神看到臯陶那張不近人情的臉，紛紛膽寒，拱手回禮後自顧飲酒。

玉帝給臯陶打了一個手勢，臯陶便退出了通明殿。玉帝瞪著天喜星紂王道：「天喜星今日初到天庭不知規矩，寡人就不追究了，日後如若再不敬天，寡人定不輕饒。」

太陰星拽著醉酒的紂王連忙給玉帝叩頭道：「多謝陛下不罪之恩。」

坐在玉帝身邊的燃燈道人看了看四周擁擠的座次，起身面對玉帝道：「陛下，適才兩位天尊讓貧道與陛下商議擴建天宮之事。此次敕封的三百多位正神中有一多半是天神，他們在天上需要安置寢殿，地仙上天奏事也需要住處，所以擴建天宮之事刻不容緩啊！」

玉帝見燃燈道人起身，出於敬畏也連忙起身，向燃燈道人稽首道：「寡人也正為此事煩惱，寡人坐在這上面看通明殿都坐不下了，不知尊者有何高見？」

燃燈道人道：「陛下，擴建天宮乃是三界大事，諸神宮殿要符合身分規格，貧道不擅長此道，貧道保舉一人，此人定不辱使命！」

「何人？」玉帝道。

「五方天帝之一青帝太昊伏羲氏。青帝乃人皇，社稷之神，把下界治理得井然有序，他創造了太極八卦，重整人間體統，設計天宮之事青帝再合適不過。」燃燈道人堅通道。

玉帝點了點頭，捋了捋長鬚，道：「寡人也認為合適。來人，快傳青帝上殿。」

殿外站崗的天將領旨後，便往下界飛去。

諸神紛紛點頭，坐在李靖夫婦身邊的哪吒激動地拽了拽殷氏的衣襟道：「母后，燃燈師叔說的是人皇伏羲吧，他是上古三皇呀，我仰慕他很久了，他太了不起了，他教會了人們很多東西。我記得小時候娘給孩兒講過他的故事，他死了幾千年了吧，想不到他當上了五方天帝成為青帝。如果我們一家沒有被封神，可能孩兒一輩子也見不到他，現在，我們馬上就能見到伏羲大帝了。」

李靖瞪了哪吒一眼，暗示他少說話。殷氏湊到哪吒面前，低聲道：「孩子，你現在是天神了，你爹也當了天王，我們都是神仙了，一定要穩重。」

一旁的金吒也推了推哪吒，低聲道：「三弟，娘說得對，到了天庭就不能再任性了。」

「當天神有什麼好的，還不如下界自在，連大聲說話都不敢！」哪吒嘟著嘴不滿道。

諸天神正在席間嚷嚷不休時，伏羲大神來到大殿之上。那伏羲大神足有兩丈高，光著腳，厚厚的腳掌，長滿老繭。伏羲大神身材魁梧，孔武有力，身上穿的是虎皮，腰間圍的是豹裙，濃眉大眼，耳廓寬大厚實，長鬚，額頭高且微微隆起，鼻梁高，鼻孔大似紅棗，相貌奇偉，走起路來也擲地有聲。諸神接連稱奇。

「玉帝，不知玉帝喚本帝有何事？」伏羲向玉帝稽首道。

玉帝向諸神笑道：「諸位愛卿，此乃五方天帝之一的青帝伏羲大神，也是下界流傳的三皇之一，諸位快快見過青帝。」

「小神拜見青帝。」諸神異口同聲，一起給青帝行了稽首禮。

青帝面向諸神，雙手示意道：「諸位請起，爾等尊神來自下界，我只是比你們早死幾千年罷了，在你們面前，我除了在天上的資歷老點，並無其他。」

諸神起身。玉帝笑道：「青帝謙虛了，誰不知道你呀，下界百姓對你的功勳念念不忘啊，你在下界的口碑就連寡人也望塵莫及。」

青帝朝玉帝擺了擺手，慚愧道：「陛下，本帝愧不敢當啊。」

玉帝道：「我們就說正事吧。青帝也看到了，元始天尊剛剛敕封了三百多位正神，一大半是天神，如今天庭宮殿較少，天神沒有宮殿住，燃燈尊者向寡人推舉你，希望你能夠肩負起設計天宮的重責，不知青帝意下如何？」

青帝瞅了瞅燃燈，燃燈笑道：「聞青帝擅長此道，更有八卦心得，故而向玉帝推薦，請青帝莫怪！」

青帝面對燃燈笑了笑，點頭示意。

「玉帝，本帝正為此事而來。聽聞姜子牙代元始天尊封神，陛下早晚用得上，所以本帝早就準備好了，玉帝不請我，我也會上天來一趟。這是擴建紫微宮的設計圖，請玉帝過目。」

青帝面對玉帝，將懷裡的羊皮卷取出來，用法術拋給玉帝。

玉帝緩緩展開過目。青帝道：「天有九重，共計三十六層，南天門設於紫薇星與北斗星之間，天庭以九層浮空雲盾承託，天宮縱橫以天罡、地煞之數排列，宮殿有一百零八座，其中宮有三十六座，分別為遣雲宮、五明宮、兜率宮、彌羅宮、光明宮、妙巖宮、太陽宮、化樂宮、雲羅宮、烏浩宮、彤華宮、廣寒宮、紫霄宮等；有朝會殿、淩虛殿、寶光殿、天王殿、披香殿、淩霄殿等七十二座寶殿。元始天尊住大羅天玉清宮，道德天尊住離恨天兜率宮，天王殿就留給托塔天王他們一家居住，陛下所居仍為凌霄殿。不知玉帝可有異議？」

玉帝預覽後，合上羊皮卷，道：「寡人沒有異議，青帝設計的天宮布局圖甚合寡人心意，燃燈大仙以及崑崙諸仙都看看吧。」

玉帝將羊皮卷一拋，該卷瞬間到了燃燈道人的手裡。燃燈道人閱後點了點頭，又傳給身後的廣成子、玉鼎真人，最後傳到太乙真人的手上。

太乙真人將羊皮卷歸還給青帝，面對玉帝道：「陛下，我認為青帝之設計甚好，我沒有意見。」

玉帝面對崑崙諸仙問道：「其他幾位大仙的意見呢？」

「我等沒有異議。」崑崙諸仙異口同聲道。

玉帝道：「好，諸神沒有異議，待寡人再請示元始和道德兩位天尊後再定奪，如果都沒有異議，擴建天宮之事不日便可動工，到時候就請青帝辛苦一下負責監工事宜。散朝。」

青帝再次朝玉帝稽首後，轉身離去。諸神也紛紛散去。

哪吒見青帝離去，連忙從席間跳出來，跑到青帝身後，不知深淺地拍了拍青帝後背喊道：「伏羲大神，小神有禮。」

李靖夫婦為他的莽撞行為提心吊膽，只能遠遠地看著。青帝伏羲轉過身來，他好像並未生氣，笑道：「你就是哪吒？」

哪吒詫異道：「青帝如何識得小神？」

李靖夫婦急了，連忙上前，金吒和木吒也跟了上來。李靖連忙對青帝解釋道：「青帝恕罪，小神管教不嚴，冒犯了大神，請大神恕罪！」

青帝擺了擺手，笑道：「天王，這麼說就見外了，這冷冰冰的天庭寂寞很久了，難得有哪吒這樣活潑的個性，本帝是不會介意的！」

哪吒問道：「大神是不會怪罪小神的衝撞無禮了？」

青帝道：「哪吒，你的大名本帝早有耳聞。你在下界的所作所為，旁人不能理解，但本帝可是一清二楚哦。表面上看你是做了很多錯事的頑童，但實際上你所作所為樁樁件件都合情合理，比如說你殺龍太子，龍太子惡貫滿盈，即便你不出手，本帝也不會放過他；至於說你剔骨還父削肉還母，雖然不孝，但你也是為了保護陳塘關的百姓。哪吒，你是一個大仁大義大孝大忠的人，以後由你在天庭做護法神，天庭可就公道多了，本帝也放心了。」

哪吒聽得手舞足蹈，心潮澎湃，抓著殷氏的衣襟激動道：「母親，您聽到了嗎？青帝表揚孩兒了！」

李靖道：「哪吒，以後你當了天神，要穩重一點，不可再魯莽行事。」

哪吒嘟著嘴。殷氏面對青帝道：「哪吒這孩子就是玩心重，青帝這一表揚啊，他就得意忘形了。」

青帝瞅了瞅金吒和木吒，面對李靖夫婦問道：「這兩位公子想必就是天王大太子金吒和二太子木吒吧？」

「拜見青帝。」金吒和木吒向青帝稽首道。

青帝笑道：「好，兩位公子清朗俊秀，是可造之才，將來定是天庭棟梁！天王，本帝有公務在身就不陪了，告辭。」

「恭送青帝。」李靖一家稽首道。

玉帝將青帝呈上來的天宮設計圖送元始和道德兩位天尊請示後，二位天尊皆表示沒有問題。又過了一兩日，天宮擴建正緊鑼密鼓地進行中，天宮施工不比凡間，天匠們都是各憑法力，往往數日便可竣工。天宮用的建材與凡間不同，磚塊、琉璃、漢白玉；黃金、寶石也與凡間不同，皆由天庭的工部司生產供應，材質與凡間大不一樣，天宮用的材質大多輕便，而且不會因為年深日久變了顏色。

數千名天匠，懸於空中，立於雲端之上，他們的手裡提著黃金篋籃，籃子裡裝滿了金磚、金瓦、琉璃瓦、漢白玉、寶石等，那天匠將金磚往下拋，金磚就開始在雲端上堆砌成牆，千萬片金瓦、琉璃瓦鋪天蓋地降落到宮殿的房頂。那漢白玉做成的宮殿圍欄，在天匠的施法下，顯出氣勢。天匠將其中的一塊漢白玉拋入空中，隨後從籃中取出金刀在空中雕刻，那花紋逐漸形成，附在漢白玉上；天匠大袖一揮，那雕刻圖案的漢白玉成功鑲嵌到宮殿的圍欄上，雕欄玉砌；宮殿的大梁和房簷下鑲嵌著寶石，在太陽的照射下金碧輝煌。

哪吒、金吒、木吒三兄弟，正在天宮之上，自由自在地飛翔，他們無拘無束，就像是脫韁野馬，抑或是久困籠中的鳥兒。

「大哥，二哥，你們快看，前面那座宮殿好漂亮，我們去看看吧，這天上太好玩了！」哪吒蹬著風火輪，操著火尖槍喊道。

風火輪的速度如同流星掠過，金吒和木吒哪裡跟得上。

「二弟，飛快點，我們必須看著他，怕他惹事。」金吒對木吒道。

兄弟二人就這樣在天上追著哪吒滿天飛。哪吒在九重天三十六層上下穿梭，飛至一層，也不辨是幾層天，他遠眺見遠處霞光萬丈，直衝上天，下有一殿宇，金碧輝煌，雕欄玉砌下鋪就七彩斑斕的寶石，釋放出美麗的光芒。

哪吒蹬風火輪靠了雲，看到殿宇梁上的金匾寫著「寶光殿」三個大字，哪吒心裡舒坦，踩在用金磚鋪就的庭院裡，來回奔跑，展開雙臂陶醉其中，旁有仙桃樹盛開，花瓣漫天飛舞。哪吒正準備去推開寶光殿的大門，卻聽見裡面有人在講話，哪吒附耳細聽，直聽見裡面有人道：「擴建天宮可是肥差，這裡面的油水多著呢，偷點工減點料也不是不可以，這天宮用的不是金磚就是寶石，太奢侈了。聽我的啊，能以次充好的就以次充好，這件事情天知地知你知我知，天上修宮殿的建材都歸我管，玉帝信任我。」

「真君交代，小人不敢不從。」

「放心吧，事成之後，少不了你那份。」

哪吒震怒，一腳踹開了寶光殿的大門，見一天官正與屬下合謀。

哪吒衝到那天官面前，用火尖槍指著他，憤怒道：「想不到這人人向往的天庭，也有昧良心之事，爾等所言我俱已記下，你們是自己跟我去見玉帝認罪呢，還是我綁著你們去？」

那天官惱羞成怒，面對哪吒有些心虛，叫囂道：「你是何人？竟敢在此放肆？」

那天官的屬下，瞅了瞅哪吒，一副賊眉鼠眼的樣子，湊到天官耳邊道：「真君，他就是托塔天王李靖的兒子哪吒！」

「哦，就是剛剛被敕封的中壇元帥、三壇海會大神，一個初到天庭的新神，不知規矩，竟敢到此放肆，識相的快點滾！」

那天官囂張道。

哪吒一腳將那天官踹翻在地，並用火尖槍揮向他，天官嚇得連忙給哪吒叩頭，求饒道：「三太子，我早就聽說過你的威名，小神從命便是，小神這就到玉帝面前認罪。」

哪吒押著此二人來到淩霄寶殿，眾神皆為吃驚。哪吒命天官跪在了玉帝面前，道：「陛下，小神今日閒遊，路過那寶光殿，無意聽見二人欲以權謀私，特將此二人拘來，交由陛下發落，你們兩個還不快快向玉帝招來。」

那天官頓時翻了臉，道：「三太子，招什麼呀？我們有什麼可招的？陛下，求你為下臣做主啊。下臣與屬下正在寶光殿商議工事，哪吒三太子衝進來不問青紅皂白將我一頓痛打，拘來，下臣實在是委屈啊！三太子，你不能封了神就居功自傲為非作歹啊！」

哪吒憋屈道：「你在寶光殿是怎麼答應我的？你怎麼倒打一耙？」

那天官裝作很委屈的樣子。

大殿上的李靖父子為哪吒捏了一把汗。李靖站出來面對玉帝道：「陛下，哪吒魯莽，請恕小神管教無方。」

李靖上前硬拽哪吒離去，哪吒掙脫，面對玉帝道：「陛下，小神親耳聽到這廝與屬下合謀侵吞天庭錢財，陛下要嚴懲天庭貪腐啊！」

玉帝道：「哪吒，玉府判府真君乃寡人信任之臣，你告他要有證據啊，否則寡人無法做主，也有損天庭威信！」

哪吒吞吞吐吐道：「這……這……」

那玉府判府真君繼續囂張道：「陛下，哪吒三太子汙衊大臣，請陛下治他一個誣告大臣之罪，否則下臣難以嚥下這口氣！」

那真君假裝哭訴，哪吒怒火中燒，叫罵道：「好不要臉，天庭出了你這樣的敗類，實乃天界不幸！」

哪吒衝上去，將他一頓痛打，先是一通拳打腳踢，後又用乾坤圈將其打得吐血。玉帝急道：「哪吒快快住手，你不要以為背後有人為你撐腰，就敢藐視天庭權威！」

玉帝大袖一揮，哪吒摔倒在地，緊接著上來一群天將將哪吒制住。

李靖父子嚇得臉色煞白，連忙向玉帝跪下求情。李靖道：「陛下，求你放過我兒吧，小兒不懂事，我給陛下叩頭了，實在不行，求陛下將我父子貶下凡間。」

玉帝為難道：「天王，你是天尊所封，寡人怎麼敢貶斥你呢？請起，這事寡人一定調查清楚。」

太白金星奏道：「陛下，哪吒三太子剛正不阿，有情有義，三界無人不知無人不曉。他是不會冤枉真君的，哪吒與真君無冤無仇，且不認識，他如何會冤枉他呢？常言道無風不起浪啊，請陛下三思啊！」

楊戩、雷震子、韋護、比干等天界那些有良心的天神紛紛為哪吒求情。

玉帝嘆道：「也罷。哪吒，諸神為你求情，寡人就網開一面，饒了你，以後你再無法無天，寡人就只有法辦了。」

哪吒不服，道：「陛下，你是大羅神仙，三界之主，定有法力聽察三界，你定能還小神一個公道！」

玉帝怒了，道：「寡人不用你教，寡人今日定要治你一個藐視天庭之罪。來呀，將哪吒拖下去，封他法力，重打三十大板，讓他長點記性！」

哪吒被幾名天將帶到了南天門外，四大天王遵旨行事，封了哪吒法術，又讓哪吒狠狠地捱了三十大板，打得哪吒站都站不穩。

哪吒對此事耿耿於懷，整日鬱鬱寡歡。半月後的夜裡，哪吒正在天庭的橋上漫步，仰望星空，李靖夫婦從遠處走來，面對憔悴的哪吒，殷氏心疼道：「孩子，你受苦了。天庭和凡間的朝廷一樣，關係盤根錯節，各人有各人的利益，你冒犯了他們的利益，他們豈能與你干休。有些事你睜一隻眼閉一隻眼，身為人臣，順從就好了。」

李靖痛心道：「是呀，孩子，玉帝有玉帝的尊嚴，你怎麼能讓他聽你的呢？元始天尊已經查明真相，那玉府判府真君被治了罪，打入地獄，玉帝明日會在朝堂上還你一個公道。為父盼你引以為戒啊，凡事不能魯莽，你抓真君沒錯，但是你要有證據，不能讓人家反咬你一口啊，透過這件事情想必你也會成長起來。」

「父王，母后，孩兒知錯了。」哪吒與李靖夫婦抱在一起。

第十九章　百年相思情

一百年後。

時令已是深秋，岐山呈現出一片七彩斑斕的景象，山草已然泛黃枯萎，夕陽正當西，餘暉灑落在草原上，美得讓人窒息。

一隻精瘦的雪兔正在草原上奔跑，速度極快，像一道閃電，瞬間消失在叢林裡。叢林深處，有一尊哪吒的青銅像，這尊雕像不足一丈高，哪吒手執火尖槍，肩挎乾坤圈，威風八面，造型栩栩如生。這尊哪吒像安放在一個蓋著青瓦的亭子裡，亭梁上的青銅匾上用金文書寫著「哪吒三太子亭」幾個大字。

雪兔跑到亭子旁停下來，注視著哪吒的神像發呆，瞬間幻化成一位妙齡姑娘，她披著雪白色的兔毛裘，膚若凝脂，豔若桃紅。面對哪吒的神像，她黯然神傷，眼淚汪汪。

雪兔精走到哪吒的神像前，用自己的衣袖擦了擦哪吒眼角上的灰塵，傷感道：「三太子，我幾日沒來，你的眼角又有塵土了。三太子，一百年了，你的救命之恩白靈還未報答呢，你還記得一百年前在伐商之時在岐山上救下的那隻兔子嗎？如果不是你，白靈早就命喪狼妖之口了。當年你在西岐，白靈能時時刻刻見到你，如今你卻在天上，我們天地相隔，神妖殊途，只怕再難見到你了。岐山上有一種仙果叫金丹果，此果一百年才結一次，每次果期只有三個時辰，白靈吃了這金丹果就能隱去身上的妖氣，就能到天上找你去了，三太子，你能聽到白靈在呼喚你嗎……」

那金丹果就長在哪吒亭旁邊的草叢裡，非常隱祕，不易被人發現，雪兔精白靈卻時時刻刻盯著守著。

白靈蹲在金丹果樹旁，全神貫注地守著它，盼著它結出果實來。

「白靈妹妹，快跑，妖王漆幽靈來了……」遠處傳來白靈結義姐妹兔妖雪姬的急切聲音。

白靈驚聞，起身見漆幽靈迎面而來，連忙拔腿就跑，忽人形，忽兔身。那妖王一身黑色虎裘，黑面獠牙，臉上虎斑清晰可見，一雙利爪鋒利無比。白靈跑得氣喘吁吁，眼見妖王就要追上，妖王一躍擋在了白靈前面，糾纏道：「白靈，妳就嫁給我吧，我是這山中大王，山上諸妖都要聽我的，妳長得就像仙子一樣，我必須要得到妳。」

白靈被漆幽靈糾纏，掙脫不了，便狠狠地給了他一巴掌，罵道：「真的是癩蛤蟆想吃天鵝肉！你放開我！」

漆幽靈揉了揉臉龐，憤怒道：「我讓妳打我，我看妳還能怎麼樣！」

漆幽靈欲非禮白靈，白靈急了，用膝蓋頂了一下漆幽靈的下半身，這才掙脫，趁著漆幽靈疼痛難忍的時候，她跑開了。痛過之後漆幽靈又開始追，白靈邊跑邊回頭對漆幽靈發功，一掌打了過去，漆幽靈躲開了白靈的掌力，那掌力打在樹幹上，樹瞬間斷了。

白靈朝金丹果樹跑去，她驚出一身汗，終於等到金丹果樹結果了。漆幽靈身後的雪姬也看到了，撲過去用雙臂將漆幽靈的左腿牢牢鎖住，並向白靈喊道：「白靈，快吃了金丹果，妳盼這一天已經上百年了，如果這次再錯過，又要等一百年啊！」

漆幽靈不斷踢著雪姬，力度很大，將雪姬踹得吐了血。白靈眼冒淚花，雪姬急道：「妹妹，妳不要管我，如果見到妳想見的人，叫他一併幫我報仇，殺了這隻妖魔。」

白靈衝到金丹果樹下，摘下金丹果，一口吞了下去，瞬間全身冒金光，身輕如燕，朝天飛去。白靈臨行前雪姬奄奄一息，等白靈飛高了，她方才鬆手。

漆幽靈憤怒道：「白靈，有種妳永遠也不要回岐山，雪姬還在我手上，妳如果念及姐妹之情，我勸妳還是回來。」

漆幽靈將奄奄一息的雪姬扯著頭髮拖走了。雪姬滿臉都是血。白靈淚流滿面，道：「姐姐，如果妳真的為我而死，我一定不會放過這隻惡魔。三太子對我有恩，我一定要報答他。」

白靈繼續往南天門的方向飛去。

那天宮金光萬道滾紅霓，瑞氣千條噴紫霧。那南天門，碧沉沉，琉璃造就；明晃晃，寶玉妝成。臨近南天門，那雪兔精白靈幻化成了二郎神的模樣，當年是哪吒和二郎神在岐山救了她，所以除了哪吒她對二郎神特別熟悉。白靈氣宇軒昂地來到南天門，南天門由四大天王和天兵把守。

見雪兔精白靈要通關，那持琵琶的東方持國天王笑著上前問道：「二郎真君，意欲何往啊？」

白靈道：「本座有要事向玉帝啟奏。」

「二郎真君請。」持國天王展開右臂，為白靈讓路。

白靈笑道：「天王客氣了。」說罷便進了南天門。

那持傘的北方多聞天王向白靈笑道：「二郎真君一向少見哪！」

「少見……」白靈回頭對諸位天王拱手回禮道。

白靈進入天宮聖境，這裡宮殿眾多，來來往往很多神仙，她一個也不識，低頭往前走，時不時有神仙給她打招呼，她只是客氣地回應一下，不敢多說話。

天宮就像是迷宮，白靈在下界就打聽到了，李天王一家就住在天王殿，天王殿在離恨天。白靈往更高的離恨天飛去，途中她遇到了太白金星，那太白金星見白靈上前問候道：「二郎真君，今日上天可是來找玉帝的？」

白靈不識此人，不敢亂認，眼神游離，笑道：「正是。」轉身就要走。

太白金星笑道：「真君好像不認得小老兒啊，我是太白金星啊，也難怪，你封神不久，也很少來天宮走動，自然不識得小老兒，不過真君的形象可是傳遍了三界啊。」

白靈笑道：「當然認得，太白金星嘛，只是今日我公務繁忙，不便叨擾，回見。」

白靈轉身匆匆離去，太白金星喊道：「真君，你走錯方向了，玉帝住的凌霄寶殿在那邊。」

太白金星朝相反的方向指去，白靈連忙折返回來，尷尬道：「我是很久沒上天，新修了很多宮殿，我都不識得路了。」

太白金星也是一頭霧水，喃喃自語道：「平日裡真君可不這樣啊，他今天這是怎麼了，心不在焉的！」

金星搖了搖頭便走了。

待金星走遠，白靈緊張的心才平息下來。

白靈只好一座宮殿一座宮殿地找。她經過了兜率宮，氣勢恢宏，白靈望著兜率宮激動道：「這可是道德天尊的宮殿，他可是萬神之祖啊。」

白靈小心謹慎地往兜率宮的大門而去，剛走到大門口，見地上一顆閃閃放光的金丹，喜不自勝道：「莫非這是天尊煉的仙丹？我將它吃下去修為定會大增，我就不怕那妖王了。」

白靈將金丹撿起來，一口吞了下去。

白靈被兜率宮巡邏的天兵發現，兵將們連忙圍上去，揮矛相向，領頭的天將是哼哈二將，二人見是二郎神連忙命人收了兵器。

哼將賠禮道：「原來是二郎真君，小神冒犯了，不知真君怎會突然出現在兜率宮門口？」

白靈道：「今日上天專程朝見玉帝的，玉帝不在，閒來無事，到四處走走，特來拜訪天尊，既然天尊不在，那也不便久留，告辭。」

白靈作了拱手禮，便匆匆離去，神情慌張。

哈將面對哼將道：「大哥，這二郎真君有點奇怪啊，我剛才聽聞太白金星也見到過他。」

哼將擺了擺手，道：「行了，人家是上神，又是玉帝的外甥，我們惹不起，還是少管閒事吧！」

二將帶著天兵繼續巡邏。

兜率宮不遠的地方就是天王殿。白靈見到天王殿又驚又喜，但見天王殿進進出出的神仙，她難免有些心驚膽顫。白靈就躲在天王殿門前的漢白玉雕欄下偷看，時不時探出頭來。天王殿金碧輝煌，氣勢恢宏，殿外有一隊天兵把守，有八個人，分別站成兩排。

不一會兒，白靈看到大太子金吒從天王殿出來，他手執金槍，往下界飛去。白靈尾隨金吒身後，待金吒走遠，白靈便化成金吒模樣，來到天王殿前，諸天將深感詫異。

其中領頭的道：「大太子，你不是出去了嗎？怎麼又回來了？」

「我回來還有事。」白靈急急忙忙走進了天王殿，神色慌張。

天將一頭霧水，摸不到頭緒，只好回到位置上站好。

白靈順利地進入天王殿。宮殿內大大小小的天官無數，在殿內來來回回地走，顯得很繁忙的樣子，他們見到白靈，都和白靈打招呼，白靈不知路數，不敢多言。

天王殿內層層疊疊，足有數百個房間，像迷宮一樣，走進去就出不來，白靈只敢走大道。

李天王朝白靈走來。白靈認得天王，心裡撲通撲通地跳，眼神不停地迴避，甚至想要轉身離去，但她只能故作鎮定。

「金吒，你不是到北海捉妖去了嗎？怎麼又回來了？」李天王道。

白靈戰戰兢兢道：「父王，孩兒忘了一件私事，走到半路突然想起來，所以回來了！」

李天王道：「你回來正好，跟我來一下，我有事要問你！」

「哦。」白靈跟在天王身後，滿頭大汗，時不時用袖子擦拭。

「父王，三弟去哪裡了？我找他有事？」白靈問道。

李天王詫異道：「哪吒不是在北海捉妖嗎？你剛才不是去北海助陣嗎？怎麼倒問起我來了！」

白靈驚出一身冷汗道：「哦，我都忘記了，最近天宮的事情太多了，孩兒忙得焦頭爛額，把三弟的事情忘了。我本來是去找師父文殊廣法天尊的，好久沒有見他老人家了。」

李天王詫異道：「哦，天宮最近事情很多嗎？為父怎麼不知道？天上已經很久沒有什麼大事發生了，哪有什麼忙的，各宮各殿各守本分，天上地下安寧祥和，三界沒有大事啊！」

「父王，是孩兒的私事多。」白靈不知道怎麼應對，不敢再說話。

李天王威嚴莊重，不苟言笑，又是堂堂天王，在天宮僅次於玉帝，一人之下萬人之上，白靈自是無法適應，她時不時回頭，找機會溜走。

白靈跟著李天王一路來到了天王殿的養心閣，玉鼎真人正坐在那裡拜茶。白靈見玉鼎真人深感吃驚，上前稽首道：「師叔，你怎麼今日有空到我父王這裡來了？」

玉鼎真人笑道：「師姪，我去崆峒山拜會你廣成子師叔，途中遇一妖魔，是碧遊宮的漏網之魚，只有文殊廣法天尊的遁龍樁能降伏此妖，你師父說在你這裡，請師姪借我一用！」

白靈有些慌張，眼神游離道：「父王、師叔，稍等片刻，待我取來。」

白靈往外面走去，李天王喊道：「金吒，你的房間在那邊，你不會連自己的住處都忘了吧！」

「父王，孩兒沒忘。」白靈就順著天王指的路走。

李天王喊道：「金吒，明兒是你娘生辰，你壽禮準備好了嗎？」

「準備好了。」白靈繼續走。

李天王大怒，上前道：「大膽妖孽，竟敢擅闖天宮，還冒充我兒來天王殿。明日並非天后生辰，我兒金吒的遁龍樁一直帶在身上，從來不離身。你到底是誰？還不快快現出原形，待我取出照妖鏡。」

李天王正從袖筒裡拿出照妖鏡時，白靈感苗頭不對，化作一道白光飛走了。

李天王憤怒道：「豈有此理，這天宮聖境豈是你想來就來想走就走的？」

李天王托著塔，駕雲追去。玉鼎真人搖了搖頭，感慨道：「天宮聖境，怎會有妖怪？會是何方妖孽，竟能隱藏妖氣，連我也騙了！」

「大膽妖孽，還不快快停下來，待本王捉住你，定要將你打入幽冥地獄。」李天王邊喊邊追。

那白靈自知在劫難逃，不是天王對手，只能停下來，天宮巡邏的天將日遊神、哼哈二將、木吒、四方神君上去圍堵白靈。

李天王拿出照妖鏡對著白靈一照，道：「原來是一隻兔精，妳好大膽子竟敢擅闖天界，這是妳能來的地方嗎？看我不收了妳！」

李天王唸咒，那玲瓏寶塔出現在白靈的上方，塔底出現一道金光，瞬間將白靈收進塔中。

哼哈二將心驚膽顫，哈將吞吞吐吐道：「天王，你打算如何處置這隻兔精？」

李天王瞪了哼哈二將一眼，又看了看日遊神和四方神君道：「爾等乃是天界的巡天神將，竟然翫忽職守，讓妖精混了進來，變成金吒的模樣，混進我天王殿，如果本王不察，還不知道這廝會幹出什麼來！我將此妖交給玉帝發落，至於你們幾個，玉帝怎麼懲罰爾等，本王管不著！」

那日遊神慌了，跪在李天王面前乞求道：「天王饒命啊，我等是有罪，但四大天王罪過更大，他們負責南天門，混進妖怪，他們四個責任最大，我們幾個最多就是翫忽職守，請天王開恩啊！」

「是呀，天王，日遊神言之有理，請天王開恩。」哼哈二將異口同聲跪拜道。

「求天王寬恕我等吧，我們再也不敢了。」

那青龍孟章神君懇求道。

李天王面對木吒道：「木吒，這事與你無關，你就不用跟過來了，回府去吧。」

「是。」木吒往天王殿飛去。

「你們幾個隨我去凌霄寶殿，本王知道怎麼處理。日遊神你火速去南天門傳四大天王到凌霄寶殿來，本王有事要詢問，南天門暫時由金甲神人把守。你速去速回，這件事情還沒完。」李天王道。

李天王帶著一干人等朝凌霄殿飛去。

凌霄寶殿內，龍鳳呈祥，祥雲籠罩，玉帝坐於龍輦之上，諸神立於朝堂之下，四方天帝、五方五老、九天玄女、五嶽大帝、龍虎玄壇真君趙公明、九曜星等盡數到殿。

道德天尊急急忙忙來到玉帝近前，奏道：「陛下，貧道的兜率宮遭賊了，我丹房裡的五顆九轉金丹全被偷吃了，人吃了可以長生不老，仙吃了可以增加千年道行呀，請陛下明察！」

玉帝震怒道：「天宮戒備森嚴，是誰如此大膽，敢去道祖的兜率宮偷吃，自己站出來寡人從輕處罰，如果被寡人查到，絕不姑息！」

諸神面面相覷，不敢吱聲。

太白金星出列，奏道：「陛下，老臣今日發現一件怪事，感覺有妖孽混進天庭。今日老臣在瓊花宮外遇到了二郎神君，神色慌張，他說要上天面見玉帝，有要事啟奏陛下。當時臣就覺得奇怪，二郎真君百年來只在灌江口修行，從未涉足天庭，除非玉帝宣召，怎麼今日突然來此？到現在老臣也沒有見到二郎真君參拜陛下，老臣就更加肯定今日遇到的並非真君！」

玉帝吃驚道：「哦，果有其事？寡人的確沒有見到過二郎。六丁六甲何在？速速查明，果然混入妖孽，寡人的威嚴何在？天庭的法度何在？」

「遵旨。」六丁六甲剛要出凌霄殿，那李天王帶著四方神君、日遊神、哼哈二將、四大天王來到。

「陛下且慢，金星說得沒錯，臣已經拿下妖孽了。」李天王得意道。

玉帝道：「何方妖孽？身在何處？」

「就在我的寶塔裡，待我將她放出來請陛下發落。」李天王作法將白靈從玲瓏寶塔裡放出來。

白靈被凌霄寶殿的富麗堂皇震撼了，也被玉帝和諸神的威嚴嚇得瑟瑟發抖。

一旁的九天玄女道：「何方小妖，見到玉帝還不快快行禮？」

「岐山雪兔精給玉帝和諸位大神叩頭了。」白靈先是向玉帝叩了幾個頭，又拜了拜左右諸神。

玉帝震怒道：「大膽小妖，妳竟敢私闖天宮，妳可知道私闖天宮是死罪？還敢冒充二郎神偷取道祖的金丹，這兩項大罪足以將妳打入十八層地獄，不得輪迴，永受刀山火海之苦！」

白靈大驚失色，連連向玉帝叩頭道：「玉帝，小妖的確冒充過二郎神，但是小妖未曾偷仙丹，小妖上天是有苦衷的，求陛下開恩啊……」

李天王冷笑道：「一個妖孽還有苦衷！來呀，將此妖孽打入十八層地獄，永世不得超生。」

隨後上來兩位天兵，要將白靈拖出去。

「金吒大太子、哪吒三太子到。」凌霄殿外傳來天將通報的聲音。

哪吒提著一隻章魚的屍體走上凌霄寶殿，金吒跟在哪吒的後面。

白靈見到哪吒那一刻，潸然淚下，喜極而泣。

「啟奏陛下，小神奉旨和大哥金吒一起消滅了這隻章魚怪，此怪在北海一帶興風作浪，吃了很多漁民。」哪吒奏道。

玉帝道：「兩位天將辛苦了。」

「陛下，北海龍王讓臣等代他向陛下請罪，他治下無方。」金吒道。

玉帝憤懣道：「這個北海龍王，寡人回頭再跟他算帳……」

白靈一見哪吒很是激動，連忙抱住哪吒褲腿，淚流滿面道：「三太子，白靈終於見到你了，求三太子救救我，我這次犯下天條都是為了見三太子一面呀……」

哪吒一頭霧水，詫異道：「妳是何人？如何認得小神？」

白靈含情脈脈道：「三太子，你還記得當年你和二郎真君在岐山上救過的那隻兔子嗎？我就是那隻兔子，當時我被狼妖追趕，是你出手殺了狼妖，還治好了我的腿傷。我在山中修煉了一百年，借岐山上的仙果才得以褪去妖氣，變成二郎真君的模樣，就是為了見三太子一面。三太子對白靈的救命之恩，白靈還沒有報答，白靈朝思暮想，就想見三太子一面，今日見到了，白靈就算死也值了。」

白靈熱淚盈眶，哪吒也是百感交集。玉帝面對哪吒道：「哪吒，小妖說的可是實情？」

哪吒奏道：「啟奏陛下，當年小神和二郎神的確在岐山上殺過狼妖，救過兔子，只是不承想她今日既然為了找我上天庭！」

玉帝面對白靈道：「小妖，妳為了報答哪吒的救命之恩混入天庭，寡人且不說，妳盜取道祖仙丹該當何罪？！」

臉色煞白的白靈連忙道：「陛下，小妖沒有盜取道祖仙丹，小妖怎敢擅闖道祖兜率宮。小妖初到天界，不識路，路經兜率宮，在宮門口見一粒金丹散落在地被小妖誤食，小妖確實不曾盜取仙丹啊！」

道德天尊震怒道：「大膽妖孽，明明偷吃了五粒仙丹，現在還敢在這裡巧言令色，看貧道今日不除了妳！」

道德天尊將拂塵高高舉起，正要打白靈，白靈正躲閃，哪吒正欲阻止時，兜率宮裡的道童來了，一男一女。他們面對道德天尊和玉帝行了禮，男道童道：「啟奏陛下、道祖，童兒已經查明，是道祖的青牛趁我等不在，偷吃了仙丹，據牠交代，牠只吃了四顆。」

道德天尊連忙收了拂塵，道：「如此，就與小妖之言對上號了，該死的青牛，童兒隨我回宮，看我不打死牠！」

道德天尊氣沖沖地和兩位道童離開了凌霄寶殿。

玉帝面對四大天王，道：「東方持國天王、南方增長天王、西方廣目天王、北方多聞天王四人翫忽職守，速往刮神臺領三十神鞭，罰俸一年；日遊神、四方神君、哼哈二將不稱職，也罰俸祿一年，領二十神鞭，去吧。」

被罰諸神連忙乞罪道：「多謝陛下。」

諸神便在天將的帶領下，離開凌霄寶殿。

玉帝面對白靈，猶豫道：「至於兔妖……」

玉帝尚未說完，哪吒連忙站出來道：「陛下，這件事情因小神而起，白靈闖天宮是死罪，小神願代白靈受罰！」

太白金星一向心善，見如此感人的一幕難免心軟，看了看哪吒和白靈，面對玉帝奏道：「陛下，情感這東西原本就是看不見摸不到，老臣也被他二人的一番深情感動，請陛下饒兔妖死罪吧……」

玉帝猶豫道：「兔妖闖天庭這是事實，寡人如果既往不咎，天庭的威嚴何在？天庭的法度何在？如果從兔妖這裡開了頭，那寡人以後就不好管天庭了。既然哪吒和金星為兔妖求情，那寡人就網開一面，但死罪可免，活罪難逃。將這隻不知天高地厚的小妖推出凌霄殿，重打一百天棍，以儆效尤。」

隨後上來兩名天兵將白靈架了出去，哪吒只能眼巴巴看著，白靈一雙純淨而無辜的眼睛看著哪吒，道：「三太子，救命啊……」

白靈被打得皮開肉綻，發出一聲聲慘叫。哪吒心裡很不是滋味，心如刀絞，幾番內心掙扎後，連忙向玉帝跪求道：「陛下，這件事情因臣而起，白靈是無辜的，一百天棍打下去，陛下等於是要了她的命。她只是下界小妖，哪裡受得了這般疼痛，餘下杖責就讓臣代為受過吧。陛下……求你了……」

玉帝無動於衷，堅決不鬆口，哪吒只好起身，走出凌霄寶殿。見白靈臀部的血已經滲透了衣服，哪吒咬咬牙，為白靈擋住了身軀，負責執法的天兵不敢下手，哪吒問道：「還有多少下？」

「還剩六十天棍。」其中一個天兵答道。

哪吒道：「打我吧，這件事情與她無關，餘下的就讓我替他受過吧。」

執法天兵有些猶豫，吞吞吐吐道：「這……這……」

「快打呀，不要手下留情。」哪吒急道。

兩名天兵這才一左一右打起來，出手很重，哪吒痛得咬緊牙關。

被哪吒壓在身下的白靈心疼道：「三太子，白靈只是一個下界小妖，何德何能配三太子兩次出手相救？三太子快走吧，不要再為小妖受苦了，不然小妖心裡愧疚。」

哪吒眉頭緊鎖，看得出來他很痛，眼睛裡已經有了淚花，但是他沒有叫一聲，道：「雖然我是蓮花化身，金剛不壞，但這是玉帝的天棍，打的不說是妳一個下界小妖，就連我們這些神仙也受不了。我第一次救妳是在岐山，只因我們有緣；這次救妳是因為妳是為了我才闖天庭，所以，我應該代妳受罰！」

白靈聽後，感動得熱淚盈眶。哪吒已經被打了三十天棍，仍未叫出一聲，大殿內的李靖、金吒為哪吒捏了一把汗。打在兒身，痛在父心，李天王連忙向玉帝求道：「陛下，好在這兔妖未曾闖下大禍，不如就饒她性命吧！」

青帝伏羲奏道：「陛下，上天有好生之德，白靈雖為妖精，但不失為一隻義妖，有情有義，陛下何不手下留情？」

玉帝嘆道：「也罷，兩位大神為她求情，寡人如果再不施以恩典，倒顯得寡人有些不近人情了。來呀，將白靈和哪吒帶進來。」

白靈和哪吒被天將扶著進入凌霄殿。見哪吒被打得皮開肉綻，白靈心疼道：「三太子，你沒事吧？」

哪吒笑著搖了搖頭，白靈含情脈脈地看著他道：「百年未見，三太子自從做了天神後，穩重多了，白靈真替你高興。」

玉帝道：「共打了多少天棍？」

天將道：「兔妖捱了四十天棍，哪吒三太子替她捱了五十天棍。」

玉帝擺了擺手道：「罷了，李天王你帶著哪吒回去養傷吧！兔妖白靈從哪裡來還回哪裡去，不可再生事端，否則寡人定將你打入萬劫不復之地！」

哪吒請求道：「陛下，白靈就讓小神傷勢痊癒後送去下界吧，此間就讓她暫時住在天王殿內吧，有小神看著她，請陛下放心！」

玉帝點了點頭。白靈和哪吒相互攙扶著往殿外走去，李天王父子緊跟其後，一同離去。

素知聖母天后殷氏聽聞兒子哪吒在凌霄寶殿捱了打，急得直跺腳，她在天王殿的大門處左右徘徊，等待著父子歸來。

天王父子四人和白靈進入了天王殿，那殷氏見哪吒，連忙撲上去，在哪吒的身上上下打量，心疼道：「兒子，聽說你被打了，打哪兒了？痛嗎？」

哪吒有些尷尬地看了看白靈，面對殷氏道：「母后，我是蓮花化身，只是皮外傷，休息兩日就沒事了。」

殷氏瞅了瞅白靈道：「妳就是那隻擅闖天庭的兔妖？」

白靈惶恐，連忙向殷氏叩了幾個頭，道：「聖母天后，是小妖的錯連累了三太子，小妖向聖母天后請罪。」

殷氏吃驚道：「妳如何知道我的封號？」

白靈道：「聖母天后的賢名早已傳遍了三界，哪吒三太子之所以能成為三界的英雄，都是因為有您這樣的賢母教導有方。」

殷氏聽後，滿心歡喜道：「小妖嘴巴可真甜，既然玉帝和天王饒恕了妳，我兒也替妳擋了災，我就饒了妳，休息兩日就讓哪吒送妳下界吧，天界不是妳久留之地。」

白靈再次向李天王夫婦下跪道：「天王、天后，小妖想請二位幫忙收服岐山上的妖王，牠是一隻虎精，叫漆幽靈，有一千多年的道行，百年前從帝都山而來，山裡的精怪和山神都被牠呼之即來揮之則去。岐山百里內的居民都遭到牠的侵擾，牠惡行昭昭，岐山上的很多生靈都遭到牠的殺戮。近年來牠還異想天開想霸占小妖，如果不是小妖以死抗爭，恐怕就讓牠得逞了。小妖在姐姐雪姬的庇護下，才得以逃脫來到天上，姐姐現在生死未卜，請天王天后助小妖滅了這隻妖王，也算為人間除了一害，小妖給你們叩頭了。」

木吒道：「這天上一天，人間可是一年呀，還不知道妳姐姐怎麼樣了！」

殷氏俯身將白靈扶起來，面對金吒道：「金吒，你送她下去，順便替天庭殺了這隻虎精，也算為人間除害，也算你頭功一件。」

「孩兒領命。」

哪吒道：「母后，這件事情因孩兒而起，還是讓孩兒去解決吧，我與白靈有宿世緣分，只有親自送她下去，我才安心。」

白靈含情脈脈地望著哪吒，道：「多謝三太子。」

李天王道：「就讓哪吒去吧，他最能降龍伏虎，除了此怪，也算功德一件，為父替你向玉帝請功。」

「兒臣領命，你們就等孩兒的好消息吧。」

哪吒向父母、兄弟告辭後，拽著白靈的手就往天王殿外跑去。

白靈感覺無比甜蜜，一百多年了，她從來沒有像今天這樣高興，她的臉上洋溢著少女般的羞澀。

白靈駕雲，哪吒蹬風火輪，朝岐山方向而去。來到岐山上空，哪吒和白靈降落下來。岐山上充滿著血腥味，偶爾有烏鴉叫，一片死寂，雪兔的屍體遍布岐山各處。當見到一隻肥大的雪兔屍體躺在那裡，白靈眼淚奪眶而出，撲上去將這隻死兔抱在懷中，順了順兔毛，哭喊道：「九嬸，是誰害死妳的？」

哪吒見滿山遍野的死兔，震驚道：「是誰這麼殘忍，殺了這麼多兔子？」

白靈放下懷裡的兔子，又看向另一隻兔子，她連滾帶爬地撲過去，抱起兔子痛哭道：「二弟，到底是誰殺了你們？！」

白靈哭得撕心裂肺，哪吒道：「白靈，會不會是妖王漆幽靈幹的？」

「除了他有這麼大本事還會有誰！他好狠呀，竟然滅我雪兔一族，我要殺了他為我雪兔一族報仇！」白靈恨得咬牙切齒。

白靈匆匆將橫屍山上的雪兔都給掩埋起來，面對哪吒，她痛徹心扉道：「三太子，妖王滅我滿門，這個仇我不能不報，我現在就找他報仇去。」

說罷，白靈轉身就朝妖王洞府方向跑去。

哪吒連忙上前，拽著白靈道：「殺妖王報仇的事情就交給我吧，我倒要看看他是個什麼怪物，既然如此邪惡？！妳不是他的對手，讓我幫妳吧！」

白靈道：「三太子，多謝你為我出頭，但這個仇必須由我自己來報，哪怕是跟他同歸於盡。放心吧，我吃了道祖的仙丹，有千年道行，即便殺不死他，他也休想傷我。果真我不敵再麻煩三太子不遲……」

見白靈如此執著，哪吒對她除了同情，更多了幾分愛慕之意。

哪吒暗中跟著白靈。白靈一個人來到妖王漆幽靈的山洞門口，滿地是血，草地上都是濺的血漬，死兔橫屍荒野。白靈一路走來痛心疾首，捂面痛哭，幾經崩潰。洞門沒有一個妖兵把守，巨大的石門上刻著一個大大的「王」字。洞門口除了被扒了皮的死兔屍體，還有人的顱骨，四周籠罩著陰森恐怖的氛圍。洞內十分嘈雜喧囂，是妖王和妖兵們正在洞內把酒言歡，吃吃喝喝。白靈聞聲走了進去，此時的妖兵們已經東倒西歪，各自斟酒，划拳，大口吃肉，大口喝酒，妖王漆幽靈一隻手拿著烤好的兔腿肉大口吃起來，一隻手端著陶碗，大口飲酒。妖王身旁站著岐山的山神，專門為他倒酒、陪笑、拍馬屁；土地公蹲在漆幽靈的背後替他捶背、按摩；漆幽靈也是醉醺醺的，快活似神仙，地上滿是摔碎的酒瓶子，還有啃剩下的兔肉骨頭。白靈悄無聲息地站在妖王的面前，表情幾乎已經麻木地盯著他。

眾妖見白靈，紛紛停下來，洞內異常安靜。妖王見白靈，以為自己在做夢，連忙揉了揉眼睛，睜大眼睛一看，笑道：「白靈，妳終於回來了。妳是逃不出我的手掌心的，妳這一走，雪兔一族都被妳連累了。」

「大家說兔肉好不好吃呀？」漆幽靈囂張地問諸妖。

「好……」眾妖回答得倒也整齊。

白靈氣得吹鼻子瞪眼，山神和土地見情況不妙，有意逃避，山神道：「大王，你有家事，我們就不參與了，小神先行告退。」

「不行，你們都是天界封的地仙，位列仙班，今天就讓你們做我的主婚人，就讓你們看看我是如何與她洞房的。」漆幽靈暴怒道。

二神吃了一驚，只好忍氣吞聲。

白靈面對二神冷笑道：「你們兩位，一位是岐山的山神，一位是本方的土地，你們是神仙，吃著天庭俸祿，怎麼能侍奉妖精左右呢？你們看著妖王殺我雪兔一族，扒皮抽筋，你們就無動於衷嗎？」

二神被白靈數落得面紅耳赤，埋頭不語。

白靈深呼一口氣，冷靜道：「漆幽靈，你把我雪姬姐怎麼樣了？」

漆幽靈得意道：「她呀，還沒死呢，被我吊在洞裡，死不了，不過也活不成了。」

「帶我去看看吧！」白靈道。

漆幽靈從石椅上站起來，來到白靈面前，用爪子摸了摸白靈的下巴，調戲道：「也罷，反正今天妳是逃不出我的手掌心的！」

漆幽靈領著白靈朝洞內走去，山神和土地趁機幻化逃走，眾妖繼續吃喝。

洞內洞洞相連，穿過幾個洞，就來到關押雪姬的暗洞，洞裡幾乎沒有什麼光線，只有火把照明，陰冷無比，雪姬就這樣被繩索吊在半空中，全身是傷，奄奄一息。

「姐姐，白靈連累妳了。」白靈淚流滿面地說道。

那雪姬睜開疲倦的眼睛道：「妹妹，妳不要管我，漆幽靈殺了我雪兔一族，我與他不共戴天。」

妖王漆幽靈冷笑道：「那好啊，妳們兩個都跑不了，還妄想報仇？」

白靈回頭面對漆幽靈，冷眼道：「還不放她下來。」

漆幽靈施法切斷了繩索，把雪姬放下來。白靈將雪姬抱在懷裡，熱淚盈眶道：「姐姐，是我連累了妳，連累了族人，後面的事情就交給我吧。」

白靈咬破手指，放在雪姬的嘴唇邊，道：「姐姐，快吸幾口我的血，或許可救妳的性命。」

雪姬有些不忍。在白靈的再三要求下，雪姬將信將疑地吸了幾口，突然她的傷勢痊癒了，氣色也有了好轉。

雪姬嘗試著站起來，吃驚道：「白靈，這是怎麼回事？」

白靈道：「妳沒事就好了。」

一旁的漆幽靈也深感吃驚，吞吞吐吐道：「這……這……」

白靈怒火中燒，面對漆幽靈道：「妖王，你滅我滿門，此仇不能不報，我們的事情今天必須做個了斷，有種的你就跟我出來！」

白靈怒氣沖沖地走了出去，漆幽靈冷冷一笑，也跟了出去。

雪姬難免有些不放心，喊道：「妹妹，妳不是妖王的對手！」隨即也跟了出去。

白靈來到山洞外面的空地上，展開陣勢，手裡變出一把寶劍來，準備與漆幽靈對戰。一旁的雪姬為白靈捏了一把汗，急道：「白靈，妳不是他的對手，還是算了吧，我怕他會傷了妳！」

白靈對雪姬之言不作回應。面對漆幽靈，白靈一副殺氣騰騰的樣子。漆幽靈卻不以為然，譏諷道：「看來妳今天是有備而來啊，不管妳有什麼手段，逃不出我的手掌心，出招吧！」

「惡魔，你屠殺了這麼多生靈，就算我不殺你，老天爺也不會放過你，今天就是你的死期，不是你死就是我亡！」

白靈說罷，便刺向漆幽靈。

漆幽靈見白靈來勢洶洶，連忙變出了雙錘，那雙錘是青銅製造，足有幾百斤，堪稱巨無霸。一方使劍，一方用錘，展開大戰。白靈步步緊逼，招招致命，漆幽靈見招拆招，一連退了數十步，白靈使了一招劈劍式，將漆幽靈的一隻耳朵給削了下來，漆幽靈痛得直捂傷口，鮮血直流。

漆幽靈急道：「小娘們兒，我處處讓著妳，看來妳今天是要我的命啊！」

漆幽靈便開始還擊，拚命與白靈一戰，這回他的雙錘使得出神入化，出招速度極快，白靈毫無還手之力，邊戰邊退。

白靈以氣御劍，與漆幽靈展開對攻，雙錘難敵寶劍鋒芒，漆幽靈的手臂再次被刺了一劍。

白靈也不幸被錘打中，當即吐了一口血，瞬間直不起腰來。

漆幽靈惱羞成怒，急道：「想不到數月未見，妳的功力大增啊！」

雪姬也很吃驚，道：「白靈，妳的法力都跟誰學的啊？才幾個月不見，妳就能和漆幽靈打成平手了？」

白靈道：「惡魔，你不知道吧，我吃了道祖的仙丹，如今已是千年道行，你就受死吧！」

漆幽靈大笑道：「我自化作人形以來，從未遇到對手，就憑妳一個小小的兔精能殺得了我這岐山大王？笑話！」

漆幽靈扔下雙錘，運了一口氣，化作一隻黑色的猛虎，爪子鋒利無比，牙尖嘴利，雙眼呈現出邪惡的血紅色。

那妖王的黑虎化形大叫一聲便朝白靈衝過去，那虎叫震耳欲聾，白靈和雪姬只好捂住雙耳。那黑虎正要吞了白靈，雪姬連忙撲上去護住白靈，黑虎剛張開大嘴，突然被哪吒的乾坤圈擊中頭部，立刻又變回了人形，痛得在地上打滾。哪吒蹬風火輪從天而降。

面對重傷倒地的漆幽靈，哪吒罵道：「孽畜，你好大膽子，憑什麼能在這岐山上稱王，你殺害了這麼多生靈，今天就是你的死期！」

哪吒正欲舉槍殺他，漆幽靈連忙用左手一擋，道：「等等，就算要死我也不能當糊塗鬼，我想知道你是誰。」

哪吒道：「就憑你還沒有資格打聽我的名號，快快受死吧！」

「三太子，漆幽靈殺我雪兔一族，還是讓我親手為同類報仇吧！」白靈急忙道。

哪吒這才收了威嚴。那漆幽靈一聽叫三太子，便從上至下打量哪吒，似有所悟道：「你是三壇海會大神哪吒？」

「算你還有點眼光。」哪吒道。

白靈捂住傷口，站了起來，面對哪吒道：「三太子，就不要跟他廢話了，讓我一劍殺了他。」

漆幽靈自知不敵，連滾帶爬地來到哪吒面前哀求道：「三太子，你就饒了小的吧……」

哪吒道：「你在岐山上塗炭生靈，多少生命死在你的手裡，你自以為森林之王，怎麼沒有想過饒恕他們的性命？」

哪吒轉過身去，白靈便一招就刺穿了漆幽靈的心臟。

漆幽靈當場斃命，化作一隻黑虎。

漆幽靈剛倒地身亡，那山神和土地就幻化而來，戰戰兢兢地來到哪吒面前，面對哪吒鞠躬。山神道：「小神岐山山神拜見三太子，多謝三太子為本山除了一害。」

「小神乃本方土地，謝過三太子。」土地神也諂媚道。

哪吒恍然大悟，冷笑道：「你們倆就是岐山的山神和土地吧！你們不用感謝我，我是受白靈所託，父王所差，也是本神的職責所在。本神聽白靈提過你們，身為地仙，吃著天庭俸祿，怎麼會被妖王所差遣？」

「慚愧，小神官卑職小，上不得天庭，見不得玉帝，打不過漆幽靈，只能苟全性命。」山神慚愧而委屈道。

哪吒道：「這裡是岐山，是西嶽大帝管轄之地，你們可以去太華山找他啊！」

「是是是……小神慚愧……小神二人已經將洞中的一干小妖清除乾淨了！」山神道。

哪吒面對二神道：「這裡沒你們什麼事兒了，走吧。」

「小神告退。」二神緩緩退去，消失得無影無蹤。

二神走後，白靈連忙向哪吒跪了下來，雪姬也一同下跪。

白靈感激涕零道：「三太子，多虧了你，白靈才能殺妖王替我同族報仇，白靈給你叩頭了。」

「雪姬也替我同族拜謝三太子。」

雪姬和白靈一起給哪吒叩了幾個頭。哪吒受寵若驚，連忙將二人扶起來，道：「妳們快快請起，於公我是在執行父王的旨意，於私我也是為白靈除一害。從此妳們姐妹倆在岐山上可以自在修煉了，再也沒有誰可以威脅妳們了，時機成熟，我便向玉帝請旨度妳們成仙。」

白靈姐妹一聽，激動地跳起來，異口同聲道：「真的？」

「想不到我們還會有那一天，果真如此，三太子就是白靈一輩子的貴人。」白靈感恩戴德道。

白靈姐妹將哪吒帶到了哪吒亭前。哪吒見到自己的銅像，既吃驚又震驚。

白靈看了看哪吒神像，向哪吒道：「三太子，這是你第三次救我了，第一次是你和二郎神幫我殺了狼妖，第二次是你在天庭護我，第三次你助我殺了妖王漆幽靈，這些白靈會銘記一輩子。三太子被封神後，白靈在下界再也見不到你，所以就塑了這一尊神像，只是希望每天醒來能看到三太子。」

哪吒的心被白靈的一番深情所感動，頓時熱淚盈眶。哪吒圍著他的神像繞了一圈，百感交集。

哪吒忍不住一把抱住了白靈，道：「白靈，謝謝妳為我做的一切，我哪吒乃凡人成神，何德何能得到妳的青睞。這是金蓮花瓣，日後妳們姐妹如果有難，只要對著金蓮花瓣大喊三聲我的名字，我在三界內任何地方都能聽到，我立刻趕過來救妳們。不過日後再遇妖孽，只要報我名號，相信三界內無人敢動妳們。」

白靈姐妹接過哪吒遞過來的金蓮花瓣，捂在胸口，視若珍寶。

「謝謝三太子。」白靈感動得稀裡嘩啦。

「再見白靈，再見雪姬。」哪吒向他們擺了擺手。

天上出現了一對青鸞火鳳，化作風火輪，哪吒搖起火尖槍，踏上風火輪，瞬間消失在青天白雲下。

雪姬面對白靈笑道：「妹妹，妳有福氣了，三界內有哪吒三太子護著妳，任何妖魔鬼怪都不敢再欺負我們了！」

白靈將金蓮花瓣捧在手心裡，臉上洋溢著笑容，如同泡在蜜缸中。

第二十章　蜀宮月冷霜寒

蜀王宮上空一輪如碾盤大的明月懸掛夜空，皎潔如霜，秋霧籠罩在王宮的上空，皎潔的月光在秋霧的遮掩下若隱若現。一群仙鶴呈人字形從王宮上空掠過，蜀王宮燈火通明，有巡邏隊，或持矛，或持盾，來回穿梭於王宮內。

夜已三更天，蜀王宮東北角的麗華宮中的燈火還亮著，隱隱約約聽到有女子哭泣的聲音。麗華宮裡住著蜀王叢帝的小女兒紫鳶。紫鳶公主年方十六，情竇初開，一雙清澈明亮的大眼睛，膚白貌美，楚楚動人。麗華宮裡的青銅樹油燈正燃燒著，一向活潑可愛的紫鳶公主此刻卻面帶憂傷，她坐在床榻前，眼淚汪汪地望著窗戶外的月亮，四周很安靜。

就在公主注目發呆的時候，一隻金絲猴向她走了過來，用牠的前爪撓著公主的繡花鞋，並且尖叫，牠好像明白紫鳶公主的心事。

公主低頭看了看金絲猴，微笑著將牠抱在懷裡，為金絲猴順了順毛，金絲猴很享受公主的溫柔。

公主含著淚對金絲猴道：「流星，當年我隨父王去蜀山狩獵，見你受了傷便把你帶回宮中，如今已是三年了。那天夜裡有流星飛過，你動作靈敏，像流星一樣，所以我給你取名流星。這三年來你就像是我的親人一樣，是我最好的朋友，只可惜紫鳶要嫁人了，不知道還能不能帶上你。明日朝會，庸國、羌國、微國、盧國、彭國、濮國、髳國七國公子將會向我父王提親，父王的意思是希望與庸國聯姻，庸國是侯爵諸侯，讓我嫁給庸國公子子昊，但此人刁鑽跋扈、惡名昭彰，我如果嫁給他，豈能如意。其實紫鳶早有所屬，他是王宮侍衛統領將軍風厘子。我與風厘子將軍早已相愛，怎奈宮規所阻，我們尊卑有別，只能偷偷幽會，流星你說我該怎麼辦？」

金絲猴流星望著她，然後從公主懷裡跳了下來，跑了。

這時候，紫鳶公主的貼身侍女小玉推門走了進來，來到公主面前，道：「公主，夜已深了，您早些歇息吧！」

紫鳶公主憂心忡忡道：「小玉，我睡不著，讓我嫁給不愛的人，不知該怎麼辦？我是了解父王的，他希望透過與庸國的聯姻達到他的目的，這是誰也改變不了的。」

宮女小玉安慰道：「公主，明天的事情誰也說不好，還是先睡吧，無論公主嫁到哪裡，小玉都永遠陪著公主。」

宮女小玉一邊安慰公主紫鳶，一邊伺候她寬衣解帶，待公主安睡後，小玉才吹滅油燈輕輕離開。

晨霧還未散去，成都平原上升起了縷縷炊煙，街市上滿是販夫走卒的聲音。陽光灑在氣勢恢宏的蜀王宮大殿之上，王宮內外站滿了士兵，他們一個個雄姿英發。千秋宮中，蜀國的文武大臣們正跪坐左右兩邊，每人面前放著一張漆桌，桌子上擺滿了漆盤，盤子裡裝著各種水果；桌子上放著盛湯的鼎，鼎內裝有已經煮熟的肉湯。大殿之內的牆壁上，掛著各類玉器、象牙。

蜀王叢帝正跪坐在大殿王座之上，擺在他面前的飯食自是比大臣們要豐盛許多。叢帝鱉靈雙目炯炯有神，臉上長著如龜殼般的紋路，身材健碩，四十來歲，著王冠王服。

叢帝身邊內侍上前喊道：「宣七國公子及其使臣覲見。」

少時，七國公子進入千秋宮，他們的身後各有幾名隨從，挑著大口大口的漆木箱子進入了大殿，隨之將大箱子擱置一旁。

七國公子相貌各有特點，有的一表人才，有的又瘦又禿，有的則長得一臉憨厚。七國公子紛紛參見蜀國叢帝，首先是庸國公子子昊，上前作揖道：「我乃庸國公子子昊，拜見君上。」

「羌國公子允賢，拜見蜀王。」

「微國公子眉秀，見過蜀王。」

「盧國公子密，見過蜀王。」

「彭國公子淵，參見蜀王。」

「濮國公子濮章，拜見蜀王。」

「髳國公子子器，參見蜀王。」

七國公子一一向叢帝行了禮。叢帝身體微微前屈，伸出雙手，笑道：「七位公子免禮，七國爵位雖有不同，但都是大周朝諸侯國，快快請起。」

諸公子站了起來，整理完衣冠，面對叢帝。

叢帝對諸公子的來意心知肚明，笑道：「聽聞公子們幾日前就陸陸續續來到成都，下榻驛館，不知公子們來此何意啊？」

羌國公子允賢上前向蜀王作揖道：「君上，紫鳶公主今年一十有六了吧，允賢今日攜聘禮向君上求親，將一心一意對待公主。」

諸國公子一擁而上，爭先恐後向叢帝示好。叢帝表現得很為難，他不置一詞，偷偷瞟了一眼庸國公子子昊，那子昊深沉而鎮定，待諸公子爭相介紹完自己，他才不慌不忙地站出來，面對叢帝深深作揖，道：「君上，子昊對公主仰慕已久，如果君上肯將公主嫁給我，將來我當了庸侯，我一定將公主封為夫人。庸國與蜀國為世代盟友，君上當知庸侯有三個兒子，我是最有把握繼承國君之位的吧？」

叢帝心裡正盤算，表現出十分為難的樣子。彭國公子淵看了看叢帝，面對子昊急道：「子昊，你憑什麼說你能成為庸國世子？你又憑什麼說你能給公主幸福？我們今天來的各國公子哪一個不是各國國君挑選出來的？」

彭國公子淵一臉的不服氣，其他諸國公子紛紛起鬨，質問庸國公子子昊，朝堂上吵吵嚷嚷，百官議論紛紛，交頭接耳，人聲鼎沸。

叢帝伸手示意，一副為難的樣子道：「諸位，寡人只有一個女兒，你們都有迎娶之意，寡人如何是好啊？寡人如果把女兒嫁到羌國，庸國等諸公子不同意，如果把女兒嫁給彭國吧，微國、盧國公子又不高興，這事寡人也十分為難啊！」

蜀國丞相李恆出列，持笏板向叢帝道：「君上，既如此，何不把這個難題交給上天，讓上天來決定？」

叢帝道：「丞相有何良策快快道來。」

「君上，何不讓內侍挑幾樣公主的衣物和飾品，讓諸國公子來指認，若被認出就說明與公主有緣，若認不出或認錯了，就怨不得君上了。」丞相李恆道。

眾臣聽罷，連連叫好。

叢帝大喜道：「這個主意不錯，就讓上天決定，諸侯怨不得寡人，公主和諸位公子也怨不得寡人。杜太傅你說呢？」

叢帝面對殿下的太傅杜翎問道。

「相公此法甚妙，臣沒有異議。」太傅杜翎道。

叢帝又瞅了瞅諸國公子，問道：「諸位公子覺得呢？」

「如此，我等也認了。」微國公子眉秀道。

諸公子皆表示同意。

叢帝甚喜，面對內侍道：「快取幾件公主的衣物和飾品出來，讓諸公子猜。」

「唯。」十名內侍紛紛朝著公主的寢殿方向走去。

少許，十名內侍每人手中用漆盤端著紫鳶公主的衣服還有飾件，朝著叢帝面前走過來。

叢帝向諸公子笑道：「諸位公子聽好了，這十名內侍每人手裡一個漆盤，每個盤子裡有一件衣物和一件頭飾。但這十個漆盤中只有一件衣物和一件飾品是紫鳶公主的，其他的都不是，哪位公子猜對了，公主就許配給他，猜錯了就莫要怪寡人了。你們選中哪個內侍手裡的漆盤，只需要站到他面前就行，都清楚了吧？」

諸位公子面面相覷，猶豫許久才表示同意。

公子們開始在每個漆盤裡翻來覆去地看，看衣物的紋路、材質，看飾品的做工，一會兒工夫，諸公子都站到了他們各自選好的漆盤面前。

叢帝面對庸國公子子昊笑道：「庸國公子子昊，祝賀你，你猜對了。」

諸公子不服，紛紛表示抗議。盧國公子密激動道：「憑什麼是庸國公子，我等不服，如果今天公子子昊不說出個道道來，我等絕不還國。」

叢帝伸手示意，微笑道：「諸公子稍安勿躁，不妨就請子昊公子說說你的道理？」

庸國公子子昊拿起紫鳶公主的衣物，得意道：「公主喜歡用牛奶和玫瑰泡澡，這衣物上有公主殘留的花香和奶香，不信大家聞聞。」

子昊將公主衣物伸給諸公子一一嗅聞，這才平復了諸公子的情緒。子昊公子接著道：「公主最喜歡橘紅色，又喜歡杜鵑花，你看這袍子上繡著杜鵑花，至於這髮簪，公主最喜歡玉和珍珠，正好這髮簪上鑲著玉和珍珠。君上，我分析得沒錯吧？」

子昊公子拿起髮簪說得頭頭是道，叢帝拍手叫絕道：「好！子昊公子說的分毫不差，這正是公主的物品，看來子昊公子為了迎娶公主倒是費心了。諸位公子這下服氣了吧？」

「哼，告辭。」微國公子眉秀朝叢帝作揖後便匆匆離去。

諸國公子皆垂頭喪氣地離開了。

那庸國公子子昊倒也會來事，連忙朝叢帝跪拜道：「小婿拜見婦翁。」

叢帝甚喜道：「公子免禮。」

太傅杜翎深感此事蹊蹺，便對子昊道：「子昊公子未免心急了些吧？兩國聯姻可是大事，公主還尚不知情呢！」

叢帝眼神游離不定。

紫鳶公主聽聞庸國公子子昊即將要迎娶自己，將自己關在宮裡，時有劈里啪啦的聲音從宮內傳出來，時而聽見有公主抽泣的聲音傳出來。公主的侍女小玉被紫鳶公主關在殿外，她拚命敲門，呼喊著公主，但始終不開門，侍女小玉急得直跺腳。侍衛統領風厘子將軍帶隊巡邏，從麗華宮經過，見侍女小玉心急如焚，連忙走上前去，拍了拍小玉的肩膀，問道：「妳站在這裡幹什麼？！」

小玉見風厘子，忙跪拜道：「拜見將軍，公主將自己關在屋裡已經大半天了，真怕她出什麼事兒！將軍還是快想點兒轍吧。要不要請示君上？」

這風厘子將軍約莫三十多歲，身材高大，氣宇軒昂，一身牛皮甲冑，腰間佩帶青銅彎刀。他撇開侍女小玉，敲了敲門，喊道：「公主，開門呀，公主……」

一聽是風厘子將軍，紫鳶公主這才緩緩打開門。只見公主滿面淚痕，十分憔悴，頭髮也十分凌亂。風厘子和侍女小玉隨公主進入寢殿，只見屋內一片狼藉，漆盤和果品散落一地，青銅樹燈也被推倒了，屋裡的竹簡、漆木碗，還有掛在牆上的象牙也散落一地，七零八落。

紫鳶公主一見風厘子，情不自禁地一把抱住了風厘子，依偎在他的懷裡。金絲猴流星正在一邊目不轉睛地看著。侍女小玉嚇得臉色煞白，低聲道：「公主，將軍，你們……」

無奈的小玉連忙去到門口張望一番，便迅速關了宮門。

她來到風厘子和公主面前，恐懼道：「公主，將軍，現在各國公子尚未離去，還在成都，你們這樣要是被君上知道了，不知道會有什麼後果……」

侍女小玉急得直跺腳，紫鳶公主顯得很鎮定，道：「小玉，妳去宮門口把風，如果有人來了，妳立刻進來通報！」

「哎呀，你們真的難為死我了。」侍女小玉忐忑不安地走了出去，關了宮門，在門口把風。

紫鳶公主淚流滿面地對風厘子道：「風大哥，你應該聽到了吧？父王要把我嫁給庸國公子子昊，那個人在庸國做了不少惡事，不是什麼好人，父王將我嫁給他，我能幸福嗎？」

風厘子用袖口為公主擦拭著眼淚，道：「七國公子同時向君上提親，偏偏就讓庸國子昊誤打誤撞，偏偏庸國又是七國中實力最強的諸侯，我覺得這裡面有蹊蹺。關於大殿之上，諸國公子猜公主衣物一事，我料定是君上事先和子昊商量好的，君上和丞相可能只是在大殿上唱雙簧……」

紫鳶公主憋屈道：「父王就是這樣的人，她犧牲我的終身大事，讓蜀國和庸國結為姻親，如此強強聯手便可稱霸一方。不行，我要找父王去。」

風厘子將軍一把拽住公主手腕，道：「公主，這只是我的猜測，我們沒有證據。」

「我不管，我就是死也不會嫁給那個混蛋！」公主激動不已。

侍女小玉突然推門進來，慌張道：「公主，將軍，君上來了。」

風厘子一聽，便要躲藏，公主道：「風大哥，我們清清白白有什麼好藏的，要是被父王發現了，我們可真的說不清了。」

風厘子這才作罷。公主連忙對小玉道：「妳快把宮門打開，有妳在，父王也不會誤會。」

小玉匆匆將宮門打開，便回到公主身邊，公主來到床榻前坐下，風厘子遠遠地站著。

「君上駕臨麗華宮。」叢帝身邊內侍通報道。

紫鳶公主有氣，不肯出門接駕，侍女小玉和風厘子匆匆出門接駕，跪迎道：「拜見君上。」

叢帝吃驚道：「風厘子你不在宮內巡邏，在公主宮裡幹什麼？」

風厘子吞吞吐吐，支支吾吾。

「君上，公主將自己關在房裡，一天不吃東西，奴婢敲門也不來，風將軍怕公主出事，這才撞門進去。」小玉道。

侍女小玉為風厘子解了圍，風厘子這才鬆了一口氣。

叢帝大吃一驚，道：「什麼？公主將自己關在房裡一天沒有吃東西？」

小玉吞吞吐吐。叢帝闖了進去，見公主披頭散髮地坐在床榻前，手裡握著金剪刀。見叢帝走過來，紫鳶公主將剪刀比在脖子上，激動道：「父王，你別過來，我今天就死在你面前。」

叢帝鎮定道：「快把剪刀放下！好好的幹嘛要尋死覓活的？」

叢帝身邊的內侍緊張道：「公主，快把剪刀放下。」內侍欲上前奪下公主的剪刀。

公主將剪刀對準內侍，哭訴道：「你們都別過來！父王，你是不是要把女兒嫁給庸國公子子昊？你難道不知道他是一個什麼樣的人嗎？如果要讓我嫁給他，我寧願去死。父王，你不要以為我不知道，是你和丞相唱雙簧騙過六國公子，將女兒嫁給子昊。」

叢帝心虛道：「你胡說八道什麼？」

叢帝又回頭對眾人道：「你們都先下去，關上門，寡人和公主單獨談談。」

風厘子和一干隨從、侍女紛紛退出麗華宮，並關上門。

紫鳶公主面對叢帝冷笑道：「父王，被我言中了吧！你是怕陰謀揭穿，你的面子上掛不住吧！」

叢帝走到公主面前，奪下公主剪刀，坐在她身邊，安慰道：「女兒，父王都是為了妳好，為了蜀國好。庸國物產豐富，兵強馬壯，其他六國太窮，父王怕妳受苦。人都是會變的，說不定妳嫁過去子昊會為妳改變的，況且在大殿上父王見他也沒有那麼不堪嘛！」

紫鳶公主撒氣道：「父王，要嫁你嫁，反正女兒不嫁！望帝時期，蜀國多麼強大，望帝禪位於你，到了父王手裡，難道蜀國還要靠聯姻才能維持強盛嗎？」

叢帝惱羞成怒地站了起來，瞪著紫鳶公主道：「紫鳶，妳嫁也得嫁，不嫁也得嫁，妳就是死了，寡人把妳的屍體也要抬到庸國去。」

見叢帝鐵了心要把她嫁出去，紫鳶心寒了，她的金剪刀掉到了地上，她淚如雨下，淚珠滴在地板上。

金絲猴流星來到了公主面前，不停地嘶叫，抓狂。

叢帝怒氣沖沖走出了麗華宮，回頭對侍女小玉和風厘子道：「沒有寡人旨意，不准公主離開寢宮半步，一日三餐按時送到，如果公主餓瘦了，寡人就拿你們是問。」

小玉嚇得連忙叩頭答應。

夜已二更，明月高掛。麗華宮裡的紫鳶公主急得如熱鍋上的螞蟻，她被鎖在宮裡，宮外有重兵把守。紫鳶公主的侍女小玉正在門外靠著柱子打盹兒，紫鳶公主一個勁兒地敲門，喊道：「快放我出去，小玉……」

侍女小玉的心裡七上八下的，不知道如何是好，見公主被命運捉弄，她的心裡也不好過，道：「公主，妳就安心睡吧，我在外面守著呢。」

「小玉，妳快進來一下，我有話對妳說。」紫鳶公主道。

小玉看了看兩旁的侍衛，小心翼翼開了門，走了進去。紫鳶公主見侍女小玉進來，連忙將門關上，將侍女小玉拽到裡屋，一頭跪在了小玉的面前。

侍女小玉誠惶誠恐，連忙給公主跪了下來，恐懼道：「公主，妳是千金之軀，身分尊貴，怎麼給奴婢下跪，這不是折煞奴婢了嗎！」

紫鳶公主雙手摟著小玉的雙肩，道：「小玉，妳我相識以來我對妳怎麼樣？」

「公主待我恩同再造！」

「我一直當妳是好姐妹，從來沒有當妳是下人，妳可願幫我逃離王宮？妳不會眼睜睜看著我羊入虎口吧？如果真的嫁到庸國，我這輩子就毀了！小玉，求妳一定要幫我這個忙！」公主苦苦哀求道。

小玉深感吃驚，問道：「公主，妳要我幫妳，我怎麼幫妳？奴婢只是一個宮女，如果讓君上知道了，非扒了我的皮不可！」

紫鳶公主道：「妳去找風將軍來，讓他帶我離開王宮，很簡單，只要我穿上軍裝，趁夜色就能逃出去，我和他就能遠走高飛了！」

小玉道：「公主，妳真的想好了，真的願意捨下這一切？如果一旦做了，可就沒有回頭路了！」

「嗯。」紫鳶公主堅定地點點頭道。

「那好，我這就去找風將軍，將公主的想法告訴他，怕只怕……」

小玉一副猶豫不決的樣子道。

紫鳶公主道：「妳擔心什麼？」

「奴婢是在擔心風將軍，擔心他沒有這個勇氣背叛君上，如果行動失敗，將軍將受到極刑，對公主的名聲也不好！」小玉顧慮道。

紫鳶公主望著窗外的月色，斬釘截鐵道：「去吧，我相信將軍。只要能跟他在一起，哪怕不做這個公主，願意和他一起去山野之中蓋間茅屋過男耕女織的日子。」

小玉將公主扶了起來，道：「既然公主想好了，小玉也豁出去了。」

說罷，侍女小玉便開了門出了麗華宮。

紫鳶公主坐在麗華宮裡的臺階上，盯著青銅樹上的油燈冥想，像是丟了魂兒，金絲猴流星就在她的身邊來回地走，時不時撓撓公主的繡花鞋。

聽到風厘子的聲音，紫鳶公主一下子緊張起來，她站起來面對著宮門，見風厘子一進來，她一把抱住風厘子，依偎在他懷裡，哭道：「風大哥，帶我走吧，遠離王宮，我們一起去浪跡天涯，周遊列國，去岐國，去觀國、姜國都可以，只要能和風大哥在一起。」

風厘子拍了拍公主的背心，為難道：「公主，我跟隨君上十年了，妳讓我這個時候背叛他嗎？」

紫鳶公主對風厘子的真心有所質疑，問道：「怎麼？風大哥是捨不得高官厚祿？榮華富貴？」

風厘子冷笑，拍了拍胸脯道：「我怕什麼，我風厘子本就是孤兒，無父無母，沒有兄弟姐妹，孑然一身，只要公主高興，我願意放棄一切，反正這宮裡的日子我也受夠了！只是……」

風厘子回頭看了看侍女小玉，道：「只是我們逃出宮去，會不會連累小玉？君上一定不會放過她。」

紫鳶公主面對小玉道：「小玉，要不妳跟我們一起走吧，日後只要我有一口飯吃，就不會餓著妳。」

小玉感動涕零道：「公主，有妳這句話，小玉就算被君上處死也值了。小玉一家都在成都，我往哪裡逃，如果我跟公主走了，我的家人也要受到牽連。公主你們放心吧，你們走後我把自己打暈，到時候君上那裡我也好交代。」

紫鳶公主愧疚地拉著小玉的手，熱淚盈眶道：「小玉，謝謝妳，苦了妳了。」

風厘子催促道：「公主換上侍衛的衣服，等到了三更再走，殿外的幾名侍衛都是我的親信，一會兒妳穿上侍衛的衣服走在他們中間，我們就可以出宮了。」

風厘子將早已準備好的一套侍衛服遞到公主手裡。

夜已深，月光在秋霧的籠罩下，朦朦朧朧，宮內外的很多侍衛都有些許倦意，打著盹兒。侍衛統領風厘子將殿外留守的幾名親兵都叫進了麗華宮，假裝幫忙搬運箱子，紫鳶公主換上侍衛裝，就混跡在這群人中。待幾名侍衛和公主走遠，風厘子便跟著走出麗華宮，為了不使侍衛們懷疑，他關門時並假裝朝宮裡喊道：「公主，妳好生歇息，末將告退，小玉要照顧好公主。」

隨之風厘子便關上門，跟著公主和親信侍衛抬著箱子朝著青龍門而去。幾名侍衛抬著箱子走到一處花叢邊，風厘子面對親信道：「你們幾個快將這口空箱子放到花叢裡，隨我和公主走。」

幾名侍衛依了吩咐，照做，放完木箱子，並遮掩起來。公主又才混入侍衛中間，風厘子走在前面，他們一起朝著青龍門走去。那青龍門是蜀宮的正門，城樓上和樓下少說有幾百士兵把守，城門有十幾名士兵。

宮門將軍見有一路人出來，忙令士兵將士攔截，將軍道：「何人這麼晚還要出宮？」

紫鳶公主有些緊張，蹲在士兵中微微發抖，風厘子將手背在身後，摸了摸公主的手，暗示她放心，好在是晚上，這一動作沒有被對方看到。

風厘子來到守宮將軍面前，催促道：「姚將軍，是我風厘子，君上差我出宮辦點事，你快讓開！」

宮門令姚將軍笑道：「哦，原來是風統領，你深夜出宮幹什麼我不知道，你說是君上的旨意，那你請稍後，我去請示君上。」

一聽，紫鳶公主驚出一身冷汗。

風厘子喝道：「大膽姚元聖，君上若無緊急公務，會派我這個時辰出宮嗎？我可是君上最信任的人，你難道還有什麼懷疑的嗎？耽誤了君上的大事，你吃不了兜著走！再說了，君上可能已經睡了，你還要不要腦袋了？」

「可是……這……」姚將軍吞吞吐吐，一副很為難的樣子。

風厘子再次厲聲道：「什麼可是？還不快快讓開！」

姚將軍無奈，只好對侍衛們揮了揮手，放風厘子和公主一行人離開。守城士兵一放行，風厘子和侍衛們就急急忙忙走了。姚將軍有些懷疑，便對守宮的士兵道：「你們好好守著，我去去就來。」

城外早已準備好了馬車，風厘子伺候公主上了馬車，便對幾名親兵道：「宮裡你們是回不去了，你們還有什麼打算？」

「我們幾個商量好了，帶上妻兒老小去庸國。」一名侍衛道。

紫鳶公主面對侍衛們，深感愧疚道：「連累你們了，你們快走吧，有機會我們再報答你們。」

「說什麼報答不報答，我們也不希望公主嫁給自己不喜歡的人，我們先走了。」一名侍衛道。說罷，他們趁著月色跑了。

風厘子和公主深受感動，風厘子舉鞭策馬，帶著紫鳶公主趁著月色朝西邊去了。

紫鳶公主憂心忡忡問道：「風大哥，我們去哪裡？」

「去西邊，那裡地廣人稀，他們找不到我們的。坐好，我要快馬加鞭了，估計很快他們就帶人追出來了。」

風厘子快馬加鞭，一路顛簸，紫鳶公主差點被甩了出來。

青龍門姚將軍行色匆匆，來到昭明宮，兩名內侍站在宮門口守著，姚將軍面對二位內侍，心急如焚道：「煩勞二位通報一下君上，末將有要事稟報！」

「姚將軍，有什麼事兒明兒再說吧，現在君上已經睡了。」一名內侍道。

殺頭的。」

姚將軍火急火燎，道：「快去吧，再晚些，我們大家都吃罪不起啊，十萬火急啊！」

兩名內侍十分為難，另一名內侍道：「將軍，不是我們不通報，現在進去打擾了君上，我們都要

外面爭吵不休，驚醒了宮裡的叢帝，叢帝從床榻起身，披上衣服，坐起來，對外喊道：「是誰呀，在外面吵吵嚷嚷，有什麼事進來說吧。」

姚將軍在兩名內侍的陪伴下進入到昭明宮，面對叢帝，姚將軍行了跪拜禮，急道：「君上，剛剛侍衛統領風厘子帶著一幫侍衛出宮了，說是奉了您的旨意，末將特來請示君上。」

叢帝吃驚道：「什麼？風厘子這麼晚出宮幹什麼？還敢假傳旨意，誰給他的膽子？他到底要幹什麼？」

姚將軍誠惶誠恐，道：「他帶的侍衛大概有八九個人，其中有一個人末將看起來有點像紫鳶公主，天太黑，末將看不清楚，末將不敢阻攔，只有放行。」

叢帝大驚失色，從床榻上下來，穿上鞋襪，來到姚將軍面前，道：「你幹什麼吃的？廢物！準是紫鳶公主與他私奔了，告訴你，這件事情不能聲張，有辱王室顏面。真是廢物！」

叢帝走過去踹了姚將軍一腳，將他踹翻在地，憤怒道：「走，隨寡人去麗華宮看看。」

叢帝披上斗篷匆匆忙忙趕赴麗華宮，兩名內侍和姚將軍陪同。站在麗華宮外面，見裡面的油燈還亮著，叢帝便命人開了宮門的鎖，進去一看，見侍女小玉倒在地上，額頭上都是血，她的旁邊放著一個銅盤子，上面血跡斑斑。

姚將軍將手指放在侍女小玉的鼻孔前，面對叢帝道：「君上，還有氣。」

「把她叫醒，寡人有話問她。」姚將軍拍了拍小玉的臉，又推了推她，喊道：「小玉姑娘……」

一連喊了幾聲，小玉才醒過來，假裝不知道發生了什麼事兒。

「公主哪裡去了？」叢帝面色鐵青道。

小玉吞吞吐吐，迷迷糊糊道：「公主……我不知道，我只知道公主拿盤子把奴婢打暈，後來的事情奴婢就不知道了。」

叢帝道：「妳和公主感情那麼好，寡人是了解公主的，她忍心打妳嗎？定是妳與公主串通，幫公主逃脫，寡人回頭再收拾妳。」

侍女小玉不敢再說話。

叢帝向姚將軍道：「你速傳大將軍姜禮，帶五百甲士把公主和風厘子給寡人追回來，讓他不用進宮，直接去追，追不到提頭來見。」

「唯。」末將領命。

姚將軍急急忙忙走出宮外。

叢帝瞅著躺在地上的小玉，對內侍道：「將宮女小玉給寡人關起來，明日寡人再審她。」

說罷，叢帝背著手，怒氣沖沖地走出了麗華宮。

＊　＊　＊

已近辰時，東邊的朝陽正冉冉升起，晨霧逐漸散開，遠處就是大雪山，高入雲端，日照金山，大雪山周圍全都是原始森林，風厘子所駕馭的馬車正往雪山方向去，後有追兵，蜀國大將軍姜禮正帶著五百兵士在後面窮追不捨，地上揚起滿天黃沙。

「風厘子，你快停下來，你要帶公主去哪兒？」姜禮喊道。

紫鳶公主從馬車上探出頭來，朝後面的追兵望了望，見四周一片荒涼，問道：「風大哥，大將軍追來了，他向來鐵面無私，恐怕這次我們是逃不了了！」

風厘子咬咬牙道：「公主，放心吧，我一定不會讓他抓到我們。」

面對風厘子的決心，紫鳶公主卻有些不安，問道：「前面是哪兒？好高一座雪山啊。」

「公主，前面是蜀山啊，妳忘記了？那隻金絲猴流星就是在那座山上救的嗎？」風厘子道。

公主恍然大悟，道：「風大哥，你快停下來，前面就是懸崖。」

風厘子時不時回頭和紫鳶公主說話，沒有看路，當他及時反應過來，突然馬失前蹄，風厘子驚慌失措，一把抱住了公主。馬和馬車一起掉進了懸崖，摔得粉碎，風厘子抱著公主，一隻手緊緊抓住懸崖邊一塊石頭，千鈞一髮。大將軍姜禮見到，連忙從馬背上下來，衝進去要搶救他們，突然石頭鬆了，兩人雙雙掉進了峽谷中。

兵士紛紛左顧右盼，不敢吱聲，大將軍姜禮嚇得臉色煞白，朝谷底喊道：「公主……」

副將上前向大將軍道：「將軍，我們該怎麼辦？」

「還能怎麼辦？快派人下去找啊！」大將軍姜禮情緒失控道。

五百士兵一起尋路下山去找。

麗華宮裡的金絲猴突然躁動不安起來，抓狂，怪叫，牠化作一道金光飛走了。金絲猴變成了一個俊俏郎君，一頭金髮，兩眼放光。當牠見到紫鳶公主和風厘子的時候，風厘子滿臉是血，身上全是樹枝的劃傷，紫鳶公主躺在風厘子的身體上。金絲猴精將手伸到風厘子的鼻孔邊，發現他已經沒氣了；牠又摸了摸公主的脈絡，發現公主還活著，金絲猴精痛心疾首，哭道：「公主，妳對我有救命之恩，我不能不報，妳那麼愛風統領，他現在死了，等妳醒過來一定接受不了，不如就讓我代替他，在妳身邊照顧妳吧！」

說罷，金絲猴精附身到了風厘子的身上，他睜開眼睛，將公主扶起來，搖晃公主的身體呼喊道：「公主，妳快醒醒！」

紫鳶公主緩緩睜開眼睛，微笑道：「風大哥，我們還活著？」

「嗯，以後我們自由了，他們再也找不到我們了，我們就在雪山下這個地方搭個窩棚，我可以去山裡打獵，這樣我們就可以組成一個家了。」金絲猴精道。

紫鳶公主欣慰道：「只要能與風大哥在一起，去哪裡都可以，蜀山這麼美，就是死在這裡也值了。」

金絲猴精將公主扶起來朝著森林走去。

大將軍姜禮苦尋無果，只能回到成都交差。那叢帝聽聞公主摔下了山崖，下落不明，心急如焚，愛女心切的他差點暈死過去。七國公子聽聞公主已死，便各自從消了念頭，陸續回國。叢帝從此一病不起，宮中醫官束手無策。

叢帝躺在床榻上，暈暈沉沉，迷迷糊糊，吃不下飯，時而清醒，時而糊塗。這可急壞了丞相李恆、太傅杜翎、大將軍姜禮和一干文武大臣。

宮中醫官查不出叢帝病因，三人商議後，決定張貼王榜在民間尋醫。

一時間成都的大街小巷，但凡能貼王榜的地方都貼了布帛，街頭的百姓們放下農具和生意紛紛湊過去看熱鬧，對叢帝的病情是各有說辭。

蜀宮白虎門外出現一個貌似異邦來客的中年男子，他的相貌特徵明顯，高鼻深目，顴面突出，闊嘴大耳，耳朵上還有很多穿孔，兩邊耳朵吊著金環，手執金杖，金杖上有人物、魚鳥的紋路，身上披著五顏六色的華服，風格不僅不同於中原，也不同於巴蜀，頭上包著頭巾。他走在人群中格外顯眼。他當著眾人的面揭了王榜，群眾都以異樣的眼光看他。白虎門士兵見這異邦之人揭榜，忙上前詢問道：「你是何方人氏？竟敢揭榜？」

「我要見你們國王，我有法子醫他的病。」這異邦男人一副目中無人的表情道。

士兵回頭看了看守城的士兵，其他士兵見有蹊蹺，又上來兩個，那士兵看了看他們，道：「這異邦男子說他能治君上的病！」

其中一名士兵冷笑，道：「宮裡的醫官都是從全國選的名醫，他們都醫不好我們君上的病，你憑什麼可以？我們又憑什麼相信你？你到底何方人氏？不說我們就把你抓起來。」

這異邦男子用那金杖偷偷使了一招魔法，他身後站著的婦人突然鬧肚子痛，痛得在地上打滾，這異邦男子取下腰間牛皮水袋給婦人喝了一口，並唸了唸咒語，婦人立刻見好。

百姓們都被異邦男子的妖法騙了，紛紛對他讚不絕口，白虎門的士兵也目瞪口呆。一名士兵笑道：「果然有些本事。你既然要見我們君上，你也要讓我們知道你是何方人氏吧？我看你的樣子非我中華人氏，也不像蠻夷，你到底來自哪裡？」

「我來自遙遠的馬其頓王國，你們這裡的人大概永遠也到達不了那裡，那是一個神祕而偉大的國家。」異邦男子捂著胸口自豪地說。

一名士兵道：「你先在宮門口等候，我等先進去向丞相和太傅稟報，他們同意了，我們就可以請你進去。」

異邦男子入鄉隨俗，面對官員作揖，一名士兵隨之進宮通報。

丞相和太傅聽聞有異人到來，忙在昭陽宮外候著，兩名士兵將那異邦男子引到丞相李恆和太傅杜翎的面前，二人見此人裝扮如此詭異，深感詫異。丞相李恆捋了捋鬍鬚問道：「聽說你來自馬其頓王國，本官聽過沒去過，可有萬里之遙啊！你叫什麼名字？」

「我叫馬拉都，聽說你們國王病了，我特來相醫。」馬拉都將右手放在胸口，面對二位大人鞠了一躬。

太傅杜翎在馬拉都的身上打量一番，深感疑慮道：「我蜀國多少名醫都醫不好我家君上，你真的行嗎？」

「如果醫不好貴國王，本人願受極刑。」馬拉都胸有成竹道。

太傅杜翎面對丞相李恆點了點頭，丞相李恆看了看馬拉都道：「那你跟我倆進來吧，我家君上就在宮裡。」

丞相和太傅將馬拉都引到叢帝的御塌前，叢帝正躺在床榻上，臉色蒼白，沒有一點血色，像是病入膏肓的樣子。

馬拉都回頭看了看丞相和太傅，道：「不知貴國王近日可遭遇煩心事？」

丞相搖了搖頭，嘆道：「公主失蹤，君上寢食難安，一病不起。」

馬拉都道：「看來這位公主定是貴國王的心肝啊，不然貴國王也不會一病不起。」

太傅和丞相雙雙嘆氣，並將臉側到一邊。

馬拉都道：「我治病的時候，不希望旁人在我身邊，以免醫術外洩，這可是我家族祖傳祕方。請二位大人暫避，一會兒貴國王康復後，我自會傳二位大人。」

丞相李恆猶豫片刻，決定道：「也罷，只要你能醫好我家君上，你就是我蜀國臣民的恩人，相反，如果君上有個什麼閃失，你也休想活著離開蜀國。」

「二位大人就放心吧。」

丞相和太傅疑慮重重地離開了宮殿。

如今大殿裡，只剩下叢帝和馬拉都兩人。馬拉都舉起金杖，置於叢帝頭部上方，並默念咒語，有萬道金光照耀叢帝，叢帝緩緩睜眼，氣色也好了很多。

叢帝見馬拉都，被他的長相和著裝所驚，恐懼道：「你是何人？」

「國王陛下，在下馬拉都，來自馬其頓王國，奉丞相和太傅之命特來醫治陛下，如今陛下的身體已然康健。」馬拉都退了兩步道。

叢帝從御榻上坐起來，並穿上鞋子，面對馬拉都疑惑道：「是你救了寡人？」

「正是。」馬拉都恭敬道。

叢帝站了起來，道：「你救了寡人，想要什麼賞賜？」

馬拉都道：「久聞蜀國物華天寶，又獨立於中原王朝之外，乃國中之國，而我馬其頓王國，國小民弱，物資匱乏。馬拉都有個夢想，希望陛下能成全，權是陛下報答我的救命之恩！」

叢帝道：「那你想要什麼？」

「我要這一國財富，我要執掌蜀國大權，讓我西方教在蜀國遍地開花。這裡也不再是道教的地盤，蜀國君臣民要拜我西方二位教主，他們才是真神。」馬拉都囂張道。

叢帝大吃一驚，道：「你是何方妖邪？我乃堂堂蜀國君主，萬民所託，豈會受你擺布？」

叢帝正要大喊，馬拉都袖筒一揮，不知使了何幻術，迷了叢帝心神，叢帝一屁股坐在了御榻上。馬拉都問道：「我是誰？」

「你是寡人的大祭司。」叢帝道，其實叢帝此刻自己也不知道在說什麼，完全被馬拉都控制了。

馬拉都接著問道：「你可願聽命於我？」

「日後大祭司的意願就是寡人的意願。」叢帝道。

馬拉都得意忘形，朝殿外喊道：「陛下有旨，宣丞相和太傅覲見。」

丞相和太傅緩緩走來，見叢帝康健，大喜道：「君上你的病好了？賀喜君上！」

二人異口同聲道。

叢帝鄭重其事道：「你們兩個聽著，馬拉都醫好了寡人，他以後就是我們蜀國的大祭司，只要是他的決定就是寡人的意思，你們對大祭司要像對寡人一樣尊敬，聽明白了嗎？」

面對叢帝突如其來的決定，丞相和太傅面面相覷，百思不得其解，遲疑道：「臣遵旨。」

一旁的馬拉都正沾沾自喜。

一年後紫鳶公主和金絲猴精回到了成都城，他們身穿獸皮，褪去了往日的光鮮。成都沒有了往日的繁華，一片蕭條、淒涼，街道兩邊的生意也十分的慘淡。百姓們的臉上都戴著青銅面具，那面具的五官和馬拉都差不多，都是馬其頓王國百姓的形象。

街道上都是肩挑背扛的人，有的扛著沙袋，有的抬著石頭，後面有士兵跟著，走慢些就挨皮鞭，打得苦力皮開肉綻。城中幾乎見不到青壯年，只有老弱婦孺。

見士兵打人，金絲猴精義憤填膺，氣沖沖走過去，奪下士兵的鞭子，喝斥道：「你們怎麼能打人？！」

幾名士兵見有人挑事，忙揮戈相向，領頭的道：「哪裡來的野人？我勸你還是少管閒事，否則我把你抓起來。」

紫鳶公主擔心金絲猴精的安慰，走到士兵面前，憤怒道：「大膽，我是紫鳶公主，這位是侍衛統領風厘子將軍，你們竟敢放肆？」

那領頭的將官在公主和金絲猴精身上打量一番，冷笑道：「你少唬我，公主和將軍在一年前就摔下山崖死了，你們還敢冒充公主，還不快滾！」

公主氣急敗壞，欲上前理論，但被金絲猴精制止了。

面對被打的皮開肉綻的苦力，公主的心裡很不是滋味。待兵士走遠，公主和金絲猴精來到了一家賣犁頭的攤主面前，金絲猴精問道：「老人家，這城裡到底發生什麼事？怎麼不見青壯年？為什麼會有這麼多苦力？你們怎麼都戴著面具？」

老人搖了搖頭，嘆道：「哎，蜀國的老百姓可算受苦了。一年前，從馬其頓國來了一位大祭司，陛下對他言聽計從，讓我蜀國百姓改信西方教，在全國修了很多廟宇，只供奉西方教的準提和接引兩位道人，並且都是黃金塑像，讓我們蜀國的百姓都戴上馬其頓王國的面具，百姓們苦不堪言啊！這樣一來搞得國庫空虛，民怨四起，實在是勞民傷財啊！百姓們敢怒不敢言，再這樣下去，我蜀國就真的完了。想當年望帝杜宇在時，蜀國一派安寧祥和，國富民強，沒想到……」

紫鳶公主為之震驚，問道：「丞相和太傅還有朝中大臣們呢？他們怎麼沒有出言相勸？」

老人再次擺頭道：「誰說沒有呢，李丞相和杜太傅他們都是好人，因為直言勸誡，被陛下下了天牢，從此再也沒人敢說話。蜀國內部出了問題，周邊諸侯國巴國和庸國對我蜀國虎視眈眈，出兵侵擾我國。」

金絲猴精道：「看來城裡的青壯力都被抓去做苦力了。」

紫鳶公主面對眼前這一幕幕是觸目驚心，她面對金絲猴精道：「風大哥，我們回宮去，我們必須制止父王，就算他不念及父女情要殺我，我也要制止他。」

紫鳶公主和金絲猴精氣勢洶洶朝王宮青龍門而去。守將還是姚元聖，見二人闖宮，命侍衛將紫鳶公主和金絲猴精團團包圍，揮戈相向。紫鳶公主吼道：「你們快給我讓開，我是紫鳶公主，我要面見父王。」

眾侍衛一聽，面面相覷，不敢上前。守將姚元聖腰挎青銅佩刀來到公主和金絲猴精面前，見二人衣衫襤褸，便在公主和金絲猴精臉上仔細打量。

「是有點像，果真是紫鳶公主和風統領，沒想到你們還活著！」姚元聖激動道。

紫鳶公主急道：「姚將軍，我父王怎麼樣了？」

姚元聖道：「自從公主摔下山崖，君上以為你們已經死了，傷心過度，病倒了。後來從馬其頓來了個醫者，醫好了君上，被封了大祭司，從此君上像變了個人。如今這城裡的景象想必二位都看到了，我們也是忍氣吞聲啊……」

「姚將軍，你快讓他們閃開，我們要面見父王，如果再沒有人站出來說話，我蜀國真的完了。」紫鳶公主憂心忡忡道。

姚將軍對兵士揮了揮手，兵士撤了兵戈，紫鳶公主拽著金絲猴精的手臂往昭陽宮的方向去。

此時，大祭司馬拉都又在給叢帝灌迷魂湯，宮裡的內侍和大臣都不在場，整個昭陽宮就只有叢帝和馬拉都兩人。

「紫鳶公主覲見。」昭陽宮外的內侍喊道。

馬拉都一聽紫鳶公主歸來，連忙將湯汁給叢帝全部灌下，然後退到一邊。

紫鳶公主和金絲猴精一起拜見叢帝。他們從走進昭陽宮的那一刻，眼神就沒有離開過馬拉都，他們的眼神裡充滿著仇恨和憤怒。

紫鳶公主見叢帝面黃肌瘦，熱淚盈眶，喊道：「父王，紫鳶回來了。」

紫鳶公主撲到了叢帝的懷裡。被灌了迷魂湯的叢帝似乎對公主有些冷淡，他將公主推開，冷漠道：「妳不顧寡人之命，竟敢逃婚，寡人的顏面何在？王威何在？」

「來人，將紫鳶公主和風厘子給寡人關起來，關進麗華宮，不准他們離開宮廷半步。」叢帝無情道。

隨後上來兩名侍衛要帶走他們。

那金絲猴精也是蜀山上的靈猴，有些法術，自然認得旁邊站的大祭司馬拉都是邪神。金絲猴精與馬拉都怒目相對，暗自以靈力對抗，金絲猴精不敵，重傷吐血。

紫鳶公主見金絲猴精突然吐血，甚為恐慌，忙上前扶著他道：「風大哥，你怎麼了？」

金絲猴精氣虛道：「公主，此地不可久留，我們趕緊走。」

公主扶著金絲猴精走出宮殿，左右有侍衛相隨，一直護送他們來到麗華宮。此時的麗華宮已經稱為了冷宮，很少有人來，宮外雜草叢生，宮裡住著一位斷腿的宮女，此人正是紫鳶公主的侍女小玉。

小玉已經無法再站起來，她每日只能吃些宮裡的殘羹剩飯。麗華宮一片蕭條淒涼，窗戶上甚至有塵土和蜘蛛網，小玉在地上爬著走，很是狼狽。

公主見已經面目全非的侍女小玉，淚流滿面，她蹲下來，摸著小玉的臉頰，小玉也哭了，激動道：「公主，是妳嗎？妳終於回來了！」

紫鳶公主愧疚道：「小玉，讓妳受苦了！」

侍女小玉哭道：「公主，妳走後不久，君上就把奴婢的腿打斷了，奴婢現在已是殘疾之人，恐怕再也無法伺候公主了。」

紫鳶公主哭道：「對不起小玉，妳的後半生讓我照顧妳。」

公主和金絲猴精小心翼翼將侍女小玉扶到臺階上坐下來。

小玉看著金絲猴精和公主，欣慰道：「公主，風統領，你們終於在一起了。」

金絲猴精面對公主，道：「公主，那大祭司是妖邪，我剛才已經和他鬥過了，是他震傷我，君上現在被他控制，我不是他的對手，看來蜀國有難了！」

紫鳶公主憂慮道：「那風大哥，我們該怎麼辦呀？我不能不救我父王和這一國百姓啊！」就在他們焦頭爛額、憂心忡忡的時候，麗華宮外樹枝上的一隻杜鵑鳥叫了，聲音很悲涼，杜鵑鳥也落淚了。

杜鵑鳥化作一道金光飛到了公主面前。見杜鵑鳥所化之望帝濃眉大眼，皮膚黝黑，濃密的鬍鬚，直至胸前，他滿臉正氣。望帝頭頂王冕，著玄色王袍。

金絲猴精和紫鳶公主見望帝，目瞪口呆。

紫鳶公主吃驚道：「你是杜宇先帝？」

望帝點了點頭，道：「公主，妳父王被馬拉都的魔法控制了，我的微薄法力也無法與之對抗。蜀國今日遇到了數百年不遇的劫數。玉帝封我做了蜀山山神，世世代代守護蜀國安寧，保佑蜀國風調雨順，如今我只有上天去找中壇元帥哪吒大神，只有他才能解蜀國危難；這件事情涉及西方教，也只有他能擔此重任啊。」

金絲猴精激動道：「就是托塔天王李靖的三太子哪吒？」

「正是。」

「太好了，如果三太子能下來，定能降服此妖邪。」金絲猴精喜不自勝道。

望帝道：「你等切莫輕舉妄動，本帝去一趟天庭，請三太子下來走一遭。」

紫鳶公主站起來，面對望帝作揖道：「有勞杜宇先帝。」

望帝再次化作杜鵑鳥往南天門的方向飛去。這隻杜鵑鳥很哀傷，牠拍打著翅膀飛向天宮，至南天門，變回本尊。那手持琵琶的東方持國天王見望帝到此，便笑著上前問道：「原來是望帝杜宇啊。望帝助周伐商成功被玉帝封為蜀山之神，有近百年未登天界，怎麼今日突然來此啊？」

望帝搖了搖頭，嘆道：「天王有所不知，我杜宇現在雖然不再是蜀國之君，但依然有守護蜀國之責，當年我為蜀君時丞相鱉靈輔佐我治水有功，深得民心，我禪位於他，沒想到蜀國在他的治理下一日不如一日。一年前蜀國來了一位馬其頓的大祭司，他仗著魔法控制了鱉靈，貶低道教，抬高西方教，在蜀國勞民傷財，修建西方教廟宇，蜀國民不聊生。我的法力鬥不過他，特上天請三壇海會大神哪吒出面，救蜀國百姓於水火。」

持寶劍的南方增長天王道：「望帝，這廝我知道，他叫馬拉都，是西方世界馬其頓國人，是西方教教主準提道人的大弟子，道行高深，因不守教規，被準提道人逐出師門。他周遊列國，說是傳教，我看他是為了一己私欲。西方教的事情就是玉帝也不好管，你何不去西方世界找準提道人，若他能出面除此妖，再合適不過！」

望帝道：「怕只怕西方教主護短。我知哪吒三太子法力高強，又是三界內一等一的戰神，伐商之時的先鋒大將，還是請他出面吧。」

就在望帝訴說苦衷時，哪吒正好出南天門履行神職。

望帝見哪吒，連忙上面作揖道：「三太子。」

哪吒笑道：「你是蜀國望帝？伐商時你幫助過武王，我見過你。」

哪吒嚮往帝回敬了禮。

哪吒正要趕路，望帝上前堵住他，道：「三太子，如今蜀國有難，還請三太子施以援手啊！」

「望帝何出此言？」哪吒詫異道。

望帝道：「一年前，蜀國來了一個妖神，法力高強，控制了叢帝，在蜀國為非作歹，小神法力微弱，不是他的對手，可請三太子出面救救蜀國百姓？」

哪吒為難道：「有妖怪在芮國境內作亂，玉帝命我前往除妖，我走不開啊！」

在望帝的再三請求下，哪吒轉身對持國天王道：「天王，麻煩你去天王殿找一下我大哥金吒，讓他代替我去芮國除妖。既然望帝都親自上門，為了蜀國百姓，我不能不去。」

持國天王道：「好，都是為了黎民，我去一趟，只是我四兄弟不能擅離職守，否則我們就替你去芮國。」

「有勞。」哪吒面對持國天王拱手道。

隨後，哪吒蹬風火輪和望帝一起飛往下界。

馬拉都和叢帝正在宮牆下漫步，後面跟著一對侍衛。馬拉都正在和叢帝商量傳教的事，哪吒蹬著風火輪，手持火尖槍，肩挎乾坤圈，從天而降。

「大膽馬拉都，死到臨頭，還不束手就擒？」哪吒威風凜凜地站在馬拉都面前。

馬拉都臉色煞白，急呼喊道：「這是妖怪，快保護陛下，拿了妖怪！」

周圍的侍衛一聽，鋪天蓋地擁向哪吒，哪吒一招定身法將羲帝和侍衛他們定住。

哪吒道：「馬拉都，你罪大惡極，今日你是難逃一死的，你就不要再連累這些兵士了！」

馬拉都變出金杖，衝哪吒撲上來，與哪吒展開交戰。哪吒蹬著風火輪，居高臨下，與他戰了幾個回合，一直處於上風。而馬拉都卻節節敗退，邊戰邊退，退了有十幾步，那哪吒用火尖槍壓制他的金杖，並用風火輪一腳將他踹出一丈遠。馬拉都不敵，起身便飛往西方，哪吒放出混天綾，將他捆住，馬拉都從天上掉了下來，重重地摔在了地上。

哪吒上前用火尖槍指著馬拉都道：「惡神，想要怎麼死你說吧！」

那馬拉都撒潑道：「三壇海會大神哪吒，我知道你的手段，也聽說過你的威名，我乃西方教準提道人的弟子，你沒有權力殺我，連玉帝也沒有資格。」

哪吒冷笑道：「西方教的事，我的確管不著，但這裡是蜀國，是我大周朝的諸侯國，你來這裡生事我天庭就有權力管。據我所知，你是被準提道人逐出師門的，也罷，既然我沒有資格殺你，我就把你帶到西方去找準提道人，想必他老人家也不會徇私，他要殺要剮，我可管不著。快走。」

哪吒一隻手拎著混天綾，帶著馬拉都就往西方飛去。

西方世界大雪山上，一座座雪白的宮殿聳立於群山之巔。宮殿以漢白玉和黃銅、琉璃為建材，宮殿牆壁上、柱子上以蓮花圖案為主，穿著黃色僧袍、頭上長滿肉髻的僧人在宮殿內外來回穿梭。宮殿群有兩座主殿，一座在上，是接引道人的道場，一座在下，是準提道人的居所。準提道人的主殿叫宏法寶殿，那準提道人坐在寶殿內的蓮花臺上打坐，雙目緊閉，氣定神，拈花指，懷裡放著六根清淨竹，身邊有孔雀大明王、水火童子、馬元尊王佛、明覺散人等弟子侍立左右。

準提道人睜開眼睛，笑道：「小魔神來了。」

馬元尊王佛道：「教主說的是何人？」

準提道人看了看孔雀大明王，道：「是你的故人來了！」

孔雀大明王恍然大悟道：「師父說的莫非是天庭的哪吒三太子？」

「正是。」準提道人點了點頭道。

明覺散人道：「我可聽說他被元始天尊封了中壇元帥，又被玉帝封了三壇海會大神，他的父親李靖也被封了托塔天王，現在風光無限啊，他一向與我西方教少有來往，今日怎會來此呢？」

「是呀，我也納悶，他這個三界戰神，怎麼會來我西方教？」孔雀大明王疑惑道。

準提道人嘆道：「還不是因為你們那不爭氣的師兄馬拉都。當年我在馬其頓國見他可憐，收他做了弟子，傳了大法。他被我逐出師門，又去蜀國禍害生靈，我饒他不得！今日李哪吒是來興師問罪的。」

正說罷，哪吒用混天綾將已經被捆綁的馬拉都帶到準提道人面前。

哪吒收起火尖槍，面對準提道人恭恭敬敬地行了稽首禮，道：「小神哪吒見過西方二教主。」

準提道人伸手示意道：「大神免禮。」

準提道人瞪了瞪馬拉都，眾弟子面對馬拉都都是同仇敵愾，都沒有好臉色。而馬拉都愧對準提道人，也埋著頭不敢看準提道人一眼。

哪吒行完禮，向準提道人不客氣道：「教主，莫怪小神冒犯，請你約束手下弟子。馬拉都在我大周朝的諸侯國蜀國興風作浪，草菅人命，弄得民不聊生，望帝上天找我，希望我出面收服這廝，我看在他是教主大弟子的分上，不敢擅自做主，教主也不能再縱容他了！」

準提道人滿臉內疚道：「哪吒，你不用說了，他的情況我都了解了，請你看在我的薄面上將這廝交我教處置，本座承諾以後再也不會有類似之事發生。」

哪吒猶豫片刻，道：「希望教主秉公處理。馬拉都是你的弟子，你可以徇私情，但是被他害死的萬物生靈，他們該由誰來主持公道？」

哪吒收了混天綾。

準提道人憤怒道：「馬拉都作惡多端，我饒恕他不得，今日我就當著你的面將他打入地獄道，讓他從此再也無法作惡。」

馬拉都跪求道：「師父，弟子再也不敢了，弟子這麼做也是為了西方教的利益，憑什麼讓玉帝統治三界……」

沒等馬拉都說完，準提道人大手一揮，馬拉都立刻從大殿消失。

哪吒突然又有些內疚，道：「想不到教主竟然對他處以這樣的極刑！」

一旁的孔雀大明王道：「三太子，我們教主的心胸就是我們做弟子的也敬佩不已！」

哪吒瞅了瞅大明王，吃驚道：「你是孔宣？」

孔雀大明王點了點頭。哪吒在孔宣身上打量，調侃道：「不錯啊，在教主身邊你總算成就正果了，你的羽毛都光鮮多了，恭喜啊！」

「客氣。」孔宣笑道。

「教主，小神告辭。」哪吒一一和諸神告辭後，便向蜀國飛去。

哪吒蹬風火輪飛至蜀宮上空，才施法術給叢帝和宮中侍衛解了定身法。

哪吒落在了叢帝面前，叢帝見哪吒，嚇得變了臉色，驚道：「妖怪！」

哪吒道：「蜀君，你的大祭司才是惡神，他是西方教教主準提道人的弟子，他控制了你的心神，我乃是天界的哪吒三太子，受望帝囑託，特來相救，你莫要再冤枉好人了！」

叢帝環顧四周，不見了大祭司馬拉都，道：「大祭司真的是妖孽？」

哪吒搖了搖頭，嘆道：「蜀君，你真的好糊塗啊，成都周邊到處都是修建的西方教廟宇，準提和接引兩位教主塑的都是金身。再折騰下去，蜀國就真的完了，我提議你趕快下令將這些金身都融了，還給百姓吧！」

叢帝老淚縱橫，道：「三太子，寡人有罪，你真的是望帝請來的？寡人對不起先君，寡人有罪！」

哪吒急道：「趕快下令將獄中太傅和丞相二位大人放出來吧，他們二位對蜀國對蜀君忠心耿耿啊！」

「是是是……」叢帝連連點頭，回頭對身後的內侍道：「快去傳寡人諭旨，將牢中太傅和丞相二位大人放出來，讓他們在千秋宮候旨。」

「唯，遵旨。」

內侍匆匆趕去天牢。

哪吒道：「蜀君，你的女兒紫鳶公主被你深深地傷害了，你要不要跟我去麗華宮見見她？我正好有事要找他們！」

叢帝喜極而泣，道：「公主還活著？她不是摔下山崖了嗎？」

哪吒搖了搖頭，道：「看來你什麼都忘了。公主回來了，她被你禁在麗華宮呢。」

叢帝迫不及待道：「走，我們過去。」

哪吒和叢帝一起來到了麗華宮。叢帝推開麗華宮門的時候，體力虛脫的侍女小玉還躺在床榻上，紫鳶公主和金絲猴精依偎著，肩並肩靠在一起，表情是那樣的絕望，臉色蒼白。見叢帝到此，公主並未起身接駕，榻上的小玉著急，卻下不了榻。

面對公主的冷漠，叢帝也並不在意，他走到公主面前，公主和金絲猴精也站了起來。叢帝淚流滿面道：「孩子，父王錯了，父王有罪，父王是被妖邪迷了心智，所以才不認得你，將你關在這裡。

此番劫數父王也看透了，只要你和風厘子是真心相愛，父王成全你們，擇日昭告天下，給你們舉辦婚禮。只求你原諒父王。」

「父王……我還以為你真的不認女兒了，原來你是被妖怪……讓你受苦了。」紫鳶公主泣不成聲，與叢帝相擁而泣。

就在父女倆冰釋前嫌的時候，哪吒面對金絲猴精吼道：「孽障，人妖殊途，你此時不脫身更待何時？」

叢帝和紫鳶公主一驚，兩人一頭霧水。紫鳶看了看哪吒，又看了看金絲猴精，道：「大神，這是我風大哥啊，你說什麼呢？」

哪吒瞪著金絲猴精道：「你還不快快脫身，難道讓我親自動手嗎？」

金絲猴精連忙給哪吒下跪道：「三太子，饒命啊，公主對我有救命之恩，她與風厘子私奔，風厘子摔死了，我擔心公主難過，又為了護住風厘子屍身不腐，所以才附於他的身上。如今功德圓滿，小妖願意離開風厘子的身體，但是希望三太子能救救風厘子，小妖也被他們的真情打動！」

說罷，金絲猴精從風厘子的身體裡出來，化作一個俊俏郎君，那風厘子沒了魂兒，便倒在了地上。

紫鳶公主和叢帝都被眼前的一幕震驚，紫鳶公主吃驚道：「原來，我風大哥早就死了，這一年來一直是你陪伴在我身邊？」

金絲猴精點點頭。公主一時難以接受，蹲下來面對風厘子屍身抱頭痛哭道：「風大哥，你等等我，我這就來陪你。」

紫鳶公主正要撞柱殉情，哪吒用法術制止了她，面對公主和叢帝，道：「蜀君、公主，我可以試試，看看能不能救活他，我也希望有情人終成眷屬。」

哪吒從自己的腰身扯下一片荷花瓣，遞給公主道：「我身上有金蓮藕，是仙家寶貝，妳將這荷花瓣用搗藥杵將它搗碎，以水服用，或許能救他。」

痴情的紫鳶公主用牙齒將其嚼碎，親自餵給風厘子，風厘子吞了花瓣後睜開了雙眼。他第一眼看到的是紫鳶公主，以微弱的聲音呼喊公主的名字。

哪吒面對這對有情人深感欣慰，對叢帝道：「蜀君，妖孽已除，剩下的事情就交給你這個一國之君了。」

哪吒又對金絲猴精道：「你也是蜀山上一靈猴，多年修行不易，你就隨我回天吧，我讓玉帝給你派個差事，也算渡你成神了。」

金絲猴精面對紫鳶公主，依依不捨道：「公主，以後我不能再在妳身邊保護妳了，祝妳和風統領白頭偕老。」

風厘子被公主扶了起來，面對這個俊俏郎君，一頭霧水。

紫鳶公主道：「他就是流星，蜀山上那隻猴子，現在他被哪吒三太子度化成神了，這一年多來都是牠一直陪伴在我身邊，替你照顧我。」

風厘子一聽，扯著公主的衣襟道：「公主，來，我們夫婦向神猴叩幾個頭。」

金絲猴精流星連忙將二人扶起來，道：「愧不敢當，你們多保重。」

哪吒蹬風火輪，金絲猴精流星駕雲，往天上飛去。

風厘子夫婦和叢帝相顧無言，感慨萬千，目送哪吒遠去。

第二十一章　龍女復血仇

陳塘關上空，電閃雷鳴，疾風驟雨。東海之水已經淹沒到陳塘關的城牆下，城裡的百姓踩著淹過膝蓋的海水艱難地行走，城裡的哪吒廟香火依然鼎盛，雖然廟門被淹了半截，但依然有百姓進入廟裡向哪吒上高香，祈求風調雨順，保佑陳塘關一方安寧。整個陳塘關有大大小小的哪吒廟百餘處，而陳塘關這座海濱城人口不過兩萬人，如此深得民心的哪吒讓烏雲上空的青龍深感懊惱，這青龍乃是東海龍王敖光的小公主敖盈。

敖盈在烏雲之上，吞雲吐霧，搖首擺尾，如同在烈焰上被烘烤一般難受，龍叫撕破天穹，幾番翻江倒海後，鑽入了海裡。

青龍往深海裡游去，海底生長著珊瑚，還有海帶、海藻等，有白鯊、蝦、蟹等海底生物從青龍身邊繞過。越往海底深處，光線越暗，前方是一座座晶瑩剔透的宮殿，宮殿入口的冰柱上寫著「水晶宮」三個大字。青龍來到水晶宮門前，便化身一位青衫少女，額頭上長著一對龍角，面頰白裡透紅，粉嫩且五官精緻，一頭烏黑秀髮，一身英俠之氣。

「拜見公主。」蟹將和幾名蝦兵面對龍公主跪拜道。

「起來吧。」

敖盈進入龍宮，踏水飛越幾座宮殿，便在一座宮殿門口落下來，那宮殿上的金匾寫著「潤泉殿」。敖盈緩緩推開殿門，走進去，見殿內擱置一口千年寒冰棺，棺內就是龍三太子敖丙的屍體，一條巨龍，背上的鱗片已經被拔了七七八八，龍筋也被抽了，屍體上血跡斑斑。

敖盈走過去，撫摸著冰棺，哭泣道：「三哥，兩百多年了，小妹每次來到這裡看你，都心如刀絞。你被哪吒害死，那時小妹年幼，但一直都知道三哥對我最好，哪吒一家被元始天尊封了神，在天上快活，這口氣我嚥不下去，三哥死得太慘了，小妹朝思暮想就想給三哥報仇！」

「盈兒，父王知道妳忘不了妳三哥。」

敖盈傷心欲絕，猛一回頭，見是東海龍王敖光和龜丞相。

敖盈傷感道：「父王，三哥被哪吒拔了龍鱗，抽了龍筋，死得太慘了，難道父王忘了這個仇嗎？李靖被封了天王，他的三個兒子都被封了太子，哪吒害死了我哥哥，還被玉帝封了三壇海會大神，在三界無比風光，難道父王就不思仇恨了嗎？」

東海龍王敖光嘆了一口氣，道：「當年父王為了替妳三哥報仇，水淹陳塘關，逼得哪吒剔骨還父，削肉還母，就是為了救陳塘關一城百姓，也是為了與父母撇清關係，父王也是被哪吒的大孝之舉所感動。這兩百多年來，父王無時無刻不在思念妳三哥，他可是要繼任東海龍王之人，父王每次來到潤泉殿都心亂如麻，如今李靖父子深得元始天尊和玉帝的青睞，我怎麼敢跟他們鬥！」

「父王，女兒剛剛真的想發大水淹了陳塘關，但是又怕觸犯天條。女兒就是看不慣，陳塘關不過兩萬居民，竟然有那麼多哪吒廟，哪吒在陳塘關人人愛戴，而我三哥呢？就是李靖父子封神路上的墊腳石。反正我不服，我要替三哥報仇，哪怕就是與哪吒同歸於盡！」龍女敖盈斬釘截鐵道。

東海龍王顧慮道：「女兒，父王知道妳與敖丙感情深厚，但如此一來勢必與那李靖父子為敵，他們現在可是天庭重臣。妳一意孤行可能還會連累整個東海龍族，玉帝怪罪下來我們可承擔不起呀，龍兒，父王勸妳還是算了吧。」

龍女敖盈冷笑道：「天條不是規定天神不能傷害凡人嗎？既然百姓們都如此愛戴哪吒，那我就讓百姓們親手拆了哪吒廟，殺殺他的傲氣。這樣一來哪吒不能拿百姓們怎麼樣，也怪不到龍族頭上。這只是我的第一步。」

龜丞相見龍王憂心忡忡，面對龍女道：「公主，此事非同小可，臣覺得還是等龍王爺決定吧。」

「父王，龜丞相，這硬碰硬我們肯定是打不過他的，三界內也沒有幾個人是哪吒的對手，他如今已是天神，早已脫離輪迴，跳出三界之外不在五行之中，我們是殺不死他的。只要能讓哪吒身敗名裂，失去玉帝對他的信任，還有失去人間百姓對他的膜拜，我們的目的就算達成了！」龍女道。

東海龍王道：「龍兒，父王想知道妳如何做？」

「陳塘關毗鄰東海，城中居民以捕魚為生，我們只需要派一些蝦兵蟹將、海洋水怪在海面上興風作浪，嚇一嚇這些漁民。大海波濤洶湧，漁民們必不敢下海，長此以往我們可託夢陳塘關漁民，說哪吒得罪東海，百姓們必將仇恨轉向哪吒，到時候他們必然動手拆廟……」

龍女敖盈盤算道。

沒等敖盈說完，東海龍王立刻打斷道：「此舉不可，雖然哪吒廟毀了，但如果讓百姓知道是我東海記仇，傳到玉帝耳朵裡，我們又有麻煩了……總之此舉不可行。」

「是呀，公主，老臣也覺得不可行，此舉無疑是玉石同焚。」龜丞相擔憂道。

「看來，水淹陳塘關不行，恐嚇漁民也不行，父王你不是說明日瘟神張元伯要來龍宮做客嗎？你何不用酒將他灌醉，我們再偷取他的九瘟扇，去那陳塘關搧上兩扇子，全城百姓便會感染瘟疫，到時候我們再託夢給陳塘關百姓，就說哪吒得罪了瘟神，陳塘關百姓被詛咒，只有拆了哪吒廟，瘟疫才會消除，愚蠢的百姓定將怒火轉向哪吒！如此與我東海沒有一絲一毫的關係！」龍女得意道。

東海龍王猶豫道：「龍兒，一來這樣做會觸犯天條，如果被玉帝知道了我們也脫不了關係，二來豈不是連累了瘟神？」

龍女冷笑道：「這件事情沒有任何證據指向東海，這瘟神也不是什麼好神仙，沒事到處散播瘟疫，這事就算他倒楣。陳塘關出現瘟疫，無論如何也怪不到東海頭上。」

翌日，龍王爺在龍宮裡備下酒肉單獨招待了瘟神張元伯。張元伯身披青袍，腰間插著九瘟扇，東海龍王敖光的眼神時不時留意那把扇子。

張元伯向敖光舉起酒樽道：「東海龍兄，你我許久未見，前些日子接到龍兄請帖，今日便來叨擾龍兄，小弟我敬你一樽。」

敖光舉樽以示尊敬，道：「瘟神哪裡話，你我朋友一場，這龍宮日後你想來就來，這裡就是你的家。」

張元伯感慨道：「我這瘟神和那天上的掃把星，都是人見人躲的災星，三界內沒有幾個神仙看得起我們，他們都認為我們是壞神仙，世上又有哪個人會拜瘟神？你看財神廟，都被香客踩爛了，還有你龍王爺，人人都要向你祈禱風調雨順，唯獨我瘟神是人見人恨！凡人哪裡知道萬物相生相剋，有醫神就有瘟神……」

敖光道：「瘟神老弟啊，你說的這些本王完全能夠理解，你我皆為神明，但是在人間受待遇完全不同，天上地下的神仙都一樣，各司其職，也只是分工不同罷了，有機會我在玉帝面前多說你的好話……來喝酒，今日你遠道而來，我們不醉不歸。」

敖光早已服了醒酒湯，一樽接一樽勸酒，幾十樽酒下肚，瘟神就已經人事不省，趴在桌案上睡著了。

龍王起身來到瘟神面前喊道：「瘟神老弟，來接著喝。」

老龍王又推了推瘟神，瘟神已經醉得山公倒載。

躲在簾帳後的龍女敖盈腳步輕盈地來到瘟神跟前，東海老龍對她點了點頭，敖盈這才放心地從瘟神的腰間取下九瘟扇。

敖盈拿了九瘟扇，就出了龍宮，往陳塘關而去。站在陳塘關的上空，敖盈俯瞰城中人來人往，咬緊牙關道：「不要怪我，都是哪吒連累了你們。」

敖盈舉扇朝下方搧了幾扇子，頃刻間有九種顏色的毒煙往下方飄去。

敖盈甚為吃驚道：「怪不得叫九瘟神，原來釋放的是九種瘟疫。」

敖盈大功告成，便化作青龍，瞬間潛入海底，將九瘟扇原模原樣地還給了瘟神，此時的瘟神毫不知情。

翌日辰時，城中百姓上吐下瀉，無法進食，四肢乏力，臉上和身上長滿了毒瘡，甚至還在流膿。一夜之間死了幾十人，而活著的人生不如死。

敖盈變作白衣醫者，提著藥箱，挨個診斷，逢人就說她做了一個夢，夢裡有神仙告訴她，哪吒得罪了瘟神，瘟神為了報復哪吒，所以才投放瘟疫，要害死祭祀哪吒的老百姓，那神仙說只有砸了哪吒廟，才能消除瘟神的心頭之恨，瘟疫才能解除。在敖盈的法術干涉下，陳塘關的老百姓都做了同樣的夢，一傳十，十傳百，陳塘關的老百姓都深信不疑。

成百上千的老百姓奔赴城中各處哪吒廟，開始打砸摧毀哪吒廟裡的一切，其中一個帶頭的青壯力推倒了哪吒的像，並大罵道：「你活著的時候折騰我們，現在你封了神還不放過我們，枉我們把你當神明供奉，沒想到你坑害我們！你當真有靈，你就下來跟我們老百姓解釋清楚。」

龍女敖盈在天上目睹了這一切，深感大快人心，道：「哪吒，你將失去陳塘關百姓對你的信任，你也不再是高高在上的天神。這只是剛剛開始。」

陳塘關百姓砸哪吒廟，哪吒正領著巨靈神和天兵天將在三十六重天巡視，他突然感到胸口一陣猛烈的疼痛。哪吒痛苦難耐，使勁兒捶打胸脯。

巨靈神忙問道：「三太子，你這是怎麼了？」

「突然胸口很痛，不對呀，我是蓮花化身，早已脫離凡胎。」哪吒一臉困惑道。

哪吒便掐指一算，道：「不好，原來是陳塘關的百姓在砸我的廟。」

巨靈神詫異道：「這些百姓怎麼無端拆你的廟？又為何你的胸口會痛？」

哪吒道：「你不知道，廟裡的神像雖然沒有生命，但我們的真靈附在裡面，他們砸我神像我當然會痛！」

「奇怪，你對陳塘關百姓有恩，他們為什麼會突然砸你的廟？」巨靈神困惑道。

哪吒道：「巨靈神，你帶領天兵天將繼續巡邏，我去陳塘關走一趟。」

哪吒蹬風火輪往下界陳塘關的方向去了。哪吒從天而降，見街道上橫七豎八地倒了一大片百姓，他們有氣無力，在地上抓狂、呻吟，面色蒼白。這些感染瘟疫的百姓紛紛撿起石頭就扔向哪吒，哪吒只是一味躲閃，坐在街角的婦人甚至撿起菜籃裡的菜葉和雞蛋丟他，弄得哪吒一身狼狽。百姓們罵罵咧咧，沒有一個人有好臉色。

哪吒見一戶門前坐著一位老者，兩鬢斑白，一副病懨懨的樣子，沒給哪吒好臉色。哪吒走過去，蹲下來問道：「老人家，你們這是怎麼了？怎麼所有人看到我都沒有好臉色？」

老者冷笑道：「你是天上的哪吒三太子對吧？」

「對呀，沒錯。」哪吒點點頭。

老者指著周圍的病人，道：「看吧，拜你所賜，他們一夜之間都感染了瘟疫，城裡死了很多人！」

哪吒一臉吃驚道：「老人家，這瘟疫與我哪吒何干？你們怎麼把矛頭全對著我，拆我廟宇？」

「我們大家都做了同樣的夢，說你得罪了瘟神，瘟神說只要我們拆了你的廟，就能解除瘟疫。你怎麼可以連累我們呢？」老者斬釘截鐵道。

哪吒不滿道：「這明明就是有人汙衊我，我哪吒堂堂天神，怎麼會讓瘟神做這種事情？陳塘關是我在人間的家鄉，這裡的百姓都是我的父老鄉親，我怎麼會這麼對你們大家呢！」

哪吒從腰間扯下幾片荷花瓣，遞給老者和老者身邊的病人，道：「荷花瓣你們可用來煮粥讓大家喝，可以緩解瘟疫，但要根治我還要去找瘟神要解藥，我一定把他叫來當著大家面還我一個清白。」

哪吒丟下荷花瓣，蹬風火輪便飛走了。

哪吒來到白龍山，瘟神張元伯的道場，張元伯的洞門大開，哪吒走了進去，見瘟神正在洞內打坐練功，他口吐九色煙霧，那煙霧飄過的地方，連洞壁上的草都枯萎了，好在哪吒百毒不侵。

瘟神雙目緊閉，哪吒杵著火尖槍，喊道：「瘟神。」

瘟神猛一睜眼，見是哪吒，連忙運氣，收功，從蒲團上站起來，笑著走到哪吒面前道：「原來是三壇海會大神哪吒三太子，三太子近來春風得意，如何有空到小神這裡來？」

哪吒道：「瘟君，陳塘關的百姓一夜之間全都染上了瘟疫，有人挑破咱倆關係，說我哪吒得罪了你，你為了報復我所以降瘟疫於他們，現在陳塘關的哪吒廟都被百姓給砸光了。小神不背這個黑鍋，一來請瘟君與我同往陳塘關以正視聽，二來就是請瘟君救救陳塘關的百姓，我的金蓮藕只能保住他們的性命，如要根治，還需要瘟君親自出馬。」

瘟神激動道：「三太子，這哪跟哪兒呀，你我往日無怨近日無仇，平日也很少來往，何來的得罪啊？即便如此，我也不會遷怒於陳塘關百姓啊！在小神看來這件事情就是衝你來的，指使者就是借凡人的手毀了你的廟，三太子應該想一下到底誰跟你有仇？」

哪吒冷笑道：「我哪吒自從娘胎裡出來，就開始捉妖，封神路上更是殺了不少人和妖魔鬼怪，殺得也是該殺之人，要說得罪只能是他們，我如何知道是誰！」

瘟神嘆了嘆氣。

哪吒急道：「走吧，先隨我去陳塘關，救那些百姓要緊。」

哪吒蹬風火輪瞬間飛出數百里，瘟神駕雲緊隨其後。哪吒和瘟神站在陳塘關上空的雲端之上，俯瞰城中百姓。感染瘟疫的百姓，有的蜷縮在牆角，有的橫七豎八地躺在大街上，他們的臉上和脖子上全是瘀血毒瘡，疼痛難忍，抓撓使皮膚潰爛，讓他們體無完膚。

瘟神拿出一個白玉瓶，道：「這是我用百年雪蓮等一百種花取其精華祕製的萬靈玉露，待我滴上幾滴下去，可除瘟疫。」

說罷，瘟神拔出瓶塞，倒了幾滴玉露下去，陳塘關上空被一團紫氣籠罩，立刻見效，瘟疫盡除。百姓們身上的瘀血和毒瘡消失得無影無蹤，他們紛紛站起來，相擁在一起，欣喜若狂。

哪吒和瘟神降下高度，出現在屋頂雲端之上，陳塘關的百姓聚集在一起，紛紛看向哪吒和瘟神。

哪吒面對百姓喊道：「陳塘關的父老鄉親們，我是天庭的哪吒三太子，我旁邊這位就是瘟神，是他醫好了大家的瘟疫。是有人想栽贓陷害我，偷了瘟神的九瘟扇，此事與我二人無關，希望鄉親們不要聽信謠言，我和瘟神沒有過節。我哪吒生在陳塘關，這裡的人都是我的鄉親，我怎麼會連累大家，又怎麼會害大家？大家拆了我的廟不要緊，但我哪吒頂天立地，必須要向鄉親們說明。」

百姓們聽了哪吒的話，尚有疑慮。一個年輕人問道：「你是天神，好端端為什麼有人要陷害你？」

哪吒道：「我哪吒自降世以來，殺過的壞人和妖魔鬼怪還少嗎？難免還有漏網之魚，為了報復我，毀我名聲，大家不要被人利用了。我哪吒如今位列神班，瘟神也是天上神靈，怎敢犯天條呢，大家千萬不要被蠱惑。」

見百姓仍有疑惑，哪吒瞅了瞅瘟神，瘟神立刻解釋道：「我與三太子無冤無仇，來往甚少，何來三太子得罪我一說，簡直是無稽之談，這是有人害我們！這件事情已經過去了，大家就不要再埋怨三太子了，我與三太子同時出現，這下大家應該不再多慮了吧？」

一位老者仰頭說道：「既然三太子和瘟神同時出現澄清真相，我等也沒有什麼好懷疑的了，只是砸了三太子的廟，我等實在過意不去，這次要不是三太子請來瘟神，恐怕我們一城的百姓都死到臨頭了。」

百姓們感激哪吒大恩大德，一起面向哪吒跪拜道：「多謝三太子救命之恩。」

哪吒與瘟神一同飛往天上。哪吒蹬風火輪跑得快，卻突然停下來，回頭對雲端上的瘟神道：「瘟神，你知不知道你的九瘟扇是被誰盜取的？」

瘟神一臉苦悶道：「小神也納悶呢，百思不得其解。」

「你好好想想，最近有沒有去過什麼地方？見過什麼人？」哪吒問道。

瘟神思索道：「去過東海龍王那裡，還去過醫神那裡，見過青帝伏羲，拜見了太上道祖，拜訪了五嶽大帝，還有廣成子大仙，就這些人。」

哪吒道：「廣成子是我師叔，五嶽大帝也是磊落之人，太上道祖和青帝伏羲自不必說，只有醫神和東海老龍敖光值得懷疑，三界內無人不知無人不曉我與東海龍王有隙，他的兒子敖丙死在我手裡。你詳細說說當時的情況，為什麼見東海龍王？」

瘟神道：「我與那東海老龍為舊友，前些日子東海龍王敖光書信相邀，讓我去龍宮做客，我與他有數年未見，欣然前往，他倒是熱情大方，將我灌得酩酊大醉。後來我睡著了，一睡就是幾個時辰，如果我的九瘟扇被偷，很可能就是在這個時候。」

哪吒冷笑道：「莫非是那東海龍王害我？不過沒有證據。瘟神，我乃三界護法神，玉帝面前的戰神和執法神，此次瘟疫必定與你有關，你還是隨我到凌霄寶殿當面向玉帝說明吧。」

「小神遵命。」瘟神作揖道。

二神往天庭而去。

龍宮之內的閉月宮裡，龍公主敖盈氣急敗壞，將宮中的陶器、玉器、青銅果盤扔得滿地都是。五太子敖孿剛跨進敖盈的宮門，險些被敖盈扔的瓶子砸中，那瓶子正砸在敖孿腳下，敖孿一躲，道：「龍妹，什麼事兒發這麼大的火？」

敖盈氣憤道：「好不容易砸了哪吒廟，沒想到哪吒請來了瘟神醫好了陳塘關的百姓，現在他在人間的威望更高了。我就是氣不過。」

宅心仁厚的五太子敖孿道：「龍妹，妳想為三哥報仇的心，五哥可以理解，但是三太子敖丙是罪有應得，若不是他作惡多端，調戲良家婦女，觸犯天條，又豈會遭到哪吒毒手！龍妹妳想想，如果當初三哥撞到其他神仙手裡，那也是一死啊。哪吒的手段的確是殘忍了些，拔龍鱗，抽龍筋，但那時的哪吒尚且年幼，難免不知深淺。如今他的父親母親都被封了天王和天后，他的師父是太乙真人，他的師祖是元始天尊，玉帝也對他信任有加，這位小爺如今三界沒人惹得起啊，我看還是算了吧！」

「不行……我一定要找他做個了斷。」敖盈懊惱道。

敖孿搖了搖頭，無可奈何嘆道：「龍妹，妳這又是何苦呢？到時候不僅害了你自己，也會連累我們整個東海龍族。」

「五哥，你放心吧，如果真的有那一天，我敖盈將一力承擔復仇的後果。我想了又想，要殺哪吒我只有潛伏到他身邊，成為他最信任的人，再伺機下手。」敖盈執著道，似有些走火入魔。

五太子敖彎道：「龍妹，哪吒是天神，終日待在天上，如無任務他一般不下來，天宮戒備森嚴，妳又如何能潛伏在他身邊？」

龍公主敖盈譏笑道：「我可是聽說每個月固定的一天，哪吒都會前往乾元山金光洞拜見他的師父太乙天尊，只要我變作太乙真人的樣子，就能半路上攔下他，趁他不備再施手段！」

「計謀倒是不錯，但我擔心你這樣做終究沒有什麼好果子吃啊。龍妹，聽五哥的，咱還是算了！」五太子敖彎苦口婆心道。

敖盈急眼道：「五哥，你去看過三哥的遺體嗎？反正我每每看到三哥慘死的樣子，我就心緒難平，無論如何我嚥不下這口氣！」

敖彎搖了搖頭，嘆了一口氣，便離開了閉月宮。

果真如敖盈所言，哪吒在當月的某天蹬風火輪從天而降，朝乾元山方向飛去。乾元山就在眼前，那龍女敖盈變作太乙真人的樣子，動作神情也模仿得唯妙唯肖。敖盈攔住了哪吒去路，哪吒以為是太乙真人，連忙上前稽首道：「徒兒見過師尊，師尊去往何處啊？」

敖盈道：「剛剛燃燈道人來我金光洞傳元始天尊口諭，說闡教中有人叛教，讓為師過去一趟。」

哪吒想都沒想，忙道：「師父，徒兒陪你一起去吧？畢竟我如今也是闡教中人。」

「好，哪吒，這是你師尊元始天尊賜予為師的仙丹，是天尊新近煉製，你吞了它必然法力大增！」敖盈從袖筒裡拿出一粒金色的仙丹伸給哪吒。

哪吒接過仙丹，一口吞了下去，連道：「多謝師父。」

「走吧，我們這就去崑崙山。」敖盈道。

哪吒剛一轉身，敖盈趁哪吒不備，一掌打在哪吒的後背，哪吒口吐鮮血，從高空中摔了下去。哪吒掉進了原始森林裡，敖盈也駕雲而下。

哪吒摔在森林的荒野之中，面對敖盈，憤怒道：「你不是我師父，你到底是誰？為何要傷我？你可知我是天庭的哪吒三太子？」

敖盈冷笑道：「你們幾位都出來吧！」

有四位妖魔現身而來，他們形貌醜陋，不知是何妖魔。

那四名妖魔異口同聲道：「哪吒，今天就是你的死期。」

敖盈陰陽怪氣道：「哪吒，你一定對他們四位感到好奇吧，我就一一給你介紹。這位是被你打死的截教石磯娘娘的兒子石冥幽，按理說他應該是通天教主的徒孫，成王敗寇，截教不復存在，他現在成了妖怪，妖界稱他為冥幽大王，他今天就想藉此機會為他母親報仇；這兩位就是被你害死的九龍島四聖的弟子李承志、朱世勳；至於說最後這一位，他是聞太師的弟子申正道。這幾位在山中修煉百年，就是為了等這一天找你報仇，如今你是我們共同的敵人，你受死吧！」

石冥幽就是石精，周身由石頭拼鑲，沒有明顯的五官，石縫間有烈焰燃燒，持雙錘，醜不忍睹。李承志和朱世勳，一人使劍，一人使槍。聞太師的弟子申正道則手執雙鞭。

哪吒面對敖盈冷笑道：「還有你呢？你到底是誰？死也要讓我死個明白吧！」

「等你下了地獄，你自然知道！快上，一起殺了他。」敖盈果斷道。

諸魔一擁而上，哪吒站起來，用火尖槍指著諸魔，道：「爾等妖魔，我即便身負重傷，也能滅掉爾等，識相的還不快給我滾！」

石冥幽的元神是石頭，故他可以隨機變化成各式各樣的造型。那石頭變成火辣辣的火山石衝向哪吒，數也數不清，哪吒用混天綾上下攪動，將這些火山石攪落在地，它們卻又迅速凝聚起來。李承志和朱世勳一人使劍，一人用槍，李承志攻哪吒下三路，朱世勳攻哪吒上三路，申正道則以雙鞭攻哪吒中路，敖盈也以寶劍助陣，哪吒且戰且退。五人圍攻哪吒一人，哪吒見招拆招，五人招招致命。哪吒欲施展三頭八臂，正發力時，卻怎麼也使不上力，瞬間全身無力，被石冥幽用錘一錘擊中胸口，當即被打翻在地。

石冥幽正準備一錘擊打哪吒天靈蓋時，被敖盈用劍擋住了，敖盈急道：「冥幽大王，我們的目的都是為了報仇，先不要殺他，不能讓他死得這麼痛快，我們還是慢慢折磨他！」

哪吒身負重傷，捂著胸口，嘗試發功，卻沒有半點法力，困惑道：「我這是怎麼了？怎麼沒有半點法力？！」

敖盈訕笑道：「高高在上的哪吒三太子，你終於體會到生不如死的滋味了吧？我告訴你，你服用的正是當年通天教主贈予我父王的截教喪元丹。這喪元丹若是人服用可以強身健體，但是對於你這種法力高強的人來說卻是催命符。我知道你是蓮花化身，百毒不侵，但喪元丹可使你的法術暫時盡失。你受死吧，我現在就把你捆起來，再一刀刀割你的肉……」

敖盈變出捆仙索，準備要捆哪吒，一旁的申正道急道：「乾脆一鞭打死他算了，懶得跟他囉唆。」

敖盈唸咒語催動捆仙索，將哪吒捆了起來，捆得緊緊的。

哪吒瞅著敖盈道：「你明明不是我師父太乙真人，你何必用他的樣子？你要報仇就顯出本相來，反正我現在就是待宰羔羊，你們怎麼樣都行，死也不能讓我做糊塗鬼吧？」

敖盈冷笑道：「好。」

敖盈搖身一變，變回了本相，一個青衫龍女。

「怪不得妳口口聲聲稱父王，妳是東海龍王敖光的女兒吧！妳是來為龍太子敖丙報仇的？」哪吒疑惑道。

「是。你死到臨頭了，還有什麼話好說？我三哥死得太慘了，他被你抽了龍筋，現在屍體還在龍宮裡，這口氣我嚥不下去！你想怎麼死吧？」龍公主敖盈滿眼仇恨道。

哪吒嘆了一口氣，搖了搖頭。

敖盈道：「你搖頭是什麼意思？」

「真想不到，東海龍王還有個如此美麗的女兒，卻偏偏被仇恨蒙蔽了雙眼，可惜。」

在敖盈心裡，哪吒就是在說風涼話，戲弄自己。

敖盈手中變出了小刀開始在哪吒面前晃。那李承志和朱世勳原本就是九龍島四聖的弟子，既陰險又毒辣，手段凶殘，也好色。他們見龍女本相，一直色瞇瞇地看著龍女，眼神片刻也不曾離開。

李承志、朱世勳二人趁敖盈在和哪吒對話的時候，悄無聲息地來到了敖盈身後，那李承志色膽包天，一把就抱住了龍公主，龍公主敖盈掙扎後，想要逃走，卻被朱世勳圍堵。

李承志回頭對身後的石冥幽和申正道說道：「傳說東海老龍的小公主貌美如花，今日一見，果然名不虛傳，這送上門來的美食，不吃白不吃。你們二人還不快上啊？」

申正道不好美色，見他三人見色起意，選擇了袖手旁觀，他的表情似乎很無奈。

龍公主敖盈被三個淫妖圍堵，她慌亂中拔劍相抗，以劍氣與三魔大戰，三魔群起攻之，不到三個回合，敖盈就被制服。

石冥幽將敖盈按在地上，對她進行猥褻。哪吒見這一幕，大動肝火，催動內力，眼冒金光，額頭上的青筋凸起，他運功震斷了捆仙索，丟擲乾坤圈，將石冥幽打翻在地。哪吒抱起敖盈，蹬風火輪飛走了，那四魔窮追不捨。哪吒來到一個山洞裡，將敖盈放了下來，並強行運功在洞口布置了結界。

哪吒用功過度，倒在了洞口，狼狽的敖盈迅速走到哪吒面前，將他抱在自己懷裡。哪吒奄奄一息道：「放心吧，我拚盡全力設定了結界，任何妖魔鬼怪、虎豹豺狼都休想進來。」

敖盈瞬間被感動了，眼冒淚花道：「你為什麼要救我？」

還未回答敖盈的追問，哪吒已經昏死過去。

哪吒在敖盈的腿上昏睡了三天三夜，三天後子時方醒來。

「我昏睡多久了？」哪吒睜開眼睛道。他摸了摸後腦勺，頭仍然有些昏沉。

哪吒有些尷尬地盤腿而坐，雙手至於膝蓋處，開始運功調息。

「你不要以為救了我，我就不會殺你！」敖盈道。

哪吒面對敖盈，道：「妳要殺我，妳就快點動手吧！我現在功力盡失，毫無還手之力，我為了救妳耗盡了我所有的功力，現在四魔還在外面，我們還不知道能不能活著出去。妳動手吧！」

敖盈右手握著短刀，高高舉起，遲遲下不了手。

哪吒道：「看來妳還是不忍心殺我。公主，我知道妳本性善良，妳怎麼去招惹石磯的兒子還有九龍島四聖的弟子？他們可都是惡魔呀！李承志和朱世勳色膽包天，要不是我，後果真的不堪設想！」

敖盈似乎並不領情，冷冷道地：「要你管……」

哪吒邊運功調理，邊一臉同情道：「公主，哪吒殺了龍三太子是我不對，我向妳請罪！公主我且問妳，如果敖丙不是妳的親哥哥，是一個陌生的妖怪，妳看到他正在侵犯一個良家婦女，妳會不會殺妖救人？敖丙做的惡事一樁樁一件件數都數不過來，妳要為他報仇，因為他是妳的哥哥，但是妳不能因此善惡不分呀！如果重新選擇我還是會殺敖丙，只是我當年年幼任性，對敖丙的手段殘忍了些，我向妳請罪，如果公主要報仇就殺了我吧！」

面對哪吒的真誠與正氣，敖盈的仇恨蕩然無存，她苦笑道：「三界都在傳言，哪吒冷酷無情、凶惡無比，沒想到我竟然被你的一番話打動了，我對你再也恨不起來！也罷，要我殺你我實在下不了手，我只有殺我自己，我這就去陪我哥。」

敖盈舉起短刀，準備剖腹自盡。就在千鈞一髮之際，哪吒發功將她的短刀打落。

「公主，妳死了，妳父王和母后怎麼辦？聽我的，要活下去，我哪吒欠妳的，以後但凡有吩咐，哪吒萬死不辭！」哪吒鏗鏘有力道。

敖盈情不自禁地哭了起來。

哪吒服用了截教的喪元丹，七七四十九天之內，功力全失。這四十九天內，敖盈和哪吒朝夕相處，逐漸對哪吒產生了好感，二人化敵為友。哪吒每日運功調理，恢復功力，與敖盈促膝而談，推心置腹，一轉眼四十九天就過去了，哪吒的功力全部恢復了。

哪吒可以施展三頭八臂，一掌打在洞內巖壁上，洞內瞬間崩塌。

見哪吒功力恢復，敖盈也深感心安，面對哪吒愧疚道：「三太子，對不起，讓你受苦了。」

哪吒笑道：「我們是不打不相識，如果沒有這一劫，我們也不可能化解這段恩怨。走，隨我出洞去會會四魔。」

哪吒將山洞外面的結界解除，和敖盈走出山洞。

四周一片寂靜，他們以為四魔已離去，沒想剛走出幾步，哪吒和敖盈就被四魔圍住了。

那石冥幽囂張道：「哪吒，你插翅難逃了。」

四魔氣勢洶洶，勢要殺哪吒而後快。

哪吒道：「四個不知死活的妖孽，我堂堂天庭太子，三壇海會大神，豈會受你們的挑釁？！」

哪吒一怒之下，搖起火尖槍，從石冥幽的胸膛穿胸而過，將石冥幽捅得粉碎，石塊散落一地，可一下又凝聚在一塊。

哪吒隨即變出九龍神火罩於手掌心，那九龍神火罩被哪吒拋入空中，從天而降將石冥幽罩住，哪吒默念咒語，催動神火罩，九條火龍將石冥幽死死纏住，頃刻間石冥幽化為灰燼。

「石磯娘娘當年就是被我的九龍神火罩所殺，如今我又用他除了你，否則人間不得安生。」哪吒霸氣道。

哪吒幾乎是秒殺石冥幽。面對其他三魔，哪吒氣勢洶洶道：「本太子是被龍女下套，吃了喪元丹所以才躲進洞裡，如今本太子法力已然恢復，滅爾等四妖如同踩死螻蟻一般。」

哪吒變出八條臂膀，一手持火尖槍，一手持乾坤圈，一手持陰陽劍，準備拿三魔開刀。李承志和朱世勳連忙向敖盈跪求道：「公主，小的該死，小的再也不敢冒犯公主了，公主給小的求求情，請三太子饒恕我等性命。」

敖盈心軟，面對哪吒為難道：「三太子，不如放他們走吧。」

哪吒斬釘截鐵道：「不行，公主放過他們，他們還會去害別人，此二人惡貫滿盈，不能放過。」

說罷，哪吒用火尖槍瞬間劃破二人喉嚨，快如閃電。二人當場倒地身亡。

見三人已死，申正道卻挺起胸膛，一副視死如歸的樣子道：「哪吒，我聽說過你的威名，你要殺便殺，即便你殺了我，你也是我截教的仇人。」

哪吒感慨道：「申正道，我看你也是一條漢子，我不會殺你，你的師父聞太師被元始天尊封為九天應元雷聲普化天尊，你何不去找你的師父，效忠天庭，早歸正道？」

「三太子，你果真願意放我走？」申正道難以置通道。

「當然。」哪吒點了點頭道。

申正道被哪吒感化，連給哪吒磕了三個頭，道：「哪吒三太子不僅驍勇善戰，而且有情有義，並非傳言那樣……多謝三太子。」

哪吒好奇道：「都是怎麼傳言的？」

「都說你是魔神，殺人如麻，從不手軟，這些都是謠言！」申正道笑道。

申正道起身，再次向哪吒和敖盈作揖，而後便化作一道金光飛走。

突然，哪吒的頭頂上出現一道神光，只見那慈航道人立於蓮臺之上，只是那法相走了樣，不同以往。

慈航道人本為男兒身，身材健壯，如今卻變成了嬌滴滴的女兒身。她左手托玉淨瓶，右手捏著楊柳枝，眉心一點紅，面若桃紅，粉裝玉黛，嫵媚動人。

哪吒不識此人，抬頭問道：「不知仙姑哪裡來？」

慈航道人笑道：「哪吒，我是你慈航師叔，你現在應叫我慈航師姑。」

哪吒一臉詫異道：「慈航師叔，你不是男的嗎？怎麼成了女兒身？」

慈航道人擺了擺頭道：「哪吒，神有萬般法相，道也是千變萬化。無論男慈航還是女慈航。如今我和你燃燈師叔還有文殊廣法天尊已經入了西方教，在接引道人和準提道人座下修行，我的道場也改在了南海珞珈山，這也是元始天尊的意思，協助西方教治理西方世界，我等只在西方教修行，但仍是闡教中人。」

哪吒困惑道：「不知慈航師姑今日到此做甚？」

慈航笑道：「我與東海龍女敖盈有師徒之緣，特來接她一同前往珞珈山，敖盈妳是否願意在本座身邊做善財龍女？」

敖盈激動道：「我被仇恨矇蔽了雙眼，若不是哪吒三太子將我感化，我差點誤入歧途，如今有大神度化方能修成正果，敖盈求之不得，敖盈拜見師父。」

敖盈合掌，虔誠地拜了拜慈航道人，然後飛上雲端。

如此完美的結局，哪吒深感欣慰。

臨走前，龍女敖盈朝哪吒喊道：「三太子，從此你與我東海再無恩怨。」

敖盈隨慈航道人一同往南海飛去。

第二十一章　龍女復血仇

第二十二章　蔡國斬妖道

蔡國都城蔡的街市上商賈雲集，街道兩旁的商鋪爭相叫賣，有鐵匠鋪，有粥鋪，有糕點鋪，也有陶罐鋪，充滿了市井之氣；客棧、面館人聲鼎沸，不乏煙火之氣。販夫走卒，人來人往，一片喧囂沸騰的熱鬧景象。

天南海北的人正穿梭在蔡的街市上，一群群男女老少突然湧向街頭，他們像是從地底下冒出來的一樣，沒有一點徵兆，橫衝直撞，像開了閘的洪水猛獸，發瘋般往同一個方向跑去。

只聽見人流中有個中年婦女喊道：「大家快去呀，今日道宗真人又在玉清宮講法了。」

由最開始的幾十人，到最後的幾百人，民眾紛紛湧向位於蔡都西北郊外景雲山下的玉清宮。蔡都的集市上突然冷清許多，行人和商賈都去聽道宗真人講經去了。

正在粥鋪裡喝粥的俠士，粥喝了一半放下銅貝，提起青銅劍就往粥鋪外面走，他行色匆匆，一直跟在人流後面，往景雲山方向而去。

那俠士戴著斗笠，一身粗衣麻布，一雙草鞋，串臉胡，皮膚黝黑，滿臉殺氣，通身沒有一樣東西值錢，除了那一把閃閃放光的青銅寶劍。

景雲山下的玉虛宮是供奉元始天尊的道觀，樹木遮天蔽日，甚為隱祕，過去很少有人來，幾乎沒有什麼香火。一年前，這裡來了一位自稱元始天尊弟子的道宗真人，開始在此講法，通些道術，一年內蔡國的信眾就達到三千人，不斷有人慕名而來。

只見玉虛宮被信眾圍得水洩不通，裡面香火鼎盛，道宗道人就坐在元始天尊神像前的蒲團上。他的道袍比一般道士華麗，用金絲繡成，袍上有太極八卦紋路；他手持浮塵，頭頂紫金髮冠，童顏鶴發，身旁有兩個道童左右侍立。

下面的信眾，或靠，或立，或坐，或蹲，認認真真地聽道宗真人教誨。道宗將拂塵搭在肩後，面對信眾道：「我乃道宗。元始天尊是道祖，我是道子，信我者我能保佑你長命百歲，敬我者我保你福祿壽全。凡加入我道門，成為我道宗的弟子，你們的一切都屬於道……」

在場的男女老少，都被道宗高深的道行所感染，但凡道宗吩咐，信眾一一照做。其中一名頭髮花白的老者，來到道宗面前，一臉諂媚地笑道：「請大神賜福。」

道宗真人道：「道不可輕傳，福不可輕賜。」

「弟子明白。」老者點頭哈腰道，忙從懷裡摸出幾枚貝幣放入道宗面前的功德箱裡。

道宗真人偷偷朝功德箱瞟了一眼，便念道：「手揮拂塵，掃除一切煩惱，懷抱太極，招得紫氣東來，無量天尊。」

道宗真人一邊唸咒，一邊揮動拂塵在老者頭上掃了幾下。

「多謝大神。」老者稽首告退。

又有一個大娘雙手捧著一包錢貨，來到道宗近前，恭恭敬敬道：「神仙，賜我一道平安符吧！」大娘將一包錢貨投進道宗面前的功德箱，道宗便從懷裡摸出一張符咒遞給了大娘。道宗單靠賜丹藥、符咒、賜福，一炷香的功夫，就斂了不少錢財。信眾中還有不少年輕貌美的女子，她們都是道宗虔誠的弟子，為了追隨道宗，甘願拋家捨業。

那戴斗笠的俠士看在眼裡，恨得咬牙切齒，幾次忍不住想要衝上前去，但他在人群中盯了一會兒便離去。

夜深人靜，玉清宮內油燈還亮著，那道宗手裡拿著一盞油燈，推開一扇暗門，走了進去，是一間密室，裡面放滿了大大小小的箱子，道宗將這些箱子一一打開，有的是整箱金磚，有的是一箱象牙，有的是一箱玉器。道宗放下手中的油燈，來到裝滿金磚的箱子前，雙手捧起一塊金磚，一副心花怒放的樣子，用自己的臉去蹭金磚，陶醉其中，道：「我一個被罷官的人，現在打著元始天尊的旗號，輕而易舉賺了這麼多錢，要不了多久，我就是蔡國首富了，想不到這些笨蛋這麼好騙！」

得意揚揚的道宗將這些裝有財寶的箱子都一一上了鎖，端著油燈出了暗門，一路來到玉清宮後殿的臥室。道宗的臥室富麗堂皇，房間裡有十多個女人，有些是少婦，有些是少女，她們見道宗進來，連忙上前參拜，有女人為他寬衣解帶，脫下道袍。道宗左擁右抱，摟著兩名少婦來到了床榻前坐下來，又將她二人摟在懷裡，其他女人為他脫靴、拿捏，為他捶腿，道宗儼然一副荒淫無度的樣子。

道宗面對這些女人道：「妳們既然拜我信我，那麼妳們就不屬於自己，妳們的一切都屬於道，包括妳們的身體。我是道子，妳們應該把身體都獻給我，這樣才能得到道的庇護……」

女人們對道宗的話是深信不疑，言聽計從，正要脫衣服時，白天持青銅寶劍的俠士破門而入，怒視道宗，罵道：「妖道，你傷天害理，今天我就要替天行道，看劍！」

那俠士一劍刺過去，快如閃電。道宗驚慌失措，來不及避閃，將身邊一名女子推了過去，那俠士迅速撤回，那女子受了皮外傷。

道宗從牆上取下拂塵，從窗戶破窗而逃，慌忙道：「李承惠，有種就跟我來。」

俠士李承惠正要追出去，房間裡的女人們被剛才這一幕嚇得紛紛蜷縮在牆角，瑟瑟發抖，表情充滿恐懼，一副驚魂未定的樣子。

「大家都被道宗騙了，他不是什麼大師，就是騙財騙色的妖道。我與他情同手足，他蠱惑並姦淫了我的妻子，我妻子羞愧自殺，我今天就是來報仇的。大家還是回家去吧，不要再受其蠱惑了。」李承惠說罷，便提劍衝了出去。

李承惠一直追到城外的樹林裡。

正值十五月圓之夜，雙方對峙於月色之下，道宗氣喘吁吁對著李承惠，手裡拿著拂塵，驚出一身汗。

李承惠仇深似海地瞪著道宗，道：「你我情同手足，我一直把你當親兄弟，你因貪財被罷官，在你最困難的時候我們夫妻接濟你，沒想到你竟然冒充道士，蠱惑我妻子並強姦了她。我妻子因你而死，兄弟妻不可欺！你惡貫滿盈，你有功夫，我不是你的對手，我在山中拜師學武，練功六年，今日便是我兄弟了斷之日，不是你死就是我亡！」

道宗冷笑道：「是你無能……」

李承惠憤怒道：「無恥小人，你罪惡貫盈，荒淫無度，誘姦無數少女，自以為買通了官府，就相安無事，我今天一定要殺了你！」

李承惠提劍衝了過去，道宗用拂塵一掃，避過了劍鋒；李承惠用劍攻其上三路，用腿掃其下三路，道宗邊擋邊退；李承惠一躍向道宗劈腿就是一劍，從道宗頭頂砍下去，道宗竟用雙指夾住了劍鋒，道宗將內力集中在雙指。李承惠以氣御劍，那一劍始終劈不下去，李承惠一腳踢在了道宗的胸口，道宗這才被踢翻倒地。李承惠用劍像蜻蜓點水一樣刺向道宗，道宗在地上來回翻滾，李承惠一劍未刺中。道宗翻了幾個跟頭，站了起來，將拂塵插入腰間，摩拳擦掌，左手手心向上，右手手心向下，雙手合掌用妖術將李承惠的劍刃牢牢鎖住，並一掌將李承惠打傷。李承惠倒地，口吐鮮血。

李承惠盤腿運功，調息片刻後站起來，雙腿微微下蹲，呈馬步，雙手運氣，只見他面帶紫色，雙手出掌道：「歸元神功，降妖除魔。」

這雙掌甚有威力，一掌將道宗得站都站不起來。

道宗的胸口道袍上還在冒煙，胸前留下被燒焦的掌印。

道宗口吐鮮血，跪了下來。

李承惠以氣御劍刺向道宗胸口，道宗哀求道：「承惠，我知道你宅心仁厚，你我兄弟一場，就饒恕我性命吧。」

道宗一個勁兒給李承惠叩頭，李承惠苦笑道：「奪妻之恨，怎麼能說忘就忘？你奸淫了多少婦女，斂了多少不義之財，你傷天害理，我苦練功夫六年，就是為了今天，拿命來。」

李承惠一劍刺穿了道宗，鮮血奔湧而出。李承惠拔了劍，見道宗倒地方才離開。

道宗憑著一口惡氣，在地上爬，道：「我道宗是不會死的。」

道宗爬過滿是荊棘的草地，道袍也被樹枝刮破了，披頭散髮，狼狽不堪，草坪上滿是血漬，他最終昏倒在草叢裡，直到天大亮，被上山採藥的爺孫倆遇上。年逾七旬的老人是山裡的獵戶，平日靠打獵和採藥為生，和孫女相依為命，這天早上剛採藥下山就碰到倒地的道宗。老人背著草藥，孫女年芳十八，走在前面，蹦蹦跳跳，見道宗嚇得退到爺爺身邊。

「爺爺，地上躺著個人。」孫女慌張道。

爺爺放下背簍，上前俯身一看，並將道宗翻過來，吃驚道：「這不是城裡玉清觀裡的道宗仙師嗎？怎麼會在這裡？」

爺爺用手指觸碰道宗的鼻孔，回頭對孫女道：「還有氣。小芳妳替大父背上山藥，我把道宗仙師背回去醫治。」

爺爺背起道宗，孫女背起背簍就往山下走。山下的竹林裡有幾間竹屋，四周用籬笆圍著，種些花草，有一群小雞在院子裡啄米，這就是祖孫倆的家園。

幾副湯藥下肚，道宗才醒過來，面對老人道：「這是什麼地方？」

老人問道：「你是玉清觀裡的道宗仙師吧！你怎麼倒在樹林裡，全身都是傷，我替你止了血，還好沒有傷到心肺，否則老夫也無能為力！」

「我修行不易，常年遊走諸國降妖伏魔，懲惡除奸，得罪過很多人，他們尋仇而找到我，賊人勢大，我寡不敵眾，被他們打傷，要不是我一身正氣，恐怕我就死在他們手裡了，謝謝你們救了我！」道宗睜著眼睛說瞎話。

「仙師不用客氣，且安心養傷。」老人寬慰道。

活潑的孫女小芳蹦蹦跳跳地跑進來，抱著一隻小雞，來到老人面前道：「爺爺，這小雞不吃米，好像病了，你給看看。」

老人接過雞往屋外走去，道宗目不轉睛地盯著小芳看，眼睛發直了，一副色瞇瞇的樣子。被小芳發現了，她甚至有些毛骨悚然。

小芳有些害怕，跟了出去，來到爺爺身邊，低聲道：「爺爺，這個人真的是修道之人嗎？我見他滿臉邪氣，不像什麼正經人，如果真的是好人，是高道，如何能被追殺？我們不得不防啊！」

「哎，爺爺過的橋比妳走的路多，活了七十了，什麼人沒有見過，道宗仙師在城裡信眾頗多，威望甚高，大父不會救錯人的。」爺爺堅通道。

道宗在床榻上養傷，隔壁屋子竟然發出萬道金光，將整個竹屋都照亮了。孫女小芳連忙跑進去將寶盒合上，那盒子裡裝著一顆珠子，時而金色時而血色，不斷地變換色彩。道宗也深感吃驚，正要起身察看，卻被進門而來的老者擋住了，道：「仙師行動不便，重傷未癒，還是不要活動為好！」

道宗面對老人，指著隔壁屋子問道：「不知是何物？竟然會發出如此強烈的光芒？」

老人捋了捋鬍子笑道：「發光的是我祖上的傳家寶，仙師道行高深，凡間之物自是不入你的眼！仙師請安心歇息！」

待道宗躺下，老人把孫女小芳從屋子裡拽了出來，並關上門，祖孫倆站在門外，老人低聲道：「孩子，這攝魂血珠乃是不祥之物，還是想個法子把它毀了吧。」

「爺爺，你不是說這珠子毀不掉嗎？大父，這邪惡的珠子到底來自哪裡？為什麼要把它放在家裡？」孫女小芳困惑道。

老人嘆道：「這是一顆魔珠。十三年前妳五歲，我與妳爹上山採藥，無意間入了一個魔洞，妳爹在洞裡撿到了這顆珠子，拿手裡把玩，到了晚上就瘋了，誰也不認識，一刀殺了妳娘，我抱著妳從後門逃了出來，妳爹自殘而死，彷彿中了邪。大父抱著妳回到家裡，精神崩潰，本想就此毀了那魔珠，誰料刀砍斧鑿、火燒，就是毀不掉。那珠子開口說話了，說它是上古妖王玄陰，那個洞叫乾坤洞，它已經被燃燈道人關在裡面四千年，如果不是妳爹，它將永世不見天日。玄陰說如果大父不把它供奉在家裡，等待它重生之日，它就讓我們全家死光。這個祕密大父一直不敢告訴妳。」

裡屋，道宗豎起耳朵，隱隱約約聽到了他們的談話。

趁著老人和孫女小芳上山採藥，道宗從榻上爬起來，進入隔壁房間。見那寶盒還放在桌案上，道宗偷偷摸摸地將其打開，用手去觸摸攝魂血珠，卻被血珠無窮的力量彈開，頓時被震翻在地。

那道宗舊傷未癒又添新傷，他捂著胸口，連跪帶爬，來到血珠前叩拜道：「小人拜見大王。大王，求你救救小人，小人願伺候大王左右，為大王馬首是瞻，大王讓小人做什麼小人就做什麼，小人半生蹉跎，只有跟著大王才能幹一番事業！」

「你這蠢材，好生狡猾。我的真身被燃燈所毀，如今我的真靈只能寄託在血珠裡，我必須找個大奸大惡之人作為寄生體。那祖孫倆都太善良，我寄生在他們身上無法修煉魔功，好在有你道宗，你夠惡，姦淫擄掠無惡不作，借元始天尊弟子的身分騙財騙色，正合我的口味。道宗，本尊寄託在你的身上，你就是半人半魔，魔功大增，三界內少有敵手，從此我們不分彼此，你就是我，我就是你，你想辦的事情本尊幫你去做，但是你也要幫本尊，只要本尊吸完九千九百九十九個處女的血，就能大功告成，到那時本尊就不需要依託寄體，你可願意？」血珠開口道。

「小人願意！」道宗一個勁兒地叩頭。

那妖王大笑。血珠被道宗吞了下去，道宗頓時全身如烈焰般紅彤彤，指甲變黑，嘴唇變黑，一雙眼睛瞬間變成魔瞳，一副青面獠牙的樣子，嘴裡吐著黑氣，瞬間魔化。

這時，院子裡有響聲，是小芳背著草藥回來了。背簍剛放下，那魔化後的道宗衝上去，掐著小芳的脖子，就用舌頭在小芳的臉上舔，並開始扒小芳的衣服。小芳的爺爺正好趕回來，見此情形，驚呼道：「法師，你在幹什麼？」

老人撿起地上的木棍朝道宗打過去，道宗一把掐住了老人的脖子，活生生地扭斷了老人的脖子。

小芳眼淚奪眶而出，喊也喊不出來，那道宗伸出獠牙，咬在小芳的脖子上，頃刻間，小芳成為一具乾屍。

道宗很享受鮮血的味道，不停抿嘴。

「果然是處女，這血就是不一樣，讓本尊胃口大開，魔力大增！」

妖王玄陰的聲音從道宗的身體裡傳出來。

成魔後的道宗在凡間行走，如入無人之境。他首先想到的就是找李承惠尋仇。那李承惠住在山崖下的一處茅屋裡，非常隱祕，如同世外桃源。李承惠所住山谷，桃花盛開，山泉潺潺，那李承惠正在自家院落中練劍。

那道宗從天而降，殺氣騰騰，道：「李承惠，是你不放過我，今日就是你的死期。」

面對一臉魔障的道宗，李承惠在道宗身上打量，道：「道宗，你還沒死？定是練了什麼妖法吧！」

道宗大笑道：「我道宗福大命大，不僅不會死，我還被妖王玄陰所救，現在我與妖王合而為一，身負妖王所有功力，你就受死吧！」

李承惠持劍衝了上去，一劍刺穿了道宗的身體，怎料不見一滴血。

「哈哈哈哈，我與妖王合體，半人半魔，已是不死之軀，你區區凡人怎會是我對手？」道宗得意道。

說罷，那道宗施展魔功瞬間煉化了李承惠手中寶劍，寶劍化作一攤銅水，並一掌打在李承惠的胸口，使其重傷，並挖出李承惠的心臟，一口吞了尚在跳動的心臟，吸了李承惠的真元。那李承惠瞬間成為一堆白骨，場面十分恐怖，道宗幾乎是秒殺李承惠。

「大王真是法力無邊，李承惠全無招架之力，他一招也沒接住。」道宗道。

「哈哈哈，別說一個凡人，就算是大羅神仙也殺不了我，不然當年燃燈就不會把我封於乾坤洞中。」妖王玄陰道。

一夜之間，蔡國都城蔡就有一千多名十四歲以下的少女被吸乾了血，蔡國上下舉國震驚，蔡共侯姬興接到下報後，朝野震驚。蔡共侯召集群臣在宣政殿議事，那道宗已經殺入蔡宮，如入無人之境，士兵拚死相抗，但死傷慘重。

蔡國太宰姬芮慌忙奏道：「蔡侯，那妖人揚言讓國君交出寶座讓他坐，眼看著宮中侍衛就要撐不住了。」

「那妖人一夜之間吸乾了蔡城裡一千多名女子的血，不是妖孽是什麼？」蔡國大夫姬雲溪激動道。

外面殺聲震天，蔡共侯和群臣如同熱鍋上的螞蟻，焦躁不安。

「卿等快出主意啊。」蔡共侯急道。

哪吒蹬風火輪，持火尖槍，後面跟著巨靈神和天兵天將，自南嶽降妖歸來。雲端之上的哪吒一行被一道神光擋住了去路，隨後燃燈道人出現在哪吒頭頂，只見那燃燈道人坐於蓮臺之上，頭上長滿了肉髻，耳垂長了很多、肥而厚實，雙目慈祥，身披袈裟，雙手捏作菩提指。

哪吒不敢確認這是燃燈道人，深感吃驚道：「你是燃燈大師？」

「哪吒，正是本尊。」燃燈道人笑道。

哪吒問道：「燃燈大師，聽說你與文殊廣法天尊、慈航道人、普賢真人等一起投了西方教，如今你在教中擔任何職？為何連面貌都改變了？」

燃燈道人道：「哪吒，我乃修道之人，名位皆是虛無，我去西方也是遵元始天尊法旨，協助西方教拯救西方世界芸芸眾生！至於說本尊面貌乃是為了順應西方風土人情，我修道之人，無所謂名位和相貌，色即是空。哪吒，如今你身為三壇海會大神，你要放得下才能成就大道。」

「小神拜見燃燈大仙。」巨靈神面對燃燈道人作揖道。

「免禮。」燃燈道人伸手示意道。

哪吒困惑道：「燃燈大師今日來找小神恐怕不是為了敘舊吧！大師是有事找小神？」

燃燈道人點頭道：「哪吒，這是我數千年前的一段未了公案，留下後患，才釀成今日之禍！當年我將妖王降服，未誅殺他，將他封印在蔡國境內的乾坤洞中。我當時毀了他的肉身，如今他重新脫困，與蔡國妖道道宗人妖合一，在下界作惡多端，如今還要逼迫蔡侯退位，他當國君，人妖合體，天下無敵。如今我已經加入西方教，不便再管東方之事，你火速趕往蔡國都城蔡滅了這兩個妖魔，那妖王神通廣大、法力無邊，三界內除了你和二郎神想必無人能降伏此妖！」

「待我算算看。」哪吒掐指算來。

「想不到這道宗如此可惡！我自出世以來，降妖除魔，也曾見過形形色色的人，還不知道天底下竟有如此惡人，以道的名義騙財騙色，還恩將仇報，殺死自己的恩人，手段殘忍，著實可惡！人惡比妖魔更甚！」哪吒憤怒道。

燃燈道人道：「哪吒，這妖王玄陰的元神是一隻蝙蝠精，手段陰毒，你千萬要小心！」

「燃燈大師，放心吧，哪吒這就帶屬下人等去收服此妖。」哪吒拜別了燃燈道人，率領眾神往下界去了。

那道宗與妖王玄陰的合體，在蔡宮裡暴虐攻擊，草菅人命，數千名王宮守衛也抵擋不住，侍衛們都被打得人仰馬翻。

哪吒和部下天兵天將出現在蔡宮的上空。哪吒見道宗如此囂張，連忙吩咐巨靈神道：「巨靈神，替本太子降了這妖怪，本太子倒要看看，一個妖道和妖王合體究竟有何魔力？」

「遵命。」

那巨靈神持板斧從天而降，足足有十餘丈高，參天巨人，趁道宗不注意，一腳將其踢飛。

道宗口吐鮮血，忍住傷痛站起來，仰望巨靈神道：「你是何人？休要管我閒事！」

「大膽妖魔，你犯下天條還不知罪？我乃天庭巨靈神，奉三壇海會大神之命，下界降你，你再負隅頑抗，將你打得魂飛魄散！」

蔡共侯和群臣見天神下凡，懸著的心終於落下來，急急忙忙出了宣政殿，與諸臣見證天神降妖。

道宗一聽是巨靈神，又一看巨靈神的一隻腳都比自己高，嚇得連連後退。

那道宗身體裡的玄陰道：「不要怕，我乃妖界之王，這小小的巨靈神不過是李天王的家臣，他非我對手，讓我去對付他。」

「大王，你可莫要掉以輕心啊，如果我的肉身毀了，你也沒地方去了！」道宗心驚膽顫道。

那玄陰大笑道：「小小巨靈神，你以為能降伏本王？真是大言不慚！」

巨靈神惱羞成怒，道：「看斧！」

巨靈神手持巨斧，向玄陰劈了過去，玄陰避開了，那宮裡的石地板被劈開了數丈長的裂縫。玄陰順著巨靈神巨斧的斧背往上攀爬，顯出蝙蝠元神，一隻巨大的蝙蝠，一口咬住巨靈神的手腕，將手腕劃開一道口子，齒印很深。被妖王吸了血，巨靈神疼痛難忍，一聲慘叫，隨即丟了板斧。

巨靈神用左手去拿玄陰，那道宗身形較小，在巨靈神的身上上竄下跳，巨靈神抓他不住；巨靈神憑著巨大的身軀，用一雙大腳踩他，道宗躲閃神速。巨靈神前後左右觀察，瞄準後一腳踩下去，並用力踩了幾下，道：「妖王也不過如此，我看你不死。」

巨靈神正得意，突然卻感覺腳底發熱，一陣刺痛，連忙撤回右腳，單腿站立，抱腳而走。那道宗趁著巨靈神疼痛之際，從巨靈神的後背給他一腳，巨靈神當即人仰馬翻，摔了一個狗吃屎。

哪吒在天上注視著這一切，見巨靈神摔得如此狼狽，不禁道：「真給神仙丟人，堂堂巨靈神，連個蝙蝠精和妖道都打不過。」

哪吒轉身對身後的天兵天將道：「天兵天將，下去助陣，一定要降服此怪。」

「是。」

數百名天兵天將從天而降，降落在道宗面前，將其團團包圍，蔡侯姬興深感吃驚道：「想不到還驚動了天兵。」

一旁的太宰姬芮道：「想必是此怪作惡多端，人神共憤，連天神都下來剿滅他，也幸虧有天神，否則人間有難了。」

數百天兵天將將道宗包圍。巨靈神負傷撤出，一跺腳上了天，面對哪吒一臉慚愧道：「三太子，小神無能，那道宗和妖王合體，小神戰不過，給天庭丟臉了。」

哪吒嘆道：「也不怪你，我在天上已經看見了，這妖王少說也有萬年功力，加上又附身妖道身上，功力更是深不可測，想必這天兵也不是他的對手。」

巨靈神慚愧地退到哪吒身後，注視著下界。

眾天兵持長矛圍攻道宗，一擁而上，那道宗用拂塵一掃，天兵們倒了一片；隨之站起來一起刺向道宗，妖王玄陰現身吐出黑色的毒煙，天兵們瞬間中毒，又倒了一片。妖王顯出原形，煽動一雙巨大的翅膀，張大嘴巴將天兵都吸入腹中，天兵們丟盔棄甲，掙脫後紛紛撤離。

見天兵們敗逃而來，哪吒大怒道：「豈有此理，想不到這妖孽如此神通廣大，看小爺我不滅了你！」

哪吒蹬風火輪，手搖火尖槍，朝下界飛去，二話沒說就刺向道宗，那道宗用拂塵與哪吒的火尖槍對戰。道宗接了哪吒幾招，那拂塵變成數丈長的白線將哪吒死死捆住，纏得緊緊的，哪吒越是掙扎捆得越緊。哪吒笑道：「豈有此理，你這廝的把戲難道比我的混天綾厲害？」

哪吒噴出三昧真火，一把火燒了道宗的拂塵，道宗的拂塵只剩下塵柄。道宗嚇得變了臉色，退了幾步。

哪吒右手杵著火尖槍，怒視道宗。

道宗恐懼道：「這廝是誰？」

道宗身體裡的玄陰道：「不可大意，這就是天庭的哪吒三太子，也是三界中最能打的人，當年幫助周武王伐商，他可是最大的功臣，通天教主的徒子徒孫大半都死在他的手裡。」

道宗臉色煞白，道：「他就是哪吒三太子？看來今天我死定了！」

「你不要怕，我也是修煉了萬年的妖王，我倒要看看這個哪吒是不是徒有虛名！」玄陰囂張道。

哪吒向道宗憤怒道：「道宗，玄陰，本神受燃燈大師委託下界收服你們，尤其是你道宗，你借道的名義在下界騙財騙色，姦淫了多少良家婦女，又恩將仇報，殺害一對祖孫，天理難容，人神共憤，本太子打出世以來還沒有見過你這樣的惡人，小爺我今天定讓你們萬劫不復！」

哪吒搖槍刺向道宗，那道宗的拂塵被哪吒所毀，沒有了法器，一槍就被哪吒刺穿了胸脯，當場斃命。

玄陰見道宗已死，從道宗體內出來，成一團黑氣，只見蝙蝠元神，而無肉體。

玄陰嘆道：「可惜，我玄陰沒有吸夠九千九百九十九個處女的血，否則三界內將無對手，那時本王就可遇神誅神。」

哪吒冷笑道：「妖孽，你還妄想吸食九千九百九十九個處女的血！你是在做夢！」

哪吒搖槍刺去，那蝙蝠精乃元神所化，只剩下一團黑氣，妖王可隨心所欲，哪吒的火尖槍次次撲空，傷不了他分毫。

那妖王又吐出黃色毒煙，在場的士兵全部中毒，蔡侯及群臣紛紛撤離。不見傷哪吒分毫，妖王詫異道：「我的毒煙乃天下至毒，你怎會沒事？」

「我乃蓮花化身，百毒不侵，你這毒煙對我無用。」哪吒揚揚得意道。

哪吒變出三頭八臂，手上分別持陰陽劍、乾坤圈、火尖槍，並噴出三昧真火，與玄陰的元神混戰在一起。玄陰元神乃蝙蝠，怕火，哪吒的三昧真火煙燻火燎，玄陰化作黑煙飛走，哪吒請出九龍神火罩，趁玄陰飛走那一瞬間將其罩住，並默念口訣，九條火龍在神火罩中遊走，大火熊熊燃燒，那玄陰在罩中慘叫。

「蝙蝠最怕火燒，小爺我不相信這九龍神火罩還滅不了你，當年石磯的元神也是石精，最後還是被九龍神火罩煉化。」哪吒道。

「三太子，饒命啊……」

玄陰被神火罩活活燒死，半個時辰後，已經聽不到玄陰的聲音。

哪吒撤了神火罩，玄陰已經魂飛魄散，元神盡滅。

這一幕被蔡共侯及群臣看在眼裡，待玄陰被滅後，蔡後帶領群臣來到哪吒身後。

「你就是傳說中的天庭哪吒三太子？」蔡侯激動道。

哪吒轉身向蔡侯道：「蔡侯，此番蔡國出現妖魔乃是你蔡國的劫數，定是蔡國君臣教化不當，風氣不佳。當年我和子牙師叔一起輔佐周武王伐商，百戰艱難，方有今日之天下，蔡國君主是周王室宗親，更要勤於王事。」

蔡侯向哪吒作揖道：「寡人謹遵三太子教誨，日後一定勤於國事，不敢有絲毫懈怠。」

哪吒蹬風火輪飛走了，蔡侯及百官跪送哪吒。

哪吒領著巨靈神和眾天兵飛往天界，行至半路，突然停下來，面對巨靈神及眾將道：「被道宗殺害的祖孫倆還有義士李承惠都死得太無辜了，如果好人不長命，我們做神仙的還有什麼意義？」

哪吒從腰間扯下一片荷花瓣，將其化作粉末撒向李承惠和祖孫倆的屍體，他們瞬間便復活了。

哪吒見他們無恙，笑著飛向天庭。

第二十三章　護曾國忠臣

魔家四位天王各執法器，在南天門外撥開雲層，往下界曾國境內看去，法場上人山人海，百姓蜂擁而至，哭聲震天，士兵圍起來的人牆眼看就要被憤怒的百姓突破。原來曾國隨縣縣尹姒歸元一家老小正要被問斬，引發百姓眾怒，百姓紛紛為姒歸元請願。四位天王紛紛唉聲嘆氣，淚流滿面，為姒歸元鳴不平。

哪吒三太子率領手下四神將及天兵天將巡視天庭，路過南天門，見魔家四天王擅離職守，圍在一起往下界瞧，一個個情緒低落。

哪吒持火尖槍走過去，湊到四人身後，往下界看去，見法場上一片混亂。

「你們在看什麼？」哪吒好奇道。

四人猛回頭，見哪吒，忙收了雲，各自回到職位上。

魔禮青搖了搖頭，嘆道：「好人沒好報，下界好不容易出一個好官，卻被滿門抄斬，唉……」

「是呀，我等雖為天神，面對好人被殺卻無能為力啊！」魔禮紅無奈道。

魔禮海和魔禮壽也紛紛感嘆。一向剛強果敢的魔家四天王，突然傷春悲秋起來，讓哪吒深感意外。

哪吒詫異道：「到底什麼事？魔家四叔你們倒是跟我說說呀！」

魔禮壽道：「哪吒，曾國隨縣有個叫姒歸元的縣尹，是個清官，因上書曾侯，告曾國大夫南宮燕之子南宮尚文侵占本縣百姓房產，奏書被南宮燕截留，反被誣告謀反，落得一個滿門抄斬，我們兄弟四人也無能為力啊。」

哪吒憤懣道：「天下竟有這事？如果此事我們不管，就枉為神仙！」

哪吒回頭面對四神將道：「張將軍、蕭將軍、劉將軍、連將軍，你們帶著眾天兵繼續巡視周天，我往曾國去一趟，這件事情我不能不管。」

說罷，哪吒欲往下界而去，魔禮壽連忙抓住哪吒手臂道：「哪吒，你不能下去，神仙不能干涉下界的事，天理循環自有道理，你如果干涉凡間之事，必會釀成天下大亂，沒有玉帝的旨意，就是違反天條，要受到處罰的。」

「魔家四叔，哪吒頂天立地，眼裡從來容不得沙子，既然被我看到，我不能不管，即使被玉帝責罰，我也要下去。放心吧，我不會改變歷史的，也不會干涉人間的事情，我只是去救姒縣尹一家性命，幫助他將壞人繩之以法，我會暗中幫他，不會現身。」

哪吒說罷，蹬風火輪，持火尖槍，往曾國飛去，風火輪日行萬裡，轉瞬間就來到曾國法場。

隨縣尹姒歸元一家幾十口人被架到了閘刀之下，幾十個巨大的圓弧形斧口閘刀懸於空中，就等著監斬官一聲令下，那監斬官不是別人，正是曾國大夫南宮燕。法場上即將被執行死刑的還有未滿周歲的嬰兒，他是縣尹姒歸元的孫子，孩子還在姒縣尹兒媳的懷裡哇哇啼哭。

「縣尹是好官呀，他是被冤枉的……」

「求求你放過姒縣尹吧，他是我們的父母官啊，他冤枉啊……」

「縣尹大人為官清廉，怎麼會謀反呢？定是有小人陷害啊……」

圍觀的百姓紛紛為姒縣尹鳴不平，刑場上的士兵用盾抵擋，組成人牆，但都無法阻止這些百姓衝上刑場救人，眼看著場面就要失控。

南宮燕有些心虛，忙下令道：「行刑。」

姒歸元仰天長嘆道：「蒼天無眼啊。我姒某為官清廉，一身正氣，沒想到到頭來是這樣一個下場。奸人當道，好人罹難，這是什麼黑暗的世道啊，本官就算到了陰曹地府也要找冥君討回這個公道。」

突然，八月飛雪，狂風大作，將行刑的劊子手吹出幾公尺遠。捆綁姒歸元一家幾十口的繩子全部斷開。

「八月飛雪，天下奇冤啊，姒縣尹是被冤枉的，不可逆天行事啊。」人群中百姓吵鬧道。

百姓們見風雪交加，連忙破了人牆，紛紛衝上刑場將姒歸元解救。姒歸元倒也執著，執意不肯走，道：「鄉親們，我身上背著謀反的罪名，如果我就這樣走了，我就更加洗不清了。」

哪吒變成一個頭髮花白的教書先生的模樣，來到姒縣尹面前，硬將他帶下去，道：「縣尹大人，不可愚忠啊，你如果死了，從此曾國就少了一位好官，那隨縣百姓就要倒楣了，你忍心見壞人當道嗎？」

姒縣尹嘆了嘆氣，才勉為其難被哪吒帶走。

百姓們紛紛解救縣尹的家眷。那南宮燕見場面失控，一片混亂，連忙對下面的兵丁喊道：「快將姒歸元拿下，不要讓他跑了。」

南宮燕激動不已，站起來欲追姒縣尹，突然腳下一聲驚雷，他從臺上摔下來，摔了個狗吃屎。一張白色的布帛從天上飄到他的面前，南宮燕撿起來一看，上面寫道：南宮燕，人在做天在看，姒縣尹為人如何你心知肚明。你的兒子南宮尚文無才無德，為虎作倀，欠下多樁命案，又在隨縣修建園子，霸占人家的土地，現在苦主上告，你倒打一耙，汙衊姒縣尹謀反，你當真以為你可以瞞過上天嗎？速放姒縣尹一家，否則定讓爾死於非命。

南宮燕閱後，臉色煞白，忙道：「速速放人。」

「謀反大罪，當滅族，曾侯那裡如何交代？這可是曾侯下令將姒縣尹一家處決的。」陪南宮燕一同監斬的內侍道。

待風平浪靜後，南宮燕站起來笑著面對內侍道：「李大人，你看八月飛雪，不正常啊，姒縣尹可能真的是被冤枉的，我們可不能逆天而行啊。至於說曾侯那裡，你就與我口頭一致，就說沒有找到姒縣尹謀反的證據。」

南宮燕從袖筒裡取出一些銅貝偷偷塞到李內侍手裡。

姒縣尹一家老小，驚魂未定，相擁而泣。姒縣尹心緒難平，淚流滿面，一家人急急忙忙趕回家。姒縣尹心灰意冷，一副垂頭喪氣的樣子，哪吒都看在眼裡，他走過去，面對姒縣尹道：「大人，接下來你有何打算？」

「哎，這官我也不當了，我一人之死是小，若是連累我族人，我可就成了姒氏一族的罪人了。我還是辭官回老家種地吧。」姒縣尹嘆道。

哪吒急道：「大人，你不管這一縣百姓了？你可是他們的父母官啊。你不為受害者主持公道了？」

姒縣尹道：「先生，感謝你剛才對在下的救命之恩，只是在下官卑職小，南宮燕乃曾國大夫，貴族，我怎麼鬥得過人家！」

「只要姒縣尹想鬥倒南宮燕父子，在下願意助大人一臂之力。據我所知，南宮燕父子在曾國魚肉百姓、禍國殃民，甚至欺君罔上，獨攬朝綱，結黨營私，曾侯早就想對他父子二人下手，但南宮燕父子勢大，根基深厚，朝中心腹眾多，如果沒有足夠的證據和十足的把握，曾侯也不敢貿然動手。

姒大人，只要你按我說的做，我一定幫你鬥垮南宮燕，為受害者鄉親報仇，也為曾國除了這個禍害。」哪吒斬釘截鐵道。

姒縣尹心有餘悸道：「你是何人？你有何能？你可知道南宮燕可是當今曾侯的叔父，一人之下萬人之上？」

「縣尹大人放心，此事與我並無利害關係，在下乃楚國一教書先生，途經貴國，見大人罹難，這才出手相救，難道大人不相信我？」哪吒面對姒縣尹作揖道。

姒縣尹咬了咬牙，堅定道：「也罷，你一個外國人，對我曾國的百姓都有如此大愛，那我身為父母官，自然也捨得這一身剮，只要先生能幫我告倒南宮燕父子，你就是本官的先生，也是隨縣百姓的恩人。」

縣尹面對哪吒作揖。哪吒拽著姒縣尹的手腕，道：「走，現在南宮燕宣布將你無罪釋放，你也尚未罷官，我們去縣衙商量對策，我也要見一見苦主，還有縣衙裡主事的官吏。」

縣尹和哪吒在縣衙後衙的西廂房召見了苦主，那苦主有二十來歲，衣衫整潔。

「小的拜見縣尹大人，縣尹大人一定要為我父親討回公道啊！」苦主面對縣尹叩了叩頭。

姒縣尹介紹哪吒道：「這位先生是本官從楚國請來的幕賓，你再將案情一五一十地說給這位先生聽。」

苦主道：「先生，小的名叫子桓，先祖是宋國人，先父子平是隨縣縣城的教書先生，西城河邊有一處祖宅。三年前，曾國大夫南宮燕之子南宮尚文來到本縣，看上了我家老宅的位置，沒有經過小民一家的同意，也沒有履行契約，沒有賠償錢貨，就將小民一家的祖宅強拆了。我父親到縣衙告狀，縣丞推諉；我與家父又去都城告狀，都城裡的達官貴人沒有一個敢得罪南宮氏，家父走投無路，狀告無門，最後跳河含冤而死……」

子桓沒有說完，就已經泣不成聲。

哪吒拍案而起，大喊道：「豈有此理，這還是武王時期的大周天下嗎？」

縣尹姒歸元見哪吒面帶怒色，忙起身解釋道：「當時本官尚未到任，這隨縣並無縣尹，衙門裡的事情都是縣丞一手操辦。」

哪吒稍作冷靜，跪坐下來，向子桓道：「想當年，周武王是何德賢明，對讀書人更是尊崇有加，想不到這南宮父子竟如此猖狂！一個不尊重讀書人的國家，會面臨什麼結局？！」

縣尹聽後唉聲嘆氣。

哪吒靈光一現，面對縣尹道：「姒大人，可否將縣丞請來盤查一番？」

「來人呀，將縣丞杜大人請來。」縣尹對差役喊道。

「子桓，你乃子氏，與那宋公有何關係？」哪吒好奇道。

子桓嘆道：「先祖本是宋國貴族，因宋國貴族內部爭鬥，先祖才來到曾國定居。」

哪吒點了點頭。

稍後，縣丞杜大人到來。

「下官拜見縣尹大人。」杜大人跪拜道。

姒縣尹起身，道：「杜大人，三年前本縣尚未到任，眼前此人狀告南宮尚文侵占土地一案，你可知情？」

「下官知情。大人，南宮尚文是什麼人！他可是曾國貴族，下官小小縣丞豈敢接此狀。大人是因為此事怪罪下官嗎？大人此次免於血光之災，不幸中之大幸，下官勸大人還是算了吧！」縣丞杜大人一臉無奈。

姒縣尹感嘆道：「杜大人，本縣理解你的苦衷，也知道你的為人，但是本官祕密調查此案的事情，你莫要走漏半點風聲。」

「唯。下官告退。」縣丞行了跪拜禮便匆匆離去。哪吒道：「曾侯想要扳倒南宮燕父子是肯定的，只要我們找到證據，送到曾侯手裡，南宮燕父子必死無疑。」

姒縣尹苦笑道：「先生，下官官卑職小，如何能見到曾侯？朝中都是南宮父子的眼線，看來我們是有心無力了。」

哪吒向子桓道：「子桓，你先出去等候，我與縣尹大人有話要說。」

待子桓走後，哪吒道：「縣尹大人，我們就來個引蛇出洞。南宮燕父子肯定是要對子桓一家動手的，他們只要殺了苦主一家，死無對證，毀屍滅跡，到時候可以在曾侯那邊胡說八道一番，說隨縣沒有子平、子桓這些人，說是子虛烏有，我們就沒轍。現在子桓一家人活著就是對南宮燕父子最大的威脅，我料他們今晚就會對子桓一家動手。」

只要我們把子桓一家安置起來，今晚縣衙派出幾名高手埋伏在子桓家中，我們再一舉出擊，定能拿下他們。我料南宮燕自負，從來不相信任何人，今晚他勢必親自動手。我們找幾個衙役冒充街坊，放出風去，說子桓手裡有南宮尚文犯罪的證據。至於說曾侯那裡，大人就不用擔心了，交給在下就可以。」

午夜時分，縣城裡夜深人靜，一輪明月懸掛上空，白潔的月光灑滿大地，偶有犬吠之聲。三五名黑衣人，罩著黑紗，手持刀劍，來到子桓家的門外，趁著月光用刀輕輕挑開門栓，偷偷摸摸地潛入到子桓家中，只見屋子裡的油燈還亮著，床榻上的人正背對著門窗酣睡。五名黑衣人透過窗戶窺探，見人在，便輕輕推開門進入，持刀就朝床榻上的人砍去，正要下手，突然門外的火把亮了，數十名衙役破門而入，哪吒和縣尹帶著衙役到來。

床榻上的人瞬間跳起來，把黑衣人手裡的刀挑落，並摘下黑衣人的面紗。

「南宮大夫，想不到真的是你父子二人！」奴縣尹吃驚道。

南宮燕道：「你想怎麼樣？」

一旁的南宮尚文向南宮燕急道：「父親，我們殺出去，他一個小小的縣尹不敢把我們怎麼樣！」

南宮尚文正要突圍拚殺，被南宮燕攔住了。

哪吒道：「想不到一個小小的計謀，你們就上當了，南宮惡賊，你們今天插翅難逃！」

「來人，將南宮燕父子拿下。」縣尹吩咐道。

隨即上來幾名衙役將南宮燕父子按倒在地。

南宮燕掙扎道：「姒歸元，你一個小小的縣尹憑什麼審曾國的大夫，你又憑什麼定我的罪？你以為單憑這件侵占他人土地的小事，就能告倒當朝大夫？」

哪吒笑道：「單憑這樁案子，當然不能，但是據我所知，你南宮燕早有謀逆之心，在朝結黨營私，欺君罔上，竟敢截留官員奏書，曾侯早就想除了你。再說欲加之罪何患無辭，曾侯要殺你，難道還需要罪名？」

縣衙裡的文書已經將南宮燕的罪名記錄在案，縣尹讓他在竹簡上畫押。

罪名擺在南宮燕父子面前，但他們拒絕認罪。

南宮燕冷笑道：「朝中都是我的人，你們認為一個小小縣尹的奏書能到曾侯手裡嗎？」

「就允許你朝中有人，就不允許我也有人嗎？」哪吒諷刺道。

南宮燕父子仍然不肯畫押。哪吒急道：「讓他們畫押，不畫也得畫，否則大刑伺候。」

在縣尹的允許下，縣衙將幾套刑具搬了進來。面對刑具，南宮燕父子不寒而慄，只好畫押。

父子二人在竹簡上畫押後，被縣衙的人帶走了。

哪吒面對姒縣尹道：「縣尹，接下來怎麼辦？」

「明日就派人將南宮燕父子押解都城，讓朝廷發落。只是這奏書和南宮燕父子二人的罪狀如何呈報國君？本縣擔心這次還是扳不倒南宮燕父子。」姒縣尹憂心忡忡道。

哪吒道：「大人放心，我剛才所言並非海口，你現在就回去寫，我在衙門口等你，今天晚上我連夜將奏書和罪狀一起帶到都城，面呈曾侯，相信我，南宮燕不日就將問斬。」

「好……如此謝過先生，本縣這就去寫。」姒縣尹急急忙忙帶著衙役往縣衙而去。

哪吒在縣尹房間外面等候。姒縣尹房間裡的燈一直亮著，從子時到丑時，姒縣尹方才從房裡出來。

他手裡捧著兩卷竹簡，來到哪吒面前，向哪吒深深作揖道：「先生，全靠你了，如果這次扳不倒南宮父子，本縣一家和苦主一家也就死到臨頭了。」

哪吒義憤填膺道：「天地有正氣，如果好人沒好報，那天理何在？舉頭三尺有神明。」

姒縣尹疑惑道：「先生，你究竟是什麼人？」

哪吒搖了搖頭，淡淡一笑，搖身一變，顯出了本相。

「你……你……你就是傳說中的哪吒三太子？」姒縣尹目瞪口呆，難以置通道。

「嗯。姒縣尹，百姓需要你這樣的好官呀。此次下界我已觸犯天條，回去後免不了被玉帝責罰，你一定要做個好官啊，否則我受罰就算白捱了。切記，不可對外人講你見過我。」

哪吒接過竹簡，蹬風火輪朝曾國都城而去。

姒縣尹如丟了魂兒似的，一直望著天上，久久不能釋懷，喃喃自語道：「是本官的清廉感動了上蒼嗎？上天竟派哪吒三太子下凡助我！」

夜已深，那曾侯宮中，仍有士兵舉火把巡邏。曾侯住長樂宮，此刻他和姜夫人正在宮裡酣睡。

哪吒進入曾侯夢中，曾侯在一片森林裡迷了路，哪吒蹬風火輪現身相見。

「曾侯拜見哪吒三太子。」曾侯在夢裡向哪吒作揖道。

「曾侯，你的叔父南宮燕的罪行你可清楚?」

「本侯略知一二。」

「他的兒子南宮尚文在隨縣逼死了良民，隨縣縣尹上書被南宮燕截留，你差點就冤殺了一個好官。隨縣縣尹姒歸元為官清廉，愛民如子，侯爺一定要多加珍惜啊，將來可為曾國棟梁之材。侯爺，為了國家大計，南宮燕父子不得不除，這是南宮燕父子畫押的罪狀，還有姒縣尹的奏書，請侯爺詳閱，一定要為隨縣百姓討回公道。死者是讀書人，如果一個國家不尊重讀書人，那將會怎麼樣?侯爺三思呀，當年本太子輔佐周武王，武王對待人才能做到禮賢下士。」哪吒感慨道。

曾侯接過哪吒手裡的竹簡，展開閱後，憤怒道:「南宮父子真是該死啊，竟敢截留奏書!三太子放心，小侯謹遵三太子法諭。」

哪吒轉身便飛走了。

「三太子……」

曾侯從夢中驚醒，吵到了一旁的姜夫人。

「侯爺，怎麼了?」姜夫人睏倦道。

曾侯醒來，看到被子上的竹簡，什麼都明白了。

「寡人剛才夢到哪吒三太子了。」

曾侯拿起書簡，陷入沉思。

哪吒直上雲霄，來到南天門外。四大天王見哪吒到來，面色很不好，那魔禮壽給哪吒使眼色，哪吒不明白。

「三太子，玉帝有旨，宣你到凌霄寶殿見駕。」南天門內金甲神人從中閃出，他手持金槍，身後有數十名天兵，格外威嚴。

魔禮紅道：「哪吒，去了凌霄殿好好認錯，切不可頂撞啊。」

哪吒隨金甲神來到了凌霄寶殿。大殿上玉帝和諸位天神都在，昆侖十二大羅金仙、五方天帝、二十八星宿、五嶽大帝、托塔天王李靖一家、財神、火神、瘟神、雷神普化天尊等都在場。

「三壇海會大神哪吒拜見玉帝。」哪吒來到玉帝近前參拜道。

玉帝震怒道：「哪吒，你私下凡間，干涉凡間之事，你知罪嗎？」

哪吒道：「陛下，私下凡間哪吒知罪，但事出有因，如果我不出手相救，一個好官就這樣人頭落地了。」

玉帝道：「你可知道擅自干預凡間之事，會擾亂人間秩序？」

哪吒振振有詞道：「臣只知道現在好官不多了，能保一個是一個，如果好人不能善終誰還做好人，那我們這些高高在上的神仙豈不是在助紂為虐？」

玉帝道：「凡事都有因果。那南宮父子這一世作惡多端，下一世必然做豬做狗；雖然姒歸元被冤殺，但下一世他會投胎到諸侯家做一任國君，享一世富貴。哪吒，三界運行自有其道理。」

哪吒聽後，沉默不語。

一旁的李靖臉色鐵青，面對哪吒低聲道：「哪吒，還不向玉帝認罪！」

哪吒性子執拗，執意不肯。

「哪吒，你身為三界護法神，位高權重，連你都任性妄為，不守天規戒律，寡人要是不懲罰你，日後如何令三界臣服？來人，將哪吒押下去，重打三十天棍，再到誅仙臺領十道天雷。」玉帝道。

金吒連忙出列道：「陛下，我身為哪吒兄長，管教無方，求陛下開恩，讓臣替哪吒受過。」

「陛下，哪吒雖然觸犯天條，但是懷有悲天憫人的慈悲心，他是行善舉啊！求陛下開恩。」那太白金星道。

李靖深感痛心，不敢向玉帝求情。

「好了，都不要說了，哪吒必須受罰。」玉帝堅定道。

那勾絞星費仲奏道：「玉帝，哪吒一向乖張，陛下不可輕饒。往日天上的神仙他一個也不放在眼裡，今日私自下凡，更加不把玉帝放在眼裡，臣提議哪吒領二十道天雷，再面壁十年。」

哪吒瞪了勾絞星一眼，道：「你……無恥小人……看拳。」

哪吒要衝過去打他，被凌霄殿上的天將按住了。

玉帝道：「哪吒竟敢在寡人面前逞強，就依勾絞星所奏，把哪吒帶下去。」

哪吒被帶到凌霄殿外，被打了三十天棍，幾近昏厥；又被架到了誅仙臺上，輪番被天雷所劈，但他意志堅定，沒有發出一聲。

二十道天雷劈完，哪吒被天將架回到凌霄殿，一副虛弱的樣子，臉色發白，神力全無。

勾絞星一副幸災樂禍的樣子。

見哪吒這般虛脫，李靖父子心裡很不是滋味，群臣也十分同情。

玉帝道：「哪吒，你知罪了嗎？」

「臣有罪，但臣沒錯。」哪吒奄奄一息道。

玉帝也深感無奈，沒有耐心地揮了揮手，道：「天王，你把哪吒帶回去吧，讓他面壁十年，寡人都懶得審他。」

金吒和木吒連忙跑過去，將哪吒扶起來，李靖瞅著哪吒，心裡很不是滋味。

李靖面對玉帝稽首道：「臣告退。臣一定嚴加管教。」

李靖拿著哪吒的火尖槍，金吒、木吒兄弟扶著哪吒出了凌霄寶殿，李靖緊隨其後。

玉帝則一臉愁容。

太乙真人見哪吒受傷，心裡也不是滋味，他站了出來，向玉帝道：「陛下，哪吒是我弟子，他的脾性我是最清楚的，他向來大仁大義、有勇有謀，我天界應為有這樣的天神感到驕傲！如果玉帝和眾仙好好引導，將來必成大器，將來守護三界安危全靠他了。」

雷聲普化天尊聞仲感慨道：「當年在下界，我輔佐紂王，哪吒為西岐先鋒大將，他可是最難對付的人，在下界除了元始天尊的高徒姜子牙，我最欣賞的就是哪吒！」

眾神皆陷入深思。

第二十四章　妲己之怨

朝歌城上空，藍天白雲，風和日麗。城中人聲鼎沸，人潮湧動。

忽然間，天空烏雲密布，電閃雷鳴，一道閃電過後，烏雲分開，一隻九尾狐從雲縫中鑽了出來。

「四百年了，我終於脫身了。」

一隻九尾狐魂魄，攜帶強大的怨氣，往下界而來。

朝歌城裡的百姓見天上妖氣沖天，狂風大作，紛紛四處躲避，連滾帶爬。

「妖怪來了……快跑呀……」

百姓們嚇得落荒而逃，一個個狼狽不堪。街市上，有兩名女子，一主一僕。那女主高貴大方，雍容華貴，面容姣好，九尾狐見女子深為滿意，向她撲來。女僕見九尾狐襲來，撒手便跑。

女主邊跑邊回頭，磕磕絆絆，沒跑多遠就摔倒了。

女主見九尾狐，當場嚇死，魂魄出體，九尾狐一口將其吞了下去，並借屍還魂，往女媧廟的方向飛去。

百姓們躲在屋裡，嚇得雙腿哆嗦。

九尾狐飛至女媧廟落下，見女媧神像，苦大仇深地看著，久久不能釋懷。

「女媧娘娘，小狐本是山裡修煉了千年的妖怪，本無意為惡，一心想要修煉成仙。是妳毀了我的一生，也不管小妖願不願意，妳都讓小妖下去迷惑紂王，妳為了一己私欲，報紂王羞辱之仇，妳害死了多少人？封神大戰後，妳女媧娘娘高高在上，連紂王都被封了星君，可恨可嘆，我還為了這麼個男人引妖丹自焚。現在你們都風光，各歸其位，只有我在三界的夾縫中存活了四百年，今日上天助我，我才得以脫困。可悲可嘆，我是該叫妲己還是該叫九尾狐？」九尾狐苦笑道。

九尾狐一怒之下，運功一掌將女媧神像打碎。

突然，殿外一道金光，女媧娘娘從天而降，玉石琵琶精和九頭雉雞精伺候左右。

「女媧娘娘，妳終於現身了……」妲己苦笑道。

「大姐，妳能復活，我們姐妹太高興了。」玉石琵琶精和九頭雉雞精異口同聲道。

九尾狐苦笑道：「想不到妳們兩個竟敢背叛我！女媧娘娘虛情假意，我的今天都拜她所賜，我勸妳們兩個還是早些離開她！」

女媧娘娘惱羞成怒道：「妖狐，妳在胡說些什麼？我見妳可憐下凡來見妳，妳有九條命能活已是大幸，我本有心度妳，想不到妳如此冥頑不靈。」

九尾狐冷笑道：「是我冥頑不靈嗎？娘娘，妲己是無辜的，我九尾狐也是無辜的，如果不是妳逼迫我們姐妹下界迷惑紂王，九尾狐還在山中修煉，妲己沒有遇到九尾狐，也不會死得不明不白。紂王羞辱娘娘的仇報了，妲己和九尾狐卻背上了罵名，人人唾棄；九尾狐愛上了紂王，卻不得善終，他為星君，我卻身敗名裂，為什麼？」

女媧聽罷，臉色晦暗，搖了搖頭道：「九尾狐，妳自己作惡難道還不思悔改嗎？難道是我讓妳在下界殺人？伯邑考是誰害死的？比干誰害死的？杜元銑誰害死的？姜王后又是誰害死的？難道他們都是我讓妳害的嗎？！」

九尾狐冷笑道：「沒錯，他們都是我害死的，害死他們不正是因奉了娘娘妳的旨意下凡滅亡商朝嗎？至於說為什麼害死姜王后，那是因為我愛子受，我不允許再有別的女人惦記他。這一切的一切，我有罪，但娘娘又脫得了關係嗎？」

「大姐，妳就不要再執迷不悟了。」玉石琵琶精勸道。

「是呀，大姐，我們姐妹四百年沒見了，好不容易再見面，妳可不能再對娘娘出言不遜了。」九頭雉雞精道。

「九尾狐，妳好自為之。」女媧娘娘道，轉身駕雲而去。

面對九尾狐，玉石琵琶精和九頭雉雞精還有些依依不捨。

九尾狐仰天長嘯，怨氣沖天，道：「我要報仇……」

九尾狐一掌接著一掌打在周圍的牆壁和廟裡的大梁上，牆壁和廟宇轟然倒塌，滿天塵土。

「大王……你忘了臣妾嗎？臣妾好想你，大王，你能來見見臣妾嗎？」

天喜星紂王在天喜宮內入定，妲己的聲音聲聲入耳。

子受有些心神不定，耳廓微微顫動。

「是妲己。」天喜星喃喃自語道。

天喜星來到北天門外，只因南天門由四大天王把守。北天門由哼哈二將把守，子受躲在牆角見哼哈二將看守甚嚴，便幻化成了二郎神的模樣，二郎神是地仙，不住天上，可以遊走於三界任何地方。

「真君，要回灌江口啊？」哼將問道。

天喜星點了點頭，便急急忙忙跳下雲端。

哼將恍然大悟道：「不對呀，二郎神身邊怎麼沒有哮天犬？也沒見二郎神上天啊。南天門是天庭正門，二郎神很少走北天門。」

「會不會是天上神仙思凡下界？」哈將道。

哼將面對守門天兵道：「快將此事報告哪吒三太子，速查各宮可有神仙思凡下界？」

「是。」一名天兵朝天宮飛去。

妲己已經失去了理智，在朝歌城外瘋狂殺人，她變出寶劍，一劍一個地刺殺無辜百姓。

天喜星子受出現在妲己的身後，面對滿地的屍體，天喜星深感痛心道：「妲己，放下屠刀吧！」

妲己一聽，猛一回頭，含情脈脈地看著紂王，熱淚盈眶道：「大王，你忘記臣妾了嗎？我為了你，引爆妖丹，在三界的夾縫裡孤獨地熬了四百年，大王，妲己愛你，妲己為了你什麼都可以做。你是人間天子，怎麼能在天界為臣呢？遠離天庭，我們遠走高飛可好？」

妲己撲上去，一把抱住了紂王。

天喜星輕輕推開她，嘆道：「妲己，我本是帝星下凡，功德圓滿，玉帝封我為天喜星。我雙手沾滿血腥，還能被封神，我感激還來不及，如何能逆天？妲己，前塵往事我盡數忘去，我下來見妳，也是希望妳放下惡念，早登仙界。」

妲己苦笑，發瘋一樣道：「什麼是天道？連費仲和尤渾這樣的無恥小人都能封神，當年我奉女媧之命下界作亂，現在封神大業成了，我沒有利用價值了，成了人見人恨的狐妖，我心何甘？大王，世人皆知是我迷惑大王，但是沒有人知道這些都是上天的安排，也沒有人知道妲己已經深深地愛上了大王。大王雖然不是什麼好君王，卻是一個好夫君，大王為了妲己連天上的星星也願意摘給妲己，大王是這世上最好的男人。」

子受深感負疚道：「妲己，妳一定要走出來，這一切都是一場夢，妳不能為了我毀了自己！」

「大王，當年臣妾與你在摘星樓一同赴死，原想死後我們可以在一起，但是你去了天上，我卻沒有容身之地，在三界夾縫中做了孤魂，天意弄人啊。」妲己心有不甘道。

天喜星同情道：「妲己，希望妳好自為之，回去修煉吧，我是偷下凡間的，估計這會兒已經被上天發現了，我得回去了。」

天喜星搖身一變，化作一道金光飛走了。

天喜星紂王變成南極仙翁的模樣出現在南天門外，一手端著壽桃，一手拿著手杖。南極仙翁是元始天尊弟子，與玉帝平輩，住蓬萊仙島，久居崑崙山，乃天外仙，不受天界管轄，他的到來，連看守南天門的四大天王也不敢上前盤問，只能恭恭敬敬。

「南極仙翁，一向少見。」魔禮紅作揖道。

那天喜星作手禮回敬。

魔家四天王紛紛面對天喜星作揖，那天喜星見一切順利，便大大方方地走進去。

「站住！天喜星你私下凡間，該當何罪？」哪吒帶著一隊天兵天將在天喜星身後喊道。

天喜星故作鎮定，回頭笑道：「三太子，你認錯了人吧！我可是你的師叔。」

「我查了滿天星斗，他們都在宮中，只有你不在。南極仙翁久居崑崙，乃天外散仙，從來不上天庭，更加不會朝見玉帝。你快快現出真身吧，不然我只有強行將你帶到凌霄寶殿，等玉帝發落。」哪吒道。

天喜星大笑道：「不愧為哪吒，在下界我商朝大軍都奈何不了你！」

天喜星變回了本身。

「果然是你，請星君隨我去凌霄寶殿，聽後玉帝發落吧！」哪吒道。

哪吒將天喜星帶到了凌霄殿上。

哪吒面對玉帝奏道：「陛下，天喜星私下凡間，臣身為護法神責無旁貸，請陛下發落。」

「罪臣參見陛下。」天喜星面對玉帝跪拜道。

玉帝道：「天喜星，你自封神以來一向恪守天規戒律，為何這次會私下凡間？」

「臣也是塵緣未了。臣知罪，請陛下治罪。」

天喜星連連向玉帝叩頭請罪。

玉帝道：「來人，將天喜星押往誅仙臺，受雷劈之刑。」

殿外天將將天喜星押到誅仙臺，並用捆仙索捆綁起來。

一道道天雷劈到他的身上，如同挫骨揚灰般疼痛，天喜星因忍受不了，發出一聲聲慘叫，那慘叫聲響徹天地。凌霄殿上的諸神甚為同情，紛紛嘆氣。

千里眼和順風耳兩位末等神仙急急忙忙跑進來，向玉帝奏道：「陛下，不好了。」

一旁的太白金星道：「何事慌慌張張的？這裡是凌霄寶殿，不可沒有規矩。」

千里眼道：「陛下，九尾狐在衛國境內大肆殺害百姓。」

「她揚言稱，如果陛下不放天喜星下凡與她相聚，她就把衛國朝歌城內的百姓殺個雞犬不留。」順風耳道。

玉帝震怒道：「大膽九尾狐，竟敢威脅寡人，何人願往下界替寡人收了此妖？」

太白金星奏道：「玉帝，九尾狐有千年道行，又有一肚子的怨氣，天上能收服此妖的恐怕只有李天王父子。」

玉帝面對李靖父子道：「天王、哪吒，你們可願帶兵下界除妖？」

哪吒道：「當年在下界，她就是我的手下敗將，我是親眼看見她引爆妖丹而死，沒想到她還活著，此妖不除，人間怕難有安寧之日！」

李靖道：「臣領旨。」

李靖和哪吒威風八面地出了凌霄寶殿，帶著一百多名家將就趕往朝歌上空去了。

妲己從身上拔下一撮狐狸毛，一吹，這妖毛隨風飄零，被人吸入鼻孔，人瞬間喪失理智，眼睛發紅，一個個互相殘殺。

而九尾狐卻在一旁幸災樂禍。

李靖父子來到朝歌上空。

「大膽狐妖，還不快住手？」李靖喊道。

九尾狐見李天王和哪吒，心生畏懼，臉色煞白，嚇退了幾步。

「李天王，這事兒與你無關，你為何要多管閒事？」九尾狐妲己道。

李靖道：「我乃托塔天王，天上人間沒有我管不到的地方，是玉帝下旨降罪於你，本王也只有奉旨。」

「妲己，妳還認得我嗎？」哪吒威風凜凜道。

妲己望著哪吒，感嘆道：「哪吒三太子，如何不認得！四百年了，你還是這樣驍勇善戰，當年要不是你，西岐烏合之眾，不是我朝歌大軍的對手。」

哪吒杵著火尖槍，道：「妳既然認得我，當知不是我的對手，還不快快投降？」

妲己苦笑道：「我已經死去一次了，早已不懼生死，今日見不到子受歸來，我就是戰死也不會投降。」

「我讓妳嘴硬！」

哪吒蹬上風火輪，持火尖槍，朝妲己衝了過去。

哪吒先是丟擲乾坤圈砸過去，妲己一躲閃，那乾坤圈砸在了牆角上，牆被砸了一個稜角。哪吒搖槍而上，與妲己拉開陣勢，妲己變出了青色的寶劍，與哪吒的火尖槍拚了起來。雙方大戰了一百個回合，從地上打到天上，又從天上打到地下，一直僵持不下，一劍一槍，擦出了火花。

哪吒使出三頭八臂，乾坤圈、陰陽劍、火尖槍一起進攻，一會兒上三路，一會兒下三路，一會兒攻中路，妲己避之不及，被哪吒的陰陽劍刺中了胸口，摔在了地上，口吐鮮血。

妲己懊惱不已，當即化作九條尾巴的巨孤，她的身體有幾十丈高，她的九條尾巴可以自由延伸，魔力無窮，巨大的身軀把房屋都壓垮了。

九條尾巴，一上一下，一左一右，來回擺動，周圍房屋盡毀，風雲變幻，雷電交加。九條尾巴十分有力，可以摧毀一切事物，挨著即傷，碰著即死。

九尾狐攪得天翻地覆，九條尾巴將哪吒牢牢鎖住，哪吒脫不開身，被九尾狐纏得死死的。

哪吒用火尖槍刺，那九尾堅硬無比，如同鐵石。哪吒使出混天綾，那混天綾與九尾狐的尾巴對纏。混天綾把九尾狐捆得越來越緊，九尾狐顯出了人形，手腳都被混天綾纏住。

哪吒用火尖槍指著九尾狐，道：「妖狐，妳死到臨頭，還有什麼可說的？」

九尾狐冷笑，嘴裡吐出很多狐狸毛，那狐狸毛飄在空中，不慎被哪吒吸入。

九尾狐大笑道：「哪吒……」

哪吒吸入她的狐狸毛沒有任何反應。

「怎麼會這樣？你應該入魔的。」妲己困惑道。

哪吒道：「妲己，妳忘記了？我可是蓮花化身，金剛不壞之軀，跳出三界之外不在五行之中，妳這點鬼魅伎倆如何傷我？！」

「看槍！」

哪吒正要一槍刺下去，那天喜星駕雲而來，急忙喊道：「三太子，手下留情。」

見天喜星到來，妲己激動不已，熱淚盈眶，伸出雙臂喊道：「大王，臣妾就想和你再續前緣，妲己就想找回過去，臣妾沒有錯！」

天喜星撲上去，蹲下來，將受傷的妲己抱在懷裡，深感痛心道：「妲己，妳千年修行不易，妳當年引爆妖丹還能活，這或許是天意。我以拯救被妳殺害的百姓為由，求玉帝放我下來見妳一面。妲己，回頭是岸，我會求玉帝對妳網開一面。」

妲己苦笑道：「我在三界夾縫中煎熬了四百年，我們好不容易相見，等來的卻是這樣的結果嗎？！」

妲己仰天長嘯，霎時間風起雲湧。

「妲己，本王已經對妳法外開恩了，妳可不要不識抬舉。」李靖道。

哪吒面對天喜星道：「星君，妲己執迷不悟，還是讓我結果了她吧！」

哪吒舉起乾坤圈正要朝妲己的腦門上砸去，天喜星用身軀護著妲己。

「三太子手下留情。」

一個熟悉的聲音傳來，哪吒猛一回頭，見是善財龍女敖盈，她的身邊是慈航道人。

哪吒上前，面對慈航道人稽首，又望著龍女道：「小龍女，恭喜妳呀，終於在慈航師姑那裡修成了正果。」

龍女朝哪吒和李靖作揖，道：「哪吒，天王，我們正是為了此妖而來。我師父覺得九尾狐可憐，她大慈大悲，決定度化她，將九尾狐收在自己的身邊。」

慈航道人一手端著玉淨瓶，一手拿著楊柳枝，立於蓮臺之上。

「妲己，本尊有心度妳，妳可願意跟著本尊修煉？」慈航道人一臉慈祥道。

妲己猶豫地看著天喜星，有些執拗。

天喜星深感欣慰道：「妲己，慈航道人可是元始天尊的弟子，現在去了西方教，妳跟著她，我就放心了。我已不再是當年的紂王，我是天喜星，一切都過去了。」

妲己勉強點了點頭。慈航道人將瓶口對準妲己，將她收了進去。

「妳且安靜修行吧。」

慈航道人和龍女轉身離去。

天喜星望著遠去的慈航道人，有些依依不捨。

哪吒深感同情，押著天喜星，蹬上風火輪，和李天王一起往天上飛去。

第二十五章　西方大鵬之戰

蟠桃樹自崑崙山移植天宮後，迎來了第一次掛果。王母娘娘和玉皇大帝很高興，決定在瑤池舉辦一次盛大的蟠桃大會，邀請三界之中的大羅神仙來瑤池共襄盛會。

瑤池裡開滿了粉紅色的蓮花，金蓮藕在瑤池底下發出金光，無數金魚在池子裡來回地遊，瑤池上方雲霧繚繞，時有彩虹搭橋，有三五隻仙鶴飛過，瑤池遍布仙山閣樓、殿宇亭臺。仙娥們身穿五顏六色的仙衣羅裙，她們雙手捧著盛有奇珍異果的白玉盤子，朝瑤池而來。

她們踏著彩虹橋而來，仙姿飄飄。花容月貌的仙子們將果盤、瓊漿、玉液一一擺放，瑤池邊上有百十張矮方桌，每一桌都擺著滿滿的美味。

各路神仙，從四面八方而來，他們各顯神通，或騰雲，或駕霧，或騎獅子，或騎白象。這些從四面八方來的神仙包括西方的準提道人、接引道人、燃燈道人、慈航道人、普賢真人、文殊廣法天尊、孔雀大明王，還有四方天帝、女媧娘娘、九天玄女、托塔天王一家、太極天皇大帝、北極中天紫薇大帝、南極長生大帝、大地之母、五嶽大帝、太白金星、雷聲普化天尊、文曲星、武曲星、財神、赤腳大仙、真武大帝、南斗六星君、北斗七星君、四海龍王等，三界中半數大羅神仙大都來了。

眾神正在趕來瑤池的路上，一隻大鵬金翅鳥朝瑤池飛來，只見這隻大鵬鳥一身金色的羽毛。大鵬鳥飛至瑤池上空落下來，停靠在桌子上，見滿桌子的美味，便啄了起來，把碩大的仙桃啄得滿是大洞小眼。

哪吒正好在瑤池邊上巡視，見大鵬金翅鳥，吼道：「孽畜，好大的膽子，竟敢飛來瑤池偷吃。」說罷，哪吒蹬上風火輪，飛了過去，並一槍刺向大鵬鳥。大鵬鳥警覺，飛走了，但被哪吒刺中了翅膀，幾根羽毛掉了下來。

大鵬鳥變成了人形，但仍難改禽獸模樣。

大鵬金翅鳥憤怒道：「你是何人？不識好歹，吃你幾個果子怎麼了？玉帝請諸神，不就是來享用美食的嗎？」

哪吒譏笑道：「請的是諸神，不是你，你是哪裡來的怪物，竟敢在此撒野？」

「你竟敢叫我怪物？」大鵬金翅鳥惱羞成怒道。

說罷緊握右爪，便要對哪吒動手。

「大鵬，住手，休得無禮，三太子教訓你幾句也是應該的，你怎敢在三太子面前放肆！」

一位體態微胖，慈眉善目，身穿黃色僧袍，光著腳丫，袒露的胸口有一個卍字，頭頂長滿肉髻，兩邊耳垂肥大厚長的中年僧者道。

三界諸神已陸陸續續抵達瑤池仙境。

哪吒一臉詫異地望著這位僧者，道：「你是何人？怎生得如此怪異？」

「他叫悉達多，是我新收的弟子，他本是迦毗羅衛國淨飯王的太子，因厭倦王室爭鬥而悟道。此子頗有慧根，又與我教有緣，故而將其收為弟子，就在我身邊修行，我和準提、接引兩位道友有心隱退，去方外修行，將來可由他接任西方教教主之位。」燃燈道人笑著走過來，向哪吒道。

「師父。」悉達多見禮道。

接引和準提兩位道人接連而至，哪吒向三人稽首道：「哪吒見過燃燈師叔，見過準提、接引兩位前輩。」

三人欣慰地笑了笑。

孔宣到來，見一旁站著的大鵬金翅鳥，瞪了牠一眼，吼道：「你又闖禍了？」

孔宣來到哪吒面前，笑道：「三太子，這隻笨鳥是我的弟弟，我們都是西方鳳凰所生，大鵬自負，天生神力，到處惹禍，屢教不改，請三太子莫怪啊！」

哪吒瞅了瞅大鵬，又瞧了瞧孔宣，難以置信道：「孔雀大明王，這隻鳥是你弟弟？」

「正是。」

「你的法力我是領教了，當年在伐商路上無人能敵，若非準提大仙出手，沒人能制服你。你的法力尚且如此，這大鵬想必也十分了得吧。」哪吒似有調侃之意道。

孔宣笑道：「牠哪裡能跟三太子相提並論，牠頑劣慣了，三太子還請寬恕牠冒犯之罪。」

悉達多雙手合掌道：「三太子，大鵬金翅鳥是我的護法神，雖天性頑劣，但秉性良善，忠勇可嘉，又嫉惡如仇！」

孔宣道：「大鵬從來不服誰，自從遇到了悉達多，牠對悉達多是言聽計從。」

大鵬道：「我大鵬鳥沒有服過誰，我當時渡劫，差點死去，是悉達多甘願割肉餵我，這種犧牲自己、成全別人的大慈悲之心，天上人間也十分少見，讓我大鵬心服口服。」

哪吒道：「那看在幾位前輩和孔雀大明王的面上，就暫且寬恕這隻鳥。」

諸神入座，大鵬站在了悉達多的身後，孔雀大明王又站在準提道人身後。大鵬和哪吒面對面，大鵬的表情一臉的不服氣。

蟠桃大會正式開始，仙樂飄飄，載歌載舞，仙娥們站在瑤池中央的廊橋上跳了起來，舞姿優美，令人陶醉。

玉帝和王母面對眾神，一同舉起酒樽，玉帝道：「諸位大神、大仙，自天庭從崑崙搬到這九重天上，我們很久沒有熱鬧過了。這是蟠桃移栽天宮以來的第一次成熟，所以寡人和娘娘商議，決定舉辦一次盛大的蟠桃盛會，寡人和娘娘敬諸位一樽酒，歡迎遠道而來的西方諸聖。」

玉帝將一樽酒一飲而盡。

王母娘娘舉樽招呼道：「諸位大仙，今日務必吃好喝好！」

「謝玉帝、王母娘娘！」諸神舉樽異口同聲道。

諸神飲完酒，便吃喝起來，各自品嘗桌子上的蟠桃，大口小口，蟠桃汁水濺得滿嘴都是。

那東海龍王敖光向玉帝道：「陛下，難得如此盛會，只有歌舞未免單調了些，何不讓天神們比武助興呢？」

「龍王的這個提議甚好！陛下，我與哪吒有數百年未見，天上一天地上一年，我舊居人間灌江口度日如年，我就來和哪吒比比，看看這些年他的功力見長了沒有！」二郎神楊戩痛快道。

「楊戩大哥，哪吒我也好久沒有跟你比試過了。」哪吒一副迫不及待的樣子道。

玉帝欣然道：「好，諸神皆可比試，瑤池今天是你們的，但是點到為止，不可傷了和氣。」

楊戩和哪吒從座位上站起來，走了出去，那楊戩生得玉樹臨風，手持三尖兩刃刀格外威風。

哪吒手拿火尖槍，腳踏風火輪，肩挎乾坤圈，十分的英姿威武。

那南嶽大帝唯一的女弟子絕塵仙子見哪吒頓生愛慕之心，一副情意綿綿的樣子看著哪吒，絕塵仙子站在南嶽大帝身後，俯身問坐著的南嶽大帝道：「師父，這位蹬風火輪的就是哪吒三太子，托塔天王的三公子？」

「正是他。」南嶽大帝道。

「他的事蹟早已傳遍三界，果然是英雄本色。弟子乃下界末等小仙，今日若非沾師父的光，恐怕永遠也到不了天庭，見不到三太子。」

絕塵仙子一往情深道。

南嶽大帝道：「師父勸你呀，不該有的心思不要有，那哪吒可是天界的小魔神，誰敢惹，連玉帝都要讓他三分。」

哪吒和楊戩火拚起來，三尖兩刃刀和火尖槍拼得乒乒乓乓，擦出火花。兩人相互拆招，相互拆了數百招也不分勝負。哪吒和楊戩二人飛天遁地，戰了數百回合，眾神的眼睛都看直了，紛紛從席間走出來；連玉帝和王母也想湊熱鬧，忍不住走下了臺階。

雷神普化天尊聞仲感慨道：「哪吒和楊戩二人不愧為天界最能打的戰神，他二人如果聯手，三界內恐怕少有對手！」

玄壇真君趙公明笑道：「雷神普化天尊說得對，不然當年我們在下界也不會輸得這麼慘！那楊戩是神仙和凡人所生的，本就與眾不同；至於說哪吒乃靈珠子轉世，又是蓮花化身，法寶眾多，又身負百家法術，吃過蟠桃，還吃過道德天尊的金丹，神鬼莫敵。如今的哪吒三太子可不是當年在西岐的半人半仙，他現在可是大羅神仙。」

孔雀大明王道：「哪吒的功力的確比當年在下界深厚得多，當年我能打敗他，可如今難說啊！」

準提道人道：「哪吒是三界中當之無愧的戰神。」

大鵬金翅鳥面對孔雀大明王，不服氣道地：「大哥，你這是長他人志氣滅自己威風，你把他吹得這麼厲害，我倒是想試試，我們也是鳳凰所生，天地靈物，神功與生俱來，怕他？」

哪吒與楊戩大戰，不分勝負，只好作罷。

二人各自收了兵器，朝席間走來。

玉帝面對二人，笑道：「你們兩個，一個是寡人的護法神，一個是寡人的外甥，都是好棒，有你們兩個在，天界從此太平了。」

玉帝見悉達多，深感陌生，走了過去，瞅著悉達多詫異道：「這位仙家是誰？寡人怎麼沒有見過？」

燃燈道人面對玉帝道：「玉帝，他叫悉達多，是本座收的徒弟，來自西方世界，將來由他接任西方教教主。」

悉達多雙掌合攏，微微鞠躬道：「拜見玉帝。」

玉帝向西方眾聖笑道：「祝賀西方眾聖。」

「哪吒，我不服你，我要向你挑戰。」那大鵬金翅鳥朝哪吒喊道。

眾目睽睽之下，哪吒只好應戰。哪吒持槍走到大鵬面前，藐視道：「就憑你？一隻大鳥，你敢跟我一戰？」

悉達多瞪了大鵬一眼，吼道：「大鵬，休得無禮！」

「我們才是同類，讓我來跟你一戰，何必麻煩哪吒！」背著風雷雙翅，手持黃金棍的雷震子從席間走出來。

那大鵬不屑一顧道：「你是何人？」

「我是雷震子。」

「我不想和你打，就想和他打。」大鵬盯著哪吒道。

「好，大鳥，你用什麼兵器，自己挑一件吧，免得說我用火尖槍欺負你。」哪吒道。

大鵬狂妄道：「我從來不用兵器，我就赤手空拳和你打，各憑法力，生死勿論。」

眾神對大鵬的狂妄自大議論紛紛。

悉達多對大鵬道：「休得無禮！你可知道你對面站著的是三壇海會大神，玉帝所封，你如何能口出狂言？」

孔雀大明王道：「休要放肆，連我也沒有把握打贏三太子，你哪裡來的底氣大放厥詞？」

哪吒冷笑道：「那好，用火尖槍算我欺負你，我們就赤手空拳打一架，如果你輸了可要乖乖地給我敬酒道歉，讓我原諒你的無禮！」

大鵬囂張道：「那你輸了怎麼算？」

哪吒擺手道：「我是不會輸的！」

絕塵仙子仰慕道：「三太子真英雄！」

那南嶽大帝瞅了絕塵仙子一眼。

哪吒收了火尖槍，踏上風火輪，與那大鵬赤手空拳地過招。哪吒與那大鵬相互拆招，打得不可開交。哪吒來了一個掃腿，大鵬輕鬆躲過，大鵬又用腿攻哪吒的下三路，哪吒一招高彈腿踢在大鵬的胸口，大鵬被那風火輪所傷，忍痛又和哪吒過了幾十招，不分勝負。

大鵬運氣發功，道：「混元霹靂功。」

那大鵬展開雙翅，搧動翅膀，釋放雷電，對哪吒一通電擊雷劈。

哪吒毫不避讓，回回接招，以掌心雷還擊。

「大鵬金翅鳥，看你的翅膀厲害還是我的風雷雙翅厲害！」雷震子看不慣囂張的大鵬，飛了上去，準備迎戰大鵬。

哪吒回頭道：「雷震子，這是比試，不是上陣殺敵，你不用幫我。」

哪吒運功將大鵬釋放出來的萬道驚雷，融為一處，並一掌推了過去，大鵬重傷吐血，從半空中掉下來。

孔雀大明王連忙跑過去將大鵬扶起來，忙對哪吒道：「三太子，手下留情。」

悉達多望著受傷的大鵬，道：「此番受挫，也讓你長點記性，凡事不可強出頭，做人做神都要懂得謙謹。」

大鵬敗在哪吒手裡，眾目睽睽之下，牠很沒有面子。看到眾神奚落牠，大鵬一氣之下變成大鳥飛走了。

此次蟠桃盛會，哪吒風頭出盡，在三界更加聲名遠播。

那大雪山靈鷲洞中，悉達多正在洞中閉目打坐，洞門緊閉，但洞外發出噼噼啪啪的聲音，令他不得安寧。悉達多起身出了洞門，見大鵬金翅鳥正在雪地裡瘋狂肆虐，一掌打在巨石上，巨石被打得粉碎；又一掌打在松樹上，松樹瞬間折斷，見雪豹掠過，並一口將其吞食，嘴上沾滿血跡。

悉達多合掌祈禱，道：「善哉善哉，眾生平等，草木也是有生命的。大鵬，雪豹沒有招惹你，何故吃了牠？你既願歸我教，與我修行，為何要多作殺孽？！」

大鵬滿腹怨氣道：「今天在瑤池，那哪吒讓我在三界眾神面前受辱，這口氣我嚥不下去，主人，我要報仇！」

悉達多搖了搖頭，道：「善哉善哉，明明是你的錯，你到現在還不思悔改，是你向三太子挑戰的，既然敗了就應該願賭服輸，若是再不依不饒，那可就是你心胸狹隘了。我西方教的教義素來淡泊名利，最應該戒除的就是貪嗔痴，本座勸你還是安心修行，不要再引火燒身。那哪吒的前世本是女媧大神座下弟子靈珠子，這一世又是太乙真人嫡傳弟子，元始天尊的徒孫，他的父親是托塔天王，他的母親是素知天后，他的兩位兄長均位居高位，哪吒是被元始天尊親封的中壇元帥，又是被玉帝所封三壇海會大神，你算什麼？就不要再有執念了。」

「我就是不服！」大鵬吼道，發出尖銳的鳴叫。

悉達多搖了搖頭，回到靈鷲洞，並緊閉洞門。

那靈鷲山西方教總壇的無相殿外的山坡上，孔雀大明王顯出了真身，孔雀開屏，羽毛十分美麗。他足有幾丈高，煽動著翅膀，吞雲吐霧，張開了大嘴，並一口將一條巨蟒吞入腹中。孔雀大明王搧動翅膀，嘶鳴之聲劃破天空，地動山搖，驚走了飛禽走獸。

大鵬金翅鳥飛了過來，化作人形，站在孔雀大明王的面前，孔雀大明王才變作人形。

「大哥，我們可是鳳凰的兒子，想當年大哥在下界，那姜子牙的大軍被你打得落荒而逃，如果不是準提道人出手，下界何人是你的對手？大哥空有一身好本領，難道就要在這西方世界默默無聞下去嗎？豈不辜負了這一身本領？」大鵬金翅鳥激動道。

孔雀大明王聽懂了牠的話外之意，道：「你想說什麼？」

大鵬道：「大哥，我們聯手去打敗哪吒，一雪前恥。」

孔雀大明王冷笑道：「我自從投了西方教，拜了準提道人為師，心裡早就沒有了爭名奪利之心。當年哪吒尚在人間，半人半神，我尚且不易對付他，如今他已經是大羅神仙，蟠桃會上他與二郎神打成平手，恐怕我也不是他的對手。你自己技不如人還想怎麼樣？」

大鵬不服道：「你們這是長他們志氣，滅自己威風。」

孔雀大明王怒道：「孽障，你是我親弟弟，難道我會害你？我勸你還是不要惹是生非，哪吒如今在三界中的地位，還有他的神力，都不是你能撼動的。你不是想找人家報仇嗎？那你先打贏我再說。」

「打就打，我怕你不成。」

大鵬和孔雀大明王拉開了陣勢。

大鵬和孔雀大明王各自展開翅膀，朝對方搧動著翅膀，颶風互吹。那孔雀大明王的孔雀翎如同萬箭齊發射向大鵬，大鵬張開大嘴將這些孔雀翎全部都吞了下去。孔雀大明王發功，周身發出五色神光，五色神光吞噬能力極強，孔雀大明王彷彿像一個巨大的吸盤，那大鵬見五色神光，連忙就要飛走。孔雀大明王追了上去，飛到大鵬金翅鳥的上方，對著大鵬鳥的頭部，口吐五色之氣，大鵬鳥被迷了眼睛；孔雀大明王踩在大鵬鳥的背部，一腳將牠踹到了雪地上，大鵬顯出了人身，並吐了一口血。

孔雀大明王也化作人形，道：「孽障，你連我都打不過，還想去挑戰人家哪吒三太子，你不是找死嗎？」

大鵬執拗道：「我就是不服！他哪吒憑什麼春風得意？憑什麼成為三界的英雄？憑什麼天上地下的人都喜歡他？」

「憑什麼？憑他父親是托塔天王，憑他師祖是元始天尊。你是什麼身分？兄弟，我是你親哥，我會害你嗎？回去吧，回到悉達多身邊好好修煉。」

孔雀大明王搖了搖頭，化作一道金光飛走了。

負傷的大鵬金翅鳥，失意地行走在靈鷲山上，見那昭元殿金光閃閃，照得大殿通明，大殿屋頂上還釋放出萬道金光。那昭元殿有兩位金剛把守。

大鵬搖身一變，變成悉達多的模樣，往昭元殿走去。兩位金剛見悉達多來到，連忙行禮道：「拜見世尊。」

「你們快將大殿打開，本座要進去看看本教的鎮教之寶婆羅八部金蓮。」大鵬裝模作樣道。

「世尊，這昭元殿一向是西方禁地，裡面供奉著本教的鎮教之寶，沒有接引道人、準提道人、燃燈道人三聖法旨，任何人不得進入。」

一名金剛道。

「是呀，請世尊見諒。」另一名金剛道。

大鵬威脅道：「你們兩個要知道，本座將來是西方教的教主，三聖遲早要將教中事務完全託付於我，你們兩個就不為自己的前途想想？再說，本座就是進去看看就出來，你們都不說，誰知道呢？」

兩名金剛面面相覷。

「好吧，請世尊盡快出來，如被幾位教中長老發現，我們可吃罪不起。」一名金剛為難道。

悉達多進入到昭元殿，二金剛連忙將殿門關上，東瞅西看，生怕被人發現。

那婆羅八部金蓮被供奉在大殿中央，四周被油燈包圍著。婆羅八部金蓮有神光籠罩，金光萬丈，將屋子照得如同白晝。

「這婆羅八部金蓮，我只聽過沒有見過，它是西方教鎮教之寶，我要是吃了它肯定功力大增，到時候找哪吒報仇，定能一雪前恥。」

大鵬沾沾自喜道。

說罷，搖身一變顯出本相，並張大嘴，一口將婆羅八部金蓮吞了下去。

頓時，大鵬通身金光護體，充滿了力量，眼運金光。

大鵬就這樣大搖大擺地走出了大殿，牠開了門。二金剛見是大鵬，大驚失色，正要阻攔，大鵬只用了一招就使二位金剛斃命。

這西方大護法化作大鵬飛走了，朝東方飛去。

南天門外飄來一張黃卷，魔禮青上前接過，魔家其他三位天王湊過去一看，是大鵬金翅鳥給哪吒的挑戰書。

「上次在蟠桃會上，這鳥偷吃，被哪吒抓了個現行，加上比武失敗，可能對三太子懷恨在心。要不要把這件事情告訴哪吒？」魔禮紅問道。

「哪吒是不會放在心上的。再說私下凡間那是觸犯天條，上次哪吒已經吃了虧，還是不要告訴哪吒了！」魔禮青道。

魔禮壽從魔禮青手裡接過挑戰書，面對三兄弟道：「我把挑戰書給哪吒拿過去，還是由他自己拿主意吧。」

魔禮壽搖了搖頭，朝天宮走去。

哪吒帶著家將正從凌霄寶殿來，那魔禮壽上前道：「哪吒，這是西天大鵬護法給你的挑戰書，我給你送過來，由你自己拿主意。」

哪吒接過挑戰書，翻開來看，冷笑道：「這個大鵬鳥，上次輸得不夠慘，還挺執著，甭理他。」

哪吒將黃卷捏於手中，並將其化為灰燼。

魔禮壽道：「這傢伙，我在瑤池上見識過，牠肯定不會罷休的！」

「放心吧，壽叔，我自有分寸，我不相信他敢來天宮鬧。」哪吒道。

魔禮壽搖了搖頭，就飛走了。

哪吒帶著家將往天王殿的方向走去。那大鵬用了千里傳音之術，牠的挑釁傳到了哪吒耳朵裡。

「三太子，你不會是縮頭烏龜吧？你是天界的護法天神，難道還怕我這隻西方的大鳥？」那大鵬一陣冷嘲熱諷道。

哪吒也用千里傳音之術，回道：「大鳥，你如此咄咄逼人，我焉有不應戰的道理，只是沒有玉帝的旨意，我不能下凡來。這樣吧，你來西天門，那裡很少有神仙進出，我們就在西天門外一決高下。」

哪吒驅散了天將，獨自在西天門外不遠處等候。西天門外是一片虛空的世界，哪吒在那裡等候多時。

大鵬金翅鳥朝哪吒飛來，一身金光護體，見哪吒立刻顯出人形。

「哪吒，今日我要報你在瑤池上對我的羞辱之恨！我堂堂西方大護法，鳳凰所生，豈容你羞辱。」

說罷，大鵬金翅鳥對哪吒展開攻擊，來勢凶猛，一雙大爪，赤手空拳和哪吒的火尖槍對戰。大鵬鳥功力大增，哪吒抵擋不住大鵬的攻擊，且戰且退。大鵬招招要命，一雙利爪，將哪吒的護甲都抓爛了。

哪吒搖起火尖槍應戰，一槍刺穿了大鵬，大鵬很快就恢復，哪吒噴出三昧真火，火勢凶猛，那大鵬鳥竟將哪吒的三昧真火吞了下去，安然無恙。

哪吒急了，使出三頭八臂，陰陽劍、火尖槍、乾坤圈一起攻擊。

大鵬變化莫測，變出數十個分身，圍著哪吒，一雙雙利爪，一張張大嘴一起啄哪吒的頭和脖子，還有眼睛。哪吒的三頭八臂施展不開，哪吒丟擲乾坤圈砸向大鵬，砸中的是大鵬的分身；又使出混天綾追著大鵬，要捆牠，捆住了大鵬的雙翼，大鵬運功一震，混天綾被震斷。

哪吒收了三頭八臂，集全身攻擊，推出雙掌，奮力一擊，大鵬站住不動，將哪吒功力推了過去，哪吒受傷倒地，大吐一口血。

「才幾日不見，你的功力進展為何如此迅速？」哪吒難以置通道。

大鵬耀武揚威，目中無人道：「士別三日刮目相待，三十年河東三十年河西，憑什麼我就不能打敗你？拿命來！」

大鵬正一掌要取哪吒性命，一道金光趁大鵬不備打中牠。

「孽障，竟敢來天庭鬧事！你以為你偷吃了我教鎮教之寶婆羅八部金蓮，就天下無敵了嗎？看本尊今天如何懲罰你！」那接引道人邊說話邊走來，他的身後還跟著準提道人、燃燈道人、悉達多、孔雀大明王。

見西方教眾聖都來了，大鵬毫無懼色，囂張道：「你們來了我也不怕，我現在吃了婆羅八部金蓮，我連天上最能打的哪吒三太子都打敗了，我不怕你們。」

那大鵬向眾聖衝了過來，並連發數掌，都被接引道人以手印化解。

準提道人默念咒語，大鵬肚皮發脹，肚子裡如同火燒，痛得在地上打滾，如同懷胎八月的孕婦，痛苦不已。婆羅八部金蓮被大鵬從嘴裡吐了出來，被準提道人收入手中。

大鵬威風全無，嚇得臉色煞白，連連叩頭謝罪道：「幾位長老饒命，我再也不敢了。」

孔雀大明王衝大鵬吼道：「孽障，我當初還勸過你，如果沒有及時趕到，你還會惹什麼禍？我不管你了，就由教中長老發落。」

準提道人將婆羅八部金蓮交到悉達多手裡，道：「悉達多，你怎樣處置大鵬，就由你發落吧，牠是你的大護法！」

悉達多面對眾聖鞠了一躬，一隻手端著婆羅八部金蓮，走到哪吒面前道：「三太子，天外有天，大鵬雖為禽類，但牠有也尊嚴，你不該在瑤池會上當眾讓牠難堪。此乃你命中一劫。牠是以我教鎮教之寶婆羅八部金蓮傷了你，於你也不算失了威嚴，被婆羅八部金蓮所傷無藥可醫，只有婆羅八部金蓮才能治你的傷。」

悉達多唸咒語，發動金蓮，哪吒頭頂金光籠罩，不久便傷勢痊癒。

哪吒站了起來，面對悉達多和眾聖作揖，而後對悉達多道：「哪吒受教，是世尊讓哪吒獲得新生，世尊乃我再生父母，日後哪吒定待世尊如父。」

「善哉善哉。」悉達多向哪吒祈禱道。

世尊轉身，面對地上的大鵬道：「大鵬，你身為本座大護法，不守教規，本座罰你幽閉阿修羅界一百年。」

那大鵬幻化成鳥，被悉達多一把抓起來，藏進了自己的僧袍。

西方眾聖方才離去。哪吒劫後餘生。他木訥地站在那裡，注視著遠方，久久不肯離去。

第二十六章　力戰牛魔王

天宮聖境，雲霧繚繞，紫微宮金光閃爍。彌羅宮通明殿內仙樂飄飄，十幾位仙娥在通明殿內載歌載舞，舞姿優美。玉帝半躺在龍榻上，半瞇著眼睛，陶醉在仙樂伴奏中。突然，天宮一陣晃動，宮殿搖搖欲墜，仙娥們嚇得亂作一團，大叫起來。玉帝猛地從龍榻上起身，朝殿外走去，忙喊道：

「發生了什麼事？誰能告訴寡人？」

千里眼和順風耳慌慌張張跑進通明殿，面對玉帝，三跪九叩，千里眼道：「陛下，是西方翠雲山地界，大地裂開一條縫，一頭牛跑了出來，力大無比，正在下方撞樹開山。」

玉帝面對眾仙娥，吩咐她們退下。他捋了捋長鬚，在通明殿內徘徊。

「既是大地所生，就隨牠去吧，要避免牠在凡間生事端。千里眼順風耳，你們務必嚴加監視。」玉帝道。

「遵法旨。」千里眼順風耳緩緩退下。

玉帝走到通明殿門口，面對金甲神人吩咐道：「宣六丁六甲到通明殿見駕。」

六丁六甲奉旨前來見駕，玉帝道：「剛才地動山搖，西方翠雲山下大地所生之牛精，力大無窮，恐難約束，爾等速速趕往翠雲山，對這隻牛精加以控制，讓牠在下界安分守己，以免生靈塗炭。」

「陛下，是要臣等殺死這隻牛精？」一天將問道。

玉帝擺了擺手，道：「不可，既是天生地長，就不要取牠性命，給牠點教訓就行。」

「遵法旨。」

六丁六甲風風火火趕往翠雲山，見那牛精人身牛首，威風八面，身上穿著虎皮，脖子上掛著象牙，牛頭黑得像炭。那牛精一掌打斷了一根百年古樹，又一口將一隻老虎給生吞了。

那六丁六甲各持武器，立於雲端之上，俯視牛精。

一將道：「哪裡來的牛精，竟敢在此殘害生靈！你是何方妖孽？」

牛精抖動全身，仰天大叫，那六丁六甲被牛精的叫聲吵得心煩意亂，連忙堵住耳朵。

「我不知道我是誰，我也不知道我來自哪裡，我只知道我見到了你們這一群討厭的傢伙。你們是來送死的嗎？老牛還沒有吃飽呢！」

牛精稀裡糊塗道。

「放肆，我等乃天庭六丁六甲天神，奉玉帝法旨，下界降服你。」

一天神道。

那六丁六甲天神居高臨下，將牛精團團圍住，有的使槍，有的使叉，有的使大刀，有的用斧，有的用戟，有的用鉞，一起對牛精展開圍攻。

六丁六甲一起發功，掌心雷連連向地上的牛精打去，牛精在地上左右避閃，狂奔不已，竟然一掌也沒有打中。六丁六甲落地，用兵器對付牛精，那牛精赤手空拳應招，將六丁六甲的兵器紛紛打落，並一聲巨吼，那牛叫震耳欲聾，六丁六甲被震傷倒地。牛叫停止後，六丁六甲撿起兵器攻殺牛精，牛精縱身一躍，再一跺腳，大地震動，六丁六甲再次摔倒在地。

眾天將屢敗屢戰，丁丑神將趙子玉見諸將身負重傷，連忙阻止了大家的再度進攻。

趙子玉道：「諸位兄弟，我六丁六甲自封神以來從未吃過敗仗，這牛精乃天地所生，神力無窮，我們就不要再丟人現眼了。玉帝讓我等來教訓牛精，今日反倒被牛精打得面目全非。我們不是牛精的對手，就不要再打了，我們等傷勢痊癒後，再回天庭吧，不能讓天上的神仙看我等笑話，怎麼回去跟玉帝交旨，我們好好想想。」

丁亥神將張文通嘆道：「千里眼順風耳在天上看得真真的，只怕沒等我等上天就告訴玉帝了。」「好在這千里眼順風耳往日與我交情不錯，這件事情他們不會對玉帝說的。」甲戌神將展子江道。

六丁六甲垂頭喪氣地駕雲走了。

那牛精仰天大笑，道：「什麼天兵天將，還不是打不過我老牛！」

欣喜若狂的牛精連連發出數聲牛叫，驚動了周圍的野牛。

千里眼順風耳在南天門外，什麼都看得清清楚楚，聽得仔仔細細，紛紛唉聲嘆氣。

那牛精收了神通，周圍方圓十里內，牛精成群結隊地從四面八方，擁向黑牛精的身邊。有老牛，有小牛，有公牛，也有母牛，牠們朝黑牛精奔跑而來，邊跑邊叫，隨之變化成人身牛首的妖。

牛精們將黑牛精重重包圍，紛紛仰視黑牛精，喧鬧不休。一頭黃色老牛道：「能打跑天將，了不起啊！英雄，你就是我們的牛大王……」

牛精們紛紛稱頌黑牛精。

黑牛精隱約聽到牛大王，忙問黑老牛道：「你剛才叫我什麼？牛大王？」

「是呀，你力大無窮，以後你就是我們牛族的大王了，我們再也不用怕被外族欺負了！人類有人王，我們牛應該也要有牛王。」老黃牛激動道。

黑牛精瞪大了眼睛，眼珠子轉了一圈，拍了拍膝蓋，喜道：「牛大王，甚妙，我喜歡。你叫什麼名字？」

「大家都叫我黃滑牛，說我點子多。」老黃牛沾沾自喜道。

黑牛精喜道：「黃滑牛，以後你就跟著我吧，做我的左膀右臂，包你吃香喝辣。牛大王不好聽，你再給牛爺我想一個好聽點的名字。」

老黃牛瞅著黑牛精，思索片刻，道：「大王開山撞樹，大戰天將，頗有幾分魔性，不如就叫牛魔王吧？」

牛魔王欣喜若狂，道：「牛魔王……牛魔王好，就叫牛魔王。」

黃滑牛身邊的青牛怪，仰望牛魔王道：「大王力大無窮，不如再加兩個字，叫大力牛魔王不是更加威風嗎？」

「大力牛魔王……好……威風，就叫大力牛魔王了，你叫什麼？」

牛魔王問青牛怪道。

「小的叫青鑾牛。」

「好好好，你們以後都跟我了。」牛魔王道。

「拜見大力牛魔王。」牛精們一起參拜牛魔王。

「牛子牛孫們，大夥兒都起來吧。」

牛魔王背著手，端著架子，瞅了瞅這翠雲山的風景，感慨道：「多好的地方啊，要是在這個地方有個歡樂窩該多好啊，牛子牛孫們就可以住在這裡了。你們知道這山叫什麼山嗎？」

黃滑牛上前答話道：「大王，此處叫翠雲山，我知道有個地方可做我們的家園，大王請跟我走一趟。」

牛魔王驚訝道：「果真有此地方？」

在黃滑牛和青鑾牛的引領下，牛魔王和一群牛精翻過幾座大山，來到了翠雲山的後山，四周風光秀麗，水草豐茂，山清水秀，有奇峰，可觀雲海。

黃滑牛跟在牛魔王的身邊，一邊帶路，一邊介紹道：「這個地方，是我半年前發現的，前面有個山洞，山洞裡是天造地設的一副家當……」

牛魔王隨黃滑牛來到了山洞門口，洞門口周圍生長著成片的芭蕉林，那牛魔王見山洞口徑較大，只是沒有名字，忙問黃滑牛和青鸞牛道：「這山洞有名字嗎？」

二牛搖了搖頭。牛魔王瞅了瞅四周的芭蕉林，道：「就叫它芭蕉洞吧！」

「翠雲山芭蕉洞，好！」黃滑牛連連稱好。

牛魔王帶領牛精們進入芭蕉洞，裡面果真是天造地設的一副家當。有石床、石椅、石桌、石凳，裡面還有溪流，有噴泉，還有野花、蝴蝶。

牛魔王嘆為觀止，坐到了石椅上，展開雙臂，搭在石椅上，邁開雙腿，頗有些王者氣派。

牛精們在洞內戲耍玩鬧，又蹦又跳，不亦樂乎。見牛魔王入座，眾牛精在黃滑牛和青鸞牛的帶領下，再次參拜牛魔王，對牛魔王三拜九叩。

只是那黃滑牛見牛魔王身穿虎皮，身上也沒有件稱手的兵器，難免美中不足，恍然大悟道：「大王，所謂人靠衣裝，神靠金裝，大王身為牛王應該有一身像樣的行頭，還有稱手的兵器才行啊！」

牛精們紛紛起鬨。青鸞牛道：「大王，老黃牛說得對，你是咱們翠雲山芭蕉洞的牛魔王，怎麼能沒有行頭和兵器呢？翠雲山以西三十裡外，有一個羅剎國，國富民強，王宮裡藏有大量的神兵利器，國王好武，最好收藏兵器，你可去取一件來，順便再求國王賜給大王一件漂亮的披掛，想必他不敢不給。」

黃滑牛道：「是呀，大王，不是青鑾牛提醒，老牛倒給忘記了，這羅剎國什麼都不缺。」

「好，本王去去就回。」

牛魔王一跺腳，飛出芭蕉洞，往西邊飛去。

那羅剎國的王都很是繁華，街道上喧嚣熱鬧，叫賣聲不絕於耳，有雜耍的，有賣小吃的，有鐵匠鋪，有布莊，有駝隊，有馬車經過。

這裡的風土人情與中土不同，男的包著頭，女的都蒙著面紗，有些神祕。牛魔王怕自己的尊容嚇到市井小民，於是在空中搖身一變，成了一個俊俏郎君，找一處無人經過的巷子裡，落了下來。

牛魔王行走在羅剎國王都的街道上，見街道兩旁的商鋪紛紛歇業，關門閉市，人流往同一個方向跑去。

「國王陛下在宮門口招婿了，據說這鐵扇公主生得美豔動人，國王陛下甚是疼愛，誰娶了公主可有福了……」

人們議論紛紛，一個個爭先恐後瞧熱鬧。

牛魔王撣了撣衣裙，也隨人流前往王宮門口。

那國王在王宮正門口為公主擺下擂臺，國王和群臣坐於城樓上觀看，鐵扇公主站在國王的身邊。牛魔王站在人群中，遠遠地望著鐵扇公主，只見公主手執鐵扇，一副姿態高傲的樣子，她皮膚白皙，容貌俊美，頗有些女俠氣質。

「寡人的鐵扇公主，是寡人的心肝寶貝，如今已到婚配年歲，鐵扇公主自幼習武，博覽群書，朝中達官貴族之子，她一個也看不上。

寡人今日在此為公主設下擂臺，就是招攬天下英雄，誰能打敗公主，誰就能迎娶公主。」國王鄭重其事地當著臣民宣布道。

鐵扇公主從城樓上，一躍來到擂臺之上，將鐵扇插入腰間，變出青鋒雙劍，道：「誰先上來？」

「我先來。」

一個壯如牛、虎背熊腰的力士，手持狼牙棒衝上擂臺，看樣子足有幾百斤。

鐵扇公主瞅著這廝，藐視道：「你是個什麼東西，竟敢來挑戰本公主？」

力士道：「小人是這城中屠夫，自認為功夫還不錯，公主不必手軟，免得我不小心傷了公主，公主生得如此美豔動人，著實不忍。」

鐵扇公主憤怒道：「你這廝著實無禮，看劍。」

鐵扇公主持雙劍，左右兩路攻擊，那屠夫手持狼牙棒，這狼牙棒似有千斤分量，朝鐵扇公主揮去，鐵扇公主不願硬碰硬，一味避閃，那狼牙棒砸在擂臺上，連木板鋪就的地板都被砸得粉碎。力士體態肥胖，行動笨拙，鐵扇公主一躍劈腿，從力士身後給了他一腳，力士摔了個狗吃屎。力士感覺被羞辱，爬起來撿起狼牙棒，撲向鐵扇公主，鐵扇公主做了一個高彈腿的動作，踢在力士下巴上，力士牙齒掉了一地，鐵扇公主一劍刺中力士左肩膀，並一腳將其踢下擂臺，力士摔了個半死。

接著登臺的是一位游俠，他手執青銅劍，頭上戴著一頂竹編的斗笠，操著雙手。

「你是何人？」鐵扇公主道。

游俠道：「我來自周朝的祝國，我叫祈連，遊走天下，除暴安良。」

鐵扇公主道：「好，好志氣，我倒要看看你有何本事除暴安良，出招吧。」

那游俠拔出青銅劍，刺向鐵扇公主，公主用青鋒雙劍連接數招，最後一腳將祈連踢下了擂臺。

游俠祈連羞愧難當，捂面而走。

接連幾名向鐵扇公主挑戰的人都被鐵扇公主打下擂臺，無人敢上臺。牛魔王被鐵扇公主那楚楚動人且有些冷豔的外表吸引，他緩緩走上了擂臺。

牛魔王生性風流，先是以眼光挑逗鐵扇公主，讓鐵扇公主有些羞澀。

鐵扇公主紅著臉道：「你是何人？」

牛魔王道：「在下是王都做買賣的商賈，見公主在此設擂臺招親，又被公主的美貌吸引，在下如果不迎娶公主，恐怕食不甘味，夜不能寐啊！還望公主成全。」

鐵扇公主被當眾羞辱，一張臉緋紅。

「好你個輕薄之徒，看劍。」鐵扇公主持青鋒雙劍刺了過去。

牛魔王並未躲閃，而是用左右手的手指夾住了鐵扇公主的兩把劍的劍刃，鐵扇公主怎麼拔也拔不動，國王及群臣看得心驚肉跳，擂臺下的人們歡呼雀躍。

牛魔王一把摟住了鐵扇公主的小蠻腰，兩人面對面，雙目對視，鐵扇公主被牛魔王俊朗的面孔，還有結實的臂膀深深吸引了，面更紅了。

鐵扇公主拚命掙脫，牛魔王鬆開指頭，公主這一拔劍，慣性讓她退了幾步，眼看就要摔倒，牛魔王以閃電的速度迎上去，接住公主，將公主擁入懷裡。

公主一招高抬腿踢中牛魔王的鼻子，這才掙脫開來。

公主害羞道：「好你個輕薄之徒，竟敢輪番羞辱本公主。」

鐵扇公主一怒之下，扔了雙劍，從腰間拔出那芭蕉鐵扇，對著牛魔王猛扇。牛魔王以斗轉星移的法術迅速轉移方位，在鐵扇公主的前後左右迅速移動，又用斗轉星移大法將寶扇的風力轉移，那鐵扇的風力摧毀了周圍的房屋，圍觀的人群被吹飛。

國王連忙喊道：「鐵扇住手，你那芭蕉扇的威力，百姓如何受得了，莫要再用。寡人已經看到了，這位先生的手段確實比你高明，寡人身為一國之君，不能言而無信。傳宣政殿見駕。」

羅剎國的國王、鐵扇公主、王子和群臣等人齊聚王宮的宣政殿。

國王看了看牛魔王，面對仍不服輸的鐵扇公主問道：「王兒對此人還算滿意？」

鐵扇公主走到牛魔王的面前，不服氣道：「我長這麼大，你是第一個打敗我的人，你到底是誰？我看你不像商賈，更像是山裡修行的術士。」

這恰恰也是國王和群臣想問的，大家的眼神都聚焦在牛魔王的身上。

牛魔王恭恭敬敬地對國王和公主作揖，道：「陛下，公主，小人確實是商賈，只因拜了遊方術士為師，學了點本事，此次勝了公主，也純屬僥倖，日後還得仰仗公主多多指教。」

鐵扇公主聽了這番話，甚是入耳，滿心歡喜，面對國王道：「孩兒婚事全憑父王做主。」

國王面對牛魔王道：「你叫什麼名字？何方人氏？家中還有什麼人？」

「在下牛頂天，羅剎國人氏，孤兒，跟著師父長大，如今師父雲遊去了，不見仙蹤。」牛魔王回話道。

國王欣慰道：「孤兒自立，好，寡人宣布，牛頂天與鐵扇公主擇日完婚。」

「恭喜陛下，賀喜公主。」群臣跪拜道。

鐵扇公主含情脈脈地看著牛魔王，牛魔王也恨不得一口吞了公主，直嚥口水。

那鐵扇公主對俊朗的牛魔王一見傾心，不打不相識，兩人如膠似漆，很快墜入愛河。二人行走在王宮的御花園中，牛魔王對鐵扇公主的扇子心心念念。

「公主，妳那寶扇呢？怎麼不見妳拿出來？」牛魔王疑惑道。

鐵扇公主將芭蕉扇從嘴裡吐了出來，笑道：「牛郎有所不知，這叫芭蕉扇，不是一把普通的扇子，這可是天地間一神器，產自昆侖山，混沌初開天地間一靈寶，扇面為太陰的精華，傳說天界的道德天尊處有一把。剛才若不是你迅速轉移身形，若被扇子扇到早就到了九霄雲外了，那些凡人被它扇到立刻挫骨揚灰，怕是活不成了。」

牛魔王大吃一驚，目瞪口呆，道：「果真如此神奇？原來是公主手下留情。公主可否借我看看？」

鐵扇公主大方地將寶扇遞給了牛魔王，牛魔王觀後，甚為吃驚道：「妙，太妙！公主不怕我奪了去？」

鐵扇公主搖了搖頭，笑道：「這寶扇是認識主人的，天地間除了我，它誰也不認，若無口訣，它是沒有威力的，它是一把如意扇，要大就大要小便小，很是稱心。」

牛魔王將扇子還給鐵扇公主，道：「我自幼好習武，可惜沒有一把稱手的兵器，牛頂天聽說王宮之中兵器眾多，公主可否賜我一件？」

公主笑道：「今後你我就是一家人，不分彼此，父王也喜歡練武，收藏兵器眾多，回頭我讓父王賜給你一件，你去兵器庫任選如何？」

牛魔王喜道：「擇日不如撞日，公主何不現在帶我去兵器庫，選好後再請陛下賞賜？」

「好吧，跟我來。」

鐵扇公主領著牛魔王前往王宮內的兵器庫。

公主命人打開了王宮的兵器庫，裡面的陳列架上擺滿了各式各樣的兵器，有刀，有錘，有叉，有劍，有槍，有矛等，製作精良，件件都是神兵利器。牛魔王一一試過，但都不稱手。

就在牛魔王大失所望的時候，陳列架上的一根鐵棍，本來鏽跡斑斑，突然褪去鐵鏽，發出金光，照亮了整間屋子。牛魔王很是吃驚，走過去將它捧起來，耍了幾下。

「不錯，就是它，可算找到了。」牛魔王欣喜不已道。

鐵扇公主深感詫異道：「這件神兵叫混鐵棍，也不知道父王是從哪裡拾到的。這件兵器在兵器庫裡最不起眼，放在兵器架上都生鏽了，沒想到今日你來了它卻變得這般金光閃閃，莫非你是它的主人？」

牛魔王仔細把玩混鐵棍，面對鐵扇公主道：「公主，我就要這件了，這混鐵棍想必陛下也看不上，不如就請陛下賜給我吧！」

「這件兵器本公主可以做主，就送給你了，不用請示父王。」鐵扇公主拽著牛魔王興高采烈地走出了兵器庫。

羅剎國的國王為鐵扇公主和牛魔王在王宮舉行了盛大的婚禮。在此之前，牛魔王以美男子的形象已經和鐵扇公主在宮中生活了個把月，兩個人情意綿綿，你儂我儂。大婚的那個晚上，牛魔王與群臣喝了很多酒，他的酒量很大，大臣們醉了不少，他卻精神抖擻，他借著酒勁準備向鐵扇公主說明一切，牛魔王認為時機成熟了，公主遲早要知道他的身分。

鐵扇公主著喜服，儀態端莊地坐在床前，靜靜地等候著牛魔王。

那牛魔王喝得東倒西歪，進了洞房，扶著桌子，來到公主身邊坐下，他撫摸著鐵扇公主羞澀的臉龐，欣喜若狂道：「我老牛是哪一世修來的福氣，竟能得到公主垂青，娶到公主這樣的美人。公主，我要跟妳說個祕密，其實我是西方大力牛魔王，是大地之子，我擔心妳見到我的真面目會害怕，所以才變成俊俏郎君……」

鐵扇公主認為牛魔王喝醉了，道：「老牛，你再胡言亂語說些我聽不懂的話……」

公主話語剛落，牛魔王體內的酒精發作，顯出了本相。

鐵扇公主被牛魔王的尊容嚇個半死，臉色煞白，驚魂未定的她往殿外跑去。

「來人呀……有妖怪……」

公主的呼喊聲驚來了宮中侍衛和群臣，國王也聞訊趕來。

那牛魔王被禁軍重重包圍，刀槍相見，牛魔王面對鐵扇公主一往情深道：「公主，老牛對妳一往情深，從未傷害妳呀，老牛就是相貌醜陋些，但心腸不壞啊，我對公主怎麼樣，公主難道不清楚嗎？」

國王驚恐萬分，忙對禁軍道：「快給寡人殺了他。」

禁軍一擁而上，牛魔王大臂一揮，禁軍倒了一片，群臣避之不及。

鐵扇公主驚恐萬分，連忙吐出芭蕉扇，對著牛魔王一通猛扇。牛魔王氣定神閒，默念避風口訣，公主無可奈何。

「公主，妳難道忘了，妳已經把寶扇的祕密都告訴我了？妳是搧不動我的。」牛魔王道。

那牛魔王閃電般速度，來到公主面前，將她打暈，抱著公主駕雲往翠雲山的方向飛去。

「陛下放心，小婿定會善待公主。」

牛魔王扔下話就走了，國王心急如焚。

牛魔王把鐵扇公主帶到了翠雲山芭蕉洞，牛精們歡呼雀躍。牛魔王把鐵扇公主帶到了自己的臥房，輕輕地放在床榻上，這時的鐵扇公主甦醒過來，見牛魔王的尊容，一把推開了他。

「你不要碰我！你再碰我，我就死在你面前！」鐵扇公主變出刀子比在自己的脖子上。

牛魔王心急如焚，忙道：「公主，我們已經拜過堂成過親，是真正的夫妻了，生米已經煮成熟飯，雖然俺老牛長得不好看，但我心眼好，老牛一定會善待公主的。」

「你快給我滾出去！」鐵扇公主將刀子比在自己的脖子上威脅道。

「好好好，公主，老牛知道妳一時難以接受，老牛不強迫妳，妳自己好好冷靜冷靜。」

牛魔王在房間裡設下結界，緩緩退了出去，而公主則趴在床頭痛哭。

牛魔王走出自己的房間，那黃滑牛和青鸞牛等牛精正守候在門口。

見牛魔王垂頭喪氣地走出來，黃滑牛問道：「大王，這位女子是？」

牛魔王嘆道：「她是羅剎國國王的掌上明珠，鐵扇公主，國王把她許配給本王了。公主知道我的身分後，被我的樣子嚇到了，我是強行帶她來此的，她以死相逼，本王也無計可施了。」

「這可如何是好！」青鸞牛為牛魔王的事犯愁。

黃滑牛道：「大王，女人就是這樣，鬧幾天就想通了，只要讓她感受到大王的真心，日子久了她也就接受大王了。」

「對，公主想必不適應，適應適應就好了。」青鸞牛安慰道。

牛魔王回頭往屋裡看了看，嘆了嘆氣，就離開了。

一連好幾天，鐵扇公主一個人在牛魔王的屋裡發呆，一句話也不說，一副失魂落魄的樣子，牛魔王為此很煩惱。

牛魔王坐在洞外的花崗岩上，一個人喝著悶酒，一杯接著一杯。

那黃滑牛很是同情牛魔王，走到牛魔王面前，牛魔王面對黃滑牛，一籌莫展道：「怎麼辦？公主已經三天不吃東西了，再這樣下去，如何得了？早知道我就將她留在羅剎國，不帶走她了。」

牛魔王又是搖頭又是嘆氣。

黃滑牛道：「大王，透過這幾天的觀察，小的發現公主對你還是有情的，可能是因為她一時接受不了大王的身分，女人都是心軟的。小人有個主意……」

黃滑牛湊到牛魔王的耳邊訴說一通。

牛魔王拍了拍大腿，欣喜道：「此計甚妙，我看可行，走。」

牛魔王來到了鐵扇公主面前，面對一臉憔悴、六神無主的鐵扇公主，他跪在了公主面前，淚流滿面道：「公主，自從老牛見到妳第一面，老牛就決定要娶公主，公主是老牛這輩子唯一的心上人。老牛心裡暗暗發誓，生不能與公主同寢，死也要與公主同穴，公主絕食三日，看來已經抱著必死決心，那老牛也不活了，老牛先走一步了。」

牛魔王從懷裡摸出一顆黑色的藥丸吞了下去，立刻口吐白沫倒地。黃滑牛埋伏在洞門口，見牛魔王倒地，連忙喊道：「快來人呀，大王死了。」

鐵扇公主這才回過神來，撲過去，蹲下來，將牛魔王抱在懷裡，哭訴道：「夫君，我們已經是夫妻，鐵扇這些日子已經被你的深情打動，鐵扇並非鐵石心腸。夫君你不要死，你死了我怎麼辦？」

鐵扇公主哭得稀裡嘩啦，牛魔王猛地睜開眼睛調戲道：「公主，妳答應老牛了？不尋死了？」

鐵扇公主喜極而泣，一個勁兒拍打牛魔王，撒嬌道：「該死的老牛，敢裝死，你要向本公主賠罪，否則我就不認你這個夫君。」

「好好好，走，我們先去吃東西。」牛魔王一把將公主摟在懷裡，抱出了房間。

凌霄寶殿之上，玉帝和眾神透過雲層看到了牛魔王和鐵扇公主這一幕。

玉帝震怒，面對群臣道：「大膽牛精，竟敢私配凡人，六丁六甲何在？」

「小神在。」六丁六甲出列，異口同聲道。

「六丁六甲，寡人不是讓你們收服這牛精嗎？怎麼牠還在下界肆意妄為？一個牛精都攪到人家王宮裡去了，還匹配公主，簡直是豈有此理，你們是怎麼辦事的？！」玉帝責難道。

六丁六甲支支吾吾、吞吞吐吐，不敢說出實情，異口同聲道：「臣等有罪，望玉帝責罰。」

玉帝憤怒道：「這牛魔王將來必成妖界大聖，寡人豈能姑息，不如趁牠沒有坐大，將其一舉消滅。三壇海會大神哪吒何在？」

「小神在。」哪吒出列道。

「寡人命你速速趕往翠雲山，將牛魔王誅殺，送公主回宮。」玉帝斬釘截鐵道。

那全身纏滿紅絲線、拄著拐杖的月老站出來，面對玉帝奏道：「陛下，那西方大力牛魔王與那鐵扇公主有三世情緣，陛下還是任由他們去吧。」

玉帝道：「寡人擔心這牛精以後會越來越無法無天。哪吒快去。」

太白金星奏道：「陛下，既然月老說他二人有三世情緣，老臣認為哪吒三太子此去，不必誅殺牛魔王，只降服即可。」

玉帝猶豫道：「哪吒，就按太白金星說的辦，要讓這牛精守本分。」

「遵法旨。」

哪吒持火尖槍，威風凜凜地走出了凌霄寶殿。

牛魔王和鐵扇公主正在洞內郎情妾意。二人正在洞內賞菊，突然有小牛精急急忙忙闖進來，氣喘吁吁道：「大王，洞外來了個小將，一臉晦氣，揚言讓大王出去受死，否則就一槍捅塌這洞府，黃滑牛和青鑾牛二位總管頂不住了，讓大王出去。」

牛魔王憤怒道：「誰如此大膽，敢到我這裡生事？」

鐵扇公主也一頭霧水，百思不解地看著牛魔王，一臉擔憂。

牛魔王別了鐵扇公主，從兵器架上帶著混鐵棍就往外面走。

哪吒腳踏風火輪，手持火尖槍，肩膀上挎著乾坤圈，威風凜凜。那牛魔王氣勢洶洶地出了洞府，見牛精們倒了一片，黃滑牛和青鸞牛兩位洞府總管也被哪吒的火尖槍傷了大腿，站不起來，面對著哪吒跪著。

牛魔王懊惱不已，望著哪吒大罵道：「哪裡來的妖怪，竟敢到我的洞府撒野！」

哪吒冷笑道：「牛精，我乃天庭哪吒三太子，並不是什麼妖怪，玉帝派我下界降伏你。你竟敢私配凡人，還自封什麼大力牛魔王，你知罪嗎？」

牛魔王囂張道：「我老牛法力無邊，乃大地之子，神通廣大，上次玉帝派十二名天將下凡來降服我，被老牛打得滿地找牙。他們沒有告訴玉帝嗎？現在玉帝又派你這麼個小將來降服我，你認為你打得過我嗎？」

哪吒惱羞成怒，火尖槍一槍打下去，足有千斤力量。那牛魔王用混鐵棍擋住，千斤力度壓得牛魔王招抵不上，一條腿跪著，另一條腿半跪著，地上留下深深的凹印。

鐵扇公主從洞裡跑出來，心急如焚喊道：「夫君，你小心呀，他可是天庭哪吒三太子，神通廣大，法力無邊，神界難逢對手，你可不能大意啊！」

牛魔王與哪吒大戰了一百回合，不分勝負，牛魔王力大無窮，與哪吒見招拆招。哪吒丟擲混天綾，混天綾追著牛魔王跑，牛魔王變成一頭火牛，混天綾捆牠不得。哪吒收了混天綾，牛魔王顯出本相，變作一頭牛對著哪吒撞上去，眼看著就要撞上哪吒，哪吒跳上了牛背，抓住牛魔王的一對牛角，用力掰，牛魔王來回掙扎，左右搖擺，終於把哪吒從他的牛背上甩了下來。

牛魔王又衝向哪吒，哪吒丟擲乾坤圈，將牛魔王的脖子牢牢套住，牛魔王越掙扎越緊。牛魔王顯出了人身牛首，眼淚都被乾坤圈給箍出來了，說不出話來。但牛魔王的牛脾氣從不服軟。

「大王……」牛精們如熱鍋上的螞蟻。

鐵扇公主衝到哪吒面前，跪求道：「三太子，饒命啊，老牛就是這個脾氣，你今天就算殺了牠，牠也不會服軟的。我求求你，放過他，老牛自託生以來並未殘害無辜啊！」

哪吒無奈道：「公主，妳真的愛這頭牛嗎？」

鐵扇公主堅定不移地點了點頭，大聲道：「鐵扇這輩子跟定牠了！」

哪吒搖了搖頭道：「也罷，既然鐵扇公主為你求情，本太子就饒了你。今日權當給你一個教訓，日後行走人間多行善事，如果有一天本太子真的發現你做了妖王，或者幹了壞事，絕不饒你！」

哪吒撤回乾坤圈。

牛魔王面對哪吒，誠心拜道：「多謝三太子，老牛謹記三太子教誨。」

哪吒道：「婚姻大事，歷來講究父母之命，媒妁之言，你二人不可亂了人間規矩。你二人既然是真情，那就應該回到王宮，請求國王的原諒，國王金口玉言，否則怎可為臣民表率！牛魔王、鐵扇公主，本太子陪你們去一趟王宮吧，你們向國王和大臣們當面認錯。」

「全憑三太子做主。」鐵扇公主恭敬道。

那牛魔王也只好依從。

牛魔王為了不嚇到羅剎國的平民，不讓王室蒙羞，牠仍然變作那個昔日的俊俏郎君。牠和鐵扇公主駕雲來到王宮，國王正在宣政殿上朝理政。國王自從失去了鐵扇公主，終日以淚洗面，鐵扇公主再見父王時，國王已是兩鬢斑白、滿臉皺紋，且有些駝背。

鐵扇公主和牛魔王就這樣走著上了大殿，群臣見過牛魔王的尊容，嚇得臉色煞白，退避兩旁。

「妖怪……」

群臣惶恐不安。

「兒臣鐵扇拜見父王。」

「小婿見過陛下。」

鐵扇公主和牛魔王紛紛給國王請安。

國王見到鐵扇公主，驚喜不已，但想到牛魔王的身分，便又黯然神傷。國王拍案而起，憤怒道：「好你個牛妖，還敢來王宮？你敢欺騙寡人？欺騙公主？你擄走公主的這段日子，寡人遍尋公主不著，寢食難安。來人，將牛妖給寡人拿下。」

王宮衛士將牛魔王團團包圍，衛士們個個心懷畏懼。

「父王，請原諒老牛，老牛是真心待您女兒的。」鐵扇公主用身軀護住牛魔王。

這時，哪吒三太子踩著風火輪飛進了大殿。

「陛下，既然他二人有情，也真心悔過，就請陛下成全他們吧。」

國王走下臺階，望著哪吒道：「你是誰？」

哪吒道：「我乃天界三壇海會大神哪吒。」

國王和群臣深感吃驚，連忙參拜，異口同聲道：「三太子保佑。」

「既然三太子親臨下國保媒，寡人焉有不成全之理？三太子難得下界，就請三太子在下國多住些日子，讓寡人盡地主之誼。」國王道。

哪吒道：「牛魔王、鐵扇公主，望你二人今後同心同德，多行善舉，輔佐陛下管理好羅剎國。本太子公務繁忙，就先走了。」

哪吒蹬風火輪飛出王宮，往天上飛去，國王和群臣出了大殿，仰望天空，目送哪吒遠去。鐵扇公主依偎在牛魔王的懷裡，牛魔王對哪吒似乎也充滿感激之情。

第二十七章　通天歸三界

漆黑的夜空，見不到星辰，一道驚雷，閃電將夜空撕成兩半，一股強大的黑暗之氣湧出，瞬間化作通天教主。只見那通天教主像是練成了什麼魔功，全身上下自帶閃電，眼皮泛黑，一雙紅色的魔瞳，身上穿的道袍染成了暗紅色。

「元始天尊、道德天尊，你們以為把我封印在三界以外我就永遠回不來了嗎？這次我回來就是要統治三界，誰也阻止不了我。」通天教主怨氣沖天。

通天教主往峨眉山方向飛去。峨眉山羅浮洞中，趙公明正在耍金鞭，鞭法使得出神入化，比封神前火候更甚，一鞭下去，洞內的一塊千斤巨石瞬間碎成石粉。

「公明。」

通天教主出現在趙公明的頭頂，他的腳下踩著一團黑雲。

趙公明猛一抬頭，連忙下跪，欣喜若狂道：「師尊，弟子拜見師尊，師尊能回來弟子太高興了。」

通天教主憤懣道：「元始天尊和道德天尊聯手破了為師的誅仙陣，將我封印在三界以外，他們以為這樣就能困住我？這口氣我咽不下去，這次為師回來就是要奪回三界。公明，為師準備三日後攻打天庭，你可願意助為師一臂之力？」

趙公明收起金鞭，站起來，為難道：「師尊，如今三界太平，徒兒在下界助紂為虐，元始天尊不計前嫌，封徒兒為金龍如意正一龍虎玄壇真君；我截教弟子大多被封了神，三霄師妹也被封為感應隨世三仙姑正神，金靈聖母被封為坎宮斗姆，就連對我截教忠心耿耿的聞太師，死後也被封為九天應元雷聲普化天尊；在封神大戰中我截教雖然敗給了闡教，但如今三界元始天尊所封大羅金仙中仍有很多是我截教弟子。還請師尊放下，弟子願終身侍奉師尊。再說，即使我截教門人和師尊聯手也不一定能打敗元始天尊和道德天尊，三界已成定局，請師尊順應天意！」

通天教主憤憤不平道：「公明，你告訴為師，什麼是天意？所謂的天意還不是他元始天尊之意，自古以來成王敗寇，現在他元始天尊倒成了天意。徒兒，元始天尊和道德天尊去遨遊宇宙去了，不在大羅天，天庭只有玉帝和諸天神坐鎮，為師可以輕而易舉拿下天宮。元始天尊和道德天尊沒有一百年是回不來的，到那時三界都在我截教手中，他們即使回來也無力回天了。公明，你不幫為師，為師可以理解，只要你不幫他們對付為師，為師就多了一成勝算，天神中數哪吒和楊戩最能打，但都不在話下。」

通天教主大袖一揮，走了。趙公明卻憂心忡忡。

三仙島上，霧氣騰騰，霧凇遍布島內，海面十分平靜，海水拍打著島上的岩石，嘩嘩作響，一輪明月懸於空中，月光灑落在海面上，如同白玉落盤。

三霄仙子正在島上的岩石上打坐入定，吸收天地之氣，月光精華，氣定神閒。

「雲霄、碧霄、瓊霄。」一個熟悉的聲音打斷了她們入定。

三霄猛一睜眼，見是通天教主坐於雲端之上，三霄欣喜若狂，連忙起身面對通天教主跪拜，異口同聲道：「弟子拜見師尊。」

碧霄激動不已道：「師父，徒兒以為再也見不到你了，你能回來，徒兒很激動！」

雲霄道：「師父，這次你能回來，徒兒們很高興，截教不存，門人四分五裂，徒兒深感痛心。」

「是呀，師父，你能回來我截教又可以東山再起了。」瓊霄欣喜不已道。

通天教主道：「徒兒們，為師準備三日後攻打天庭，如今元始和道德兩位天尊都不在三界，我截教可一舉拿下天宮，從而統領三界，你們可願助為師一臂之力振興截教？」

碧霄再度激動道：「師尊，徒兒等待這一天已經很久了，徒兒願助師父。」

通天教主很欣慰，瞅了瞅瓊霄，道：「瓊霄，那你呢？你可願助為師？」

瓊霄為難道：「師父，這件事情太大了，徒兒聽大姐的。」

「雲霄，你可不能讓為師失望啊。」通天教主向雲霄道。

雲霄憂慮道：「師父，三界一直由元始和道德兩位師伯主持，由玉帝統管，三界大局已定，諸神按部就班，各歸其位，秩序井然，天神和地仙多為闡教中人，截教中多數弟子已經依附闡教，只怕我們寡不敵眾啊，到時候我們怕連最後的立足之地都沒有了。」

通天教主不滿道：「你們三個是為師最器重的弟子，連你們都不跟師父一條心，師父怎能不寒心？元始和道德天尊不在，西方教不會管天界之事，只要拿下天庭最能打的哪吒和楊戩，其他諸神都不足為懼，龍王和冥界為師自會讓他們臣服，元始天尊和道德天尊回來時，大局已定，為師已練成神功，不懼他們。」

雲霄為難道：「徒兒還是不放心。」

通天教主怒道：「也罷。雲霄，為師理解你們現在的身分，接受了闡教的封賞，就把截教的興亡拋之腦後了吧？好，為師白教你們了，三日後只要你們不幫著闡教諸神對付為師，為師就有把握拿下天宮，你們好自為之吧！」

通天教主轉身離開。

「師父，徒兒一定說服大姐。」碧霄朝通天教主喊道。

東海入海口，有一座東海分水將軍府，府邸坐落於懸崖之上，秋風落葉，雜草叢生，蕭條無比，將軍府的大門鏽跡斑斑，門窗掉漆，脫落，屋頂的瓦縫裡長滿雜草和青苔。府門口左右兩邊有四名神將，本來是將軍府站崗的天將，此刻正倚靠在將軍府大門的柱子上打瞌睡。這裡平時很少有人來，彷佛已經被三界遺忘。

東海分水將軍廟的香爐裡的香灰冰涼，這裡很久沒有信眾來祭拜了。東海分水將軍申公豹正躺在地上睡大覺，衣衫襤褸，頭髮凌亂，滿面塵土，手裡的拂塵也被老鼠吃得沒剩下幾根鬚了。

「真可憐啊，堂堂元始天尊的弟子，落得這般下場，不應該啊……」通天教主嘲笑道。

申公豹被驚醒，他睜開眼睛見通天教主站在他的面前，大吃一驚，連忙起身跪拜道：「通天師伯，怎麼是你？你不是被我師尊和道德天尊困在三界外嗎？」

通天教主道：「本尊這次回來就是要奪回這一切！申公豹，你是元始天尊的弟子，如今只是被封了一個東海分水將軍的閒差，連個供奉的人都沒有，你這廟已經這般淒涼了，你甘心嗎？你看元始天尊的徒孫哪吒都做了天庭的太子，封了三壇海會大神，就連燃燈道人的弟子李靖也被封了天王，元始天尊和道德天尊的徒子徒孫都封了天神，就你被封在這島上，你這東海道場恐怕也是三界最寒酸的神仙府邸了。」

「通天師伯，我求你別說了。」申公豹聽不下去了，當即打斷道。

通天教主激道：「申公豹，本尊看得出來，你心裡憋著氣，一肚子委屈，眼睛裡都是怨恨，你想報仇嗎？你想跟著通天師伯打上天庭嗎？！」

「通天師伯，我師尊和道德天尊聯手，還有天庭那些天兵天將，我們如何打得過？」申公豹不甘心道。

通天教主胸有成竹道：「元始和道德天尊不在三界，去遨遊宇宙去了，百年內應該回不來，如今的三界又有誰是本尊的對手！等元始天尊和道德天尊回來，三界早已歸我截教統治。本尊決定三日後攻打天宮，申公豹，你只要投了本尊，到截教統治三界時，本尊一定重用你，如何也好過你在這暗無天日的東海荒島。」

申公豹咬了咬牙道：「只要通天師伯信守承諾，到時候對申公豹委以重任，申公豹願意逆天！」

通天教主冷笑道：「什麼是天？元始天尊贏了我，他就是天，本尊贏了他，本尊就是天，到時候三界掌握在我截教手中，就是元始和道德天尊回來也迴天無力，何談逆天？」

申公豹聽了如醍醐灌頂，茅塞頓開，道：「教主，你說讓申公豹怎麼做？」

通天教主欣慰道：「很好，三日後本尊率截教弟子攻打天庭，勢在必得，未免四海龍王節外生枝，你身為東海分水將軍，將四海龍王給本尊控制起來就行。如果他們歸順我截教，本尊依然封敖光兄弟四人為四海龍王；如果他們敢反叛我，幫助天庭對付我，申公豹你就替本尊除了他們。」

「教主放心，等平定了四海，申公豹將率領水軍上天助陣。」申公豹態度堅定道。

「好！哈哈……」通天教主大笑後，化作黑氣飛走了。

在三界盡頭有一座山叫不周山，不周山也是人間通往天庭的唯一之路，傳說是天柱所在，沒有凡人能上去。不周山山勢險要，主峰高聳雲霄，山上積雪終年不化，山間雪風呼嘯，常年飄雪，沒有飛禽走獸，沒有林木，這裡是生命的禁區，寂靜得緊。

時有龍叫，時有獅吼從山裡傳出。通天教主趕風而來，他站在空中，俯瞰不周山，「伏魔洞」三個字出現在他的眼前。那山裡的怪叫，就是從這裡傳出來的，叫聲十分悽慘刺耳。

洞口被結界封住，洞內火光熊熊，從外面看像是一個熊熊燃燒的爐子。

「可憐啊，可憐，堂堂魔界大王竟然久困於此。」通天教主刻意嘲笑道。

「是誰，誰在嘲笑本王？」魔王氣道。

通天教主落在洞門口，大袖一揮，雪風停了，雪也不再飄了。

「狻猊，你難道連本尊的聲音也聽不出來了？」通天教主道。

「你是通天教主？你跟元始天尊不是一夥的嗎？莫非你是來取我性命的？」

通天教主冷笑道：「狻猊，你被元始天尊壓在這裡一千年了，要殺你何必本尊親自動手，你也太看得起自己了吧？」

「那你來幹什麼？」

「我是來救你的。要知道元始天尊設下的結界，除了本尊和道德天尊，三界內沒有人能解，你難道還不信本尊？」通天教主道。

「那你進來吧。」

通天教主運功破了元始天尊的結界，進入洞內。只見狻猊被捆妖索鎖住，吊在空中。狻猊長的是龍身獅頭，狻猊的身下是正在沸騰的岩漿，溫度很高，時不時濺起數丈高，岩漿濺到狻猊的身上，令牠生不如死，發出聲聲慘叫。

通天教主面對狻猊，搖了搖頭，嘆道：「可憐啊，可憐，堂堂魔界大聖，也是神龍之子，沒想到在如此惡劣的環境下煎熬了一千多年，今日要不是本尊，恐怕你永遠也出不來。」

狻猊一聽，激動不已，又是搖頭擺尾，道：「教主，聽你所言，莫不是要救我？元始天尊答應放我了？」

通天教主道：「元始天尊沒有放你，是本尊要放你，只是本尊放你之前，你要答應效忠本尊，否則我隨時可以滅你。」

「教主救了我，就是本王的再生父母，哪有不孝順父母的道理！這條命是教主給的，狻猊誓死效忠！」

「那好，我這就放你出來。」

通天教主默念口訣，手指一劃，捆妖索斷開，狻猊飛到了通天教主面前，化作人形，但面部仍像獅子般猙獰。

狻猊活動了筋骨，舒展了四肢，便向通天教主跪了下來，道：「狻猊叩謝教主搭救之恩，狻猊願誓死效忠教主。」

狻猊起身，怨恨道：「怎麼說我也是龍神之子，就因為長得不像龍，就被踢出龍族，又被元始天尊關在這裡一千多年，生不如死，這口氣我嚥不下去！」

通天教主激道：「你嚥不下去就對了，就因為你不像龍，就因為你游過的河流會枯竭，到過的地方草木會死，就因為這些元始天尊就把你封印在這裡受苦！你統領魔界以來，萬魔歸附，應該是有大功的。不要說你，本尊也同情你，就看你想不想報仇。」

狻猊窮凶極惡，道：「教主，以後狻猊跟著你，你讓狻猊幹什麼狻猊就幹什麼！」

通天教主道：「好，三日後，本尊將率領截教眾弟子攻打天宮，你帶著你的魔兵先攻地府，再隨本尊攻占天宮，只要秦廣王站在本尊這邊就饒他性命，如果他敢不從，就地正法。」

狻猊有些畏難，道：「教主，我們面對的是所有天神，還有元始和道德兩位天尊，我們的勝算夠嗎？」

通天教主胸有成竹道：「放心吧，本尊勝券在握。元始和道德天尊暫時回不來，你們只管放心打，天庭最能打的哪吒和楊戩交給本尊。我截教一統三界的日子就要來了。」

「遵命。」狻猊道。

通天教主幻化而去。狻猊出了伏魔洞，幾聲獅吼震垮了山洞，造成了雪崩。狻猊變成龍身獅頭飛走了。

第二十八章　截教掌三界

大羅天彌羅宮皇極凌霄寶殿上，玉皇大帝正緊急召見群臣。趙公明、聞仲、二十八星宿、三十六天罡、九曜星官、三霄娘娘、坎宮斗姆、無當聖母、五方天帝、太白金星、真武大帝、九天玄女、李天王父子、五嶽大帝、六丁六甲等數百位天神齊聚凌霄寶殿，玉皇大帝眉頭緊鎖。

「陛下，近兩日大批魔兵殺入冥界，也不知道他們是受誰的指使，冥界諸神寡不敵眾，或戰死或投降，十八層地獄全部被魔兵占領，惡鬼肆虐，臣是從輪迴隧道逃出來的。請陛下速速派人查明。」秦廣王跪在玉帝面前激動道。

只見那秦廣王的旒冕歪歪斜斜，衣衫不整，一副狼狽不堪的樣子，確實像是逃命來的。

玉帝嘆道：「看來我三界就要有大難了。」

千里眼和順風眼連滾帶爬地跑進了凌霄寶殿，一頭紮在玉帝面前，神情慌張，那千里眼急道：「陛下，也不知道是哪裡來的大批魔兵，已經殺到天庭，他們現在已經攻占第四重天，四大天王以及天兵天將快招抵不上了，請陛下速拿主意！」

哪吒急道：「哪裡來的妖魔，竟敢冒犯天威，看我今天不把它們殺個片甲不留！」

哪吒正要出凌霄殿，玉帝忙喊道：「哪吒且慢，此乃天庭劫數，你身為三壇海會大神祇管守住凌霄寶殿即可，六丁六甲、三十六天罡、二十八星宿，爾等可前往四重天助陣。」

「領法旨。」

六丁六甲、三十六天罡、二十八星宿火速出了凌霄寶殿，往下方殺去。只見第三重天上殺聲震天，驚天動地。

「千里眼、順風耳，你們可知道這群魔兵為首的是誰？」玉帝鎮定自若道。

順風耳奏道：「陛下，好像是魔界大王狻猊。」

九天玄女困惑道：「據我所知，魔界大聖狻猊被元始天尊封印在不周山的伏魔洞裡，怎麼會出現在天庭？」

太白金星道：「是呀，三界內能破元始天尊封印的就只有道德天尊和通天教主了，元始天尊和道德天尊此刻正遨遊宇宙，莫非是通天教主回來了？」

諸神瞠目結舌，面面相覷。

「哈哈哈，果然還是太白金星有見識。」通天教主人未到，聲音先到。隨後通天教主現身於凌霄寶殿，身形有數丈高，與那玉皇大帝齊肩。

諸神仰視通天教主，吃驚而恐懼。

截教弟子見到突然出現的通天教主，深感吃驚，以那無當聖母為首的截教弟子向通天教主跪拜，異口同聲道：「拜見師尊。」

通天教主欣慰地點了點頭，道：「難得你們做了闡教的神仙還記得本座，很好，都起來吧。」

哪吒卻一臉的不屑。

玉皇大帝冷笑道：「教主一出場果然不同凡響，莫非攻打天庭的魔王是教主你放出來的？」

通天教主憤懣道：「當年，在封神大戰中，元始天尊和道德天尊二對一，將我打敗，封印在三界之外，他們的徒子徒孫現在統領著三界，本尊不服，如今我回來就是要奪回這一切。想不到元始天尊讓你昊天玉帝來統領三界，你可願歸順本尊？」

玉皇大帝苦笑道：「承蒙元始和道德兩位天尊不棄，三界諸神看得起在下，讓在下統領三界，如果在下屈服於教主的淫威之下，如何面對歸來的二位天尊？威嚴掃地，又如何再統領三界？除非教主殺了在下，否則寡人定不會屈服。」

「玉帝，你看本尊如今的法力與那元始天尊比如何？」通天教主囂張道。

玉皇大帝搖了搖頭，不屑道：「神之威嚴，豈可單憑法力高低論斷，教主法力通天無仁德，也枉然。今日截教領三界乃劫數，寡人不可抗拒，然天道輪迴，終有自取滅亡的一日。」

「好，本尊就成全你，廢了你的頂上三花。」

通天教主面對玉帝，連發三掌，玉帝勉強接了兩掌，最後一掌無力招架，被震傷。

通天教主打開袖筒，將玉帝給吸了進去。

「這就是不識好歹的下場，玉帝，你就在本尊的混元無極寶光乾坤袋中待著吧。你苦歷一千七百五十劫，每劫十二萬九千六百年，修行不易，何必自討無趣？」

通天教主暗自嘆息。

諸神見玉帝已被通天教主收入袋中，一時間群龍無首，一個個驚慌失措。

勾絞星費仲和捲舌星尤渾見大勢已去，彼此擠眉弄眼。

費仲面對諸神道：「諸位大神、大仙，玉帝大勢已去，何不歸屬通天教主門下？教主寬宏大量，一定不會為難我等。」

「是呀，負隅頑抗是沒有好下場的，所謂識時務者為俊傑，通天教主也是截教之主，由他統領三界，我等心服口服。」尤渾和費仲一唱一和道。

太陰星姜王后搖了搖頭，道：「想不到這費仲和尤渾被封了神還是狗改不了吃屎，到了天上還是改不了逢迎諂媚那一套。」

「小人要歸屬教主門下，侍奉教主，絕無二心。」費仲和尤渾跪在通天教主面前，異口同聲道，一副諂媚的嘴臉。

金吒見費仲和尤渾臨陣倒戈，氣急敗壞道：「這費仲和尤渾兩個混蛋，我真想上去踹他們兩腳。」

哪吒氣道：「玉帝平時最信任他們，想不到他們最早叛變。」

通天教主面對諸神道：「如今玉帝不在，我截教將統領三界，願意歸順我教的，就站到本座身邊來。」

費仲和尤渾先站到通天教主一邊，九曜星官也站了過去，三霄娘娘及趙公明、聞仲等也都站了過去，金靈聖母、無當聖母也都紛紛站在通天教主一邊。截教中，大半弟子都已經站到了通天教主一邊。

只有那五方天帝、李天王父子、太白金星、真武大帝、九天玄女、五嶽大帝、秦廣王等誓死不從。

東方青帝伏羲道：「我被人間推為人皇，如果三界落入你通天教主手中，那三界將被黑暗統治。本帝誓死不從。」

中方黃帝軒轅道：「我是人類始祖，我豈能與你同流合汙，玉帝高仁大德，沒有誰能比他更適合統領三界。」

赤帝神農、白帝少昊、黑帝顓頊皆不依從。

黃帝拿出軒轅劍，青帝伏羲取出太極八卦鏡，赤帝神農拿出赤金搗藥杵，白帝少昊取出玄鳥劍，黑帝顓頊持黑虎金鞭，一起圍攻通天教主。

黃帝軒轅以軒轅劍攻通天教主，連刺數劍仍未刺中，只將通天教主的道袍劃了一個口子。通天教主大袖一揮，用道袍將軒轅劍纏住，一個拂塵打在黃帝的天靈蓋上，黃帝被打翻在地，爬不起來。黃帝伏羲以太極八卦鏡照通天教主，那八卦鏡光芒萬道，很是刺眼，如針扎一般，陰陽變化，忽冷忽熱，通天教主穩定身形，用道袍避光，並出一掌將伏羲打傷倒地。赤帝神農的搗藥杵發出巨大的聲響，通天教主心煩心亂，神農將搗藥杵砸向通天教主，並以法力驅使搗藥杵，通天教主拂塵一掃，搗藥杵打在了神農的胸口，神農重傷倒地。面對白帝和黑帝的進攻，通天教主皆以高深法力將其寶劍擊落。五方天帝紛紛倒地，一併被通天教主收入混元無極寶光乾坤袋中。

「五方天帝都不是本座的對手，你們還有誰不服？」通天教主施壓道。

李靖苦笑，走出來，面對通天教主道：「我李靖來自下界，受玉帝和天尊的器重，被封為天王，本王是不會屈服於你的。」

李靖拿出玲瓏塔欲將通天教主收入塔中，通天教主一掌將寶塔打落，並將李天王也收入乾坤袋中。

哪吒持火尖槍，威風凜凜地站出來，道：「教主，你與我闡教教主元始天尊平輩，我知道我打不過你，但是哪吒身為天庭的中壇元帥，也是天界的護法天神，今天就是戰到最後只剩下我一個，我也要承擔起保護三界的重擔。」

費仲向哪吒道：「三太子，這天庭沒有人是教主的對手，我勸你還是投降吧，我們一殿為臣，我是好言相勸！」

哪吒破口大罵道：「鼠輩宵小，你們食君之祿，如今卻臨陣倒戈，無恥下流，拿命來。」

哪吒持火尖槍殺向費仲和尤渾，二人嚇得臉色煞白。

哪吒的攻擊被通天教主的拂塵擋了回去。

「哪吒，你是三界最能打的天神，也是靈珠子轉世，你大仁大義，忠勇可嘉，本座實在不忍心傷你，只要你歸屬我教，以後你仍然是三界的護法神，你父王仍然是天上的天王，你可要想清楚。」通天教主道。

哪吒苦笑，道：「本太子是不會屈服於你的。」

哪吒持火尖槍殺向通天教主。哪吒使出全部神力，那火尖槍頓時威力十足，槍身金光閃爍，槍尖釋放出三昧真火。他搖著火尖槍步步殺招，使出三頭八臂，乾坤圈、混天綾、陰陽劍全部用上，通天教主屢屢避讓，哪吒在招數上屢占上風。通天教主手持拂塵，與那哪吒戰了幾十個回合，不分勝負。通天教主以穿心鎖進攻哪吒，眼見那法器要從哪吒身上穿胸而過，哪吒用火尖槍格擋，那穿心鎖將火尖槍牢牢纏住，哪吒掙脫不開，便施展大法，攪動火尖槍，方才掙脫開來。

哪吒取出九龍神火罩並發動，欲罩住通天教主，神火罩張開口子從通天教主頭上罩下來，通天教主向上一掌，將神火罩收入囊中。

「我的弟子石磯母子就是被你的九龍神火罩燒死的，今日本座就收了它。」通天教主道。

哪吒見神火罩已失，失了理智，更加衝動，搖起火尖槍連殺通天教主幾個回合。通天教主雙手合掌，運功，雙掌擊中哪吒，將哪吒重傷。哪吒苦苦支撐，站起來，又倒下去。

金吒和木吒見了，一擁而上，紛紛被通天教主收入乾坤袋中。狻猊帶著大批魔兵殺了上來，直入凌霄寶殿，見通天教主、二十八星宿和九曜星官等才罷手。

通天教主將餘下諸神一併收入乾坤袋中。通天教主削去哪吒頂上三花，面對截教弟子道：「哪吒不從我，我已經削除他的頂上三花，廢了他的法力，將他打入凡間。」

「謹遵教主法旨。」

上來兩名魔兵將哪吒給扛了出去，押往南天門，將哪吒扔了下去。

通天教主以移步大法，坐在了玉帝的寶座上，截教門人和魔界的魔兵們紛紛聚集在凌霄寶殿上，魔兵魔將的隊伍一直延伸到殿外。

「參見教主。」眾神魔面對通天教主跪拜道。

通天教主得意道：「免禮。想不到這一次占領天庭會如此順利，比本尊想像的要順利得多。」

無當聖母道：「師尊，我們接下來該怎麼辦？」

通天教主面對趙公明，沾沾自喜道：「公明，你不是對師父我攻打天庭有疑慮嗎？怎麼樣，現在師父成功了！」

趙公明眉頭緊鎖，瞅了瞅眾同門，面對通天教主道：「師尊，我們打下三界該如何管理？這是個問題。另外，元始天尊和道德天尊回來，我們該如何應對？西方教又會不會插手天界的事情？這些我們都不知道！除了元始天尊和道德天尊，西方的燃燈道人，還有準提道人和接引道人、孔雀大明王這些可都是不好惹的。大師兄多寶道君投靠了西方教，他又會不會背叛師尊，幫助他們對付我們？元始天尊的昆侖十二金仙可都未曾露面啊，如今我截教只是打敗了哪吒和五方天帝等諸神，現在慶賀還真不是時候……」

雲霄道：「是呀師尊，公明師兄說得對，我們現在還不是掉以輕心的時候。」

「怕什麼，如今師尊的法力三界有幾人能匹敵？哪吒不是號稱三界最能打的戰神嗎？還不是被師尊廢了法力，打下凡間。」碧霄不可一世道。

通天教主道：「爾等說得對，不能掉以輕心，西方教沒有理由干涉我天界的事情，但是我們不能不防。如今三界諸神被我收入混元無極寶光乾坤袋中，就算元始和道德天尊歸來，我們人多勢眾，那時他們也無可奈何。狻猊聽旨。」

狻猊上前道：「狻猊聽候教主法旨。」

「狻猊，從今後你就代替秦廣王治理地府，人鬼殊途，切莫放惡鬼到人間，要維護好人間和地府的秩序，不可亂了輪迴。」

「狻猊遵命。」魔王狻猊退到一邊。

通天教主向趙公明道：「公明，你多寶師兄不在我身邊，以後就由你統領三界，聞仲從旁協助，你們迅速擬定一份神職名單送交本尊。截教門人各司其職，共同維護三界安寧，本尊要讓元始天尊和道德天尊看看，沒有玉帝，沒有他們，我截教一樣把三界治理得很好！」

「恭賀教主。」眾神魔異口同聲道。

通天教主有些得意忘形。

第二十九章　哪吒悟道修行

黑暗中，哪吒隱隱約約聞到糞便的味道，還有羊叫聲，他迷迷糊糊地睜開眼睛，見自己正躺在羊圈裡，被山羊團團圍住，羊蹄子在他的身上踩來踩去，哪吒的身上全是糞便。哪吒動彈不得，全身上下的衣服被撕破了，手臂上還有傷，臉上也有血跡；他抬頭看到羊圈的頂棚被開了天窗，想必是他被魔兵從天上推下來時砸的。哪吒全身的骨頭都散架了，十分痛苦。

一個兩鬢斑白的太婆提著一筐草進羊圈餵山羊，見哪吒躺在羊圈裡，嚇得臉色煞白，丟了筐，跑出羊圈，朝屋內喊道：「老頭子，快出來呀，有賊要偷咱家的羊。」

果然，一個同樣兩鬢斑白的老者拿著農具追了出來，這時哪吒聞聲從羊圈裡跑出來，狼狽不堪。太婆攔住了哪吒去路，哪吒被一前一後堵住了。

「兩位老人家，你們誤會了，我不是偷羊賊，我乃天上三壇海會大神哪吒三太子。」哪吒連忙解釋道。

鄉下太婆哪裡見過世面，聽哪吒如此說，嚇得連忙合掌向上天請罪，嘴裡不斷地禱告。

那老漢舉起鋤頭打向哪吒，哪吒想以法力抵擋，卻使不出來一點功力，被老漢一鋤頭打中了背部。哪吒只好逃跑，被老漢兩口子追趕。

「我讓你偷羊，欺我老兩口無兒無女，還敢褻瀆神靈，看我不打死你。」老漢舉著鋤頭邊追邊罵。

直到老漢兩口子追不動了，哪吒才停下來，一屁股靠在樹下歇了起來。

哪吒仰望上天，苦笑道：「果然是落魄的鳳凰不如雞，想我哪吒也是叱吒風雲的天界戰神，如今被兩個老人追趕，全無還手之力，可悲啊！爹、娘、大哥、二哥，你們現在怎麼樣了？如今我已經是凡人，被通天教主削去頂上三花，我怕是報不了仇了！」

哪吒說著，淚流滿面，眼神裡充滿了無助和絕望。

哪吒心如死灰地走在大街上，衣衫襤褸，狼狽不堪，他身上的羊糞味刺鼻難聞，街上的行人紛紛避閃，像躲瘟神一樣躲著他。哪吒孤立無援，感受到了前所未有的孤獨。

他走到了菜市，這裡人群熙熙攘攘，熱鬧非凡。

一個文質彬彬的書生模樣的人正在挑菜，有兩名賊頭鼠腦的人，跟在那書生後面，像兩個痞子，一個放風，一個假裝買菜偷偷地扒那書生的錢袋子。

哪吒看到後，喊道：「有小偷，抓小偷！」

那痞子一驚，連忙把錢袋子放回去，書生連忙護住自己的錢袋子。

哪吒走過來指認兩名小偷，眾人圍了過來，那偷錢的痞子瞪了書生一眼，恐嚇道：「我是小偷嗎？」

書生道：「不是。」

書生嚇得拔腿跑了。

偷錢的痞子囂張道：「誰是小偷？誰掉了錢？我看你是欠揍！」

那賊挽起袖子，要打哪吒，另外一名痞子連忙阻止道：「這裡人多，我們還是不要惹麻煩了。」

兩個小偷瞪了哪吒一眼，便急急忙忙離去。

哪吒往城裡走去。走到一個巷子裡，四周無人，他被剛才那兩個小偷堵住了，另外還有三個人，一共五個人，像是那兩個小偷的幫凶。

哪吒想跑，沒有跑成。

那偷錢賊面對哪吒，一副要吃人的樣子道：「我讓你多管閒事！如果不是你，我們就得手了！給我打！」

五個人一擁而上，拳打腳踢，將哪吒一頓痛打，哪吒功力盡失，四肢無力，全無招架之力。五人打完哪吒後便迅速溜走。

舊傷未癒又加新傷，哪吒坐在地上，再一次苦笑道：「我哪吒自打娘胎裡出來，哪裡吃過這種虧，堂堂三界戰神如今被人間幾個地痞流氓欺負，爹娘、大哥、二哥，哪吒救不了你們了。」

哪吒躺了下去。

哪吒的肚子咕嚕咕嚕作響，這是他第一次感受到飢餓。他爬了起來，聞著肉香尋去，只見那蒸熟的雞肉正在蒸籠裡冒著氣。哪吒眼巴巴地盯著那盤子裡的雞肉，餓得直嚥口水，他瞅了瞅四周，見掌櫃不注意，撲上去，扒了雞腿就跑，邊跑邊啃，掌櫃的看到了，忙喊道：「有偷雞賊，快抓住他。」

店裡的夥計一聽，蜂擁而至，把哪吒按在地上又是一頓打；掌櫃追了出來，對著哪吒又是狠狠地踹了幾腳，嘴裡罵罵咧咧道：「哪裡來的臭要飯的，竟敢跑到我這裡來偷吃，快滾，否則我見你一次打你一次。」

一個衣著華麗的中年男子路過，他看起來像個商賈，見哪吒甚是可憐，搖了搖頭，從懷裡拿出一些青銅布幣交到掌櫃手裡，道：「店家，這小兄弟也是可憐之人，想必是餓壞了，這些布幣給你，你再給這小兄弟拿點吃食，出門在外誰沒有個難處！」

那店主點頭哈腰道：「是是是，我馬上去拿。」

店主往攤位前走去。哪吒仍大口吃肉，那好心人將他扶了起來道：「小兄弟，你是哪裡人？是遇到什麼困難了嗎？不妨跟我說說？誰都有落難的時候，我給你一些布幣，你拿去做些營生去吧。」

好心人從懷裡再次拿出一些布幣交到哪吒手裡。店主將剩下的半隻雞端到哪吒面前，哪吒一把抓住雞就跑了，絲毫不覺得燙手。

那好心人一個勁兒地喊，哪吒也沒有回頭，他將雞肉捂在懷裡。

天突然下起了暴雨，哪吒帶著雞肉來到了城外的哪吒廟裡。

廟裡香火鼎盛，卻空無一人。見到栩栩如生的哪吒像，哪吒苦笑道：「你們拜我幹什麼，如今我自身難保！我堂堂哪吒三太子，如今靠偷凡人的雞充飢，真是可笑。這是我打出世以來第一次體會到飢餓，原來當個凡人這麼難！」

哪吒一怒之下，將半塊雞重重砸在神像上，雞肉掉進了香爐裡，哪吒又將其撿起來，擦了擦香灰，啃了起來，眼淚不住地往外流。

哪吒啃了雞，就躺在地上昏昏睡去。

「三太子……你醒醒……」

哪吒在夢中聽到一個熟悉的聲音，聲音越來越大，哪吒醒來，他睜眼看見是白靈，頓覺沒臉見人，連忙爬起來躲到神像後面。

白靈沒有追上去，站在原地，對神像後面的哪吒道：「當年三太子還在下界，白靈能感應到三太子的去向；後來三太子當了天神，白靈就再也感應不到你了；最近白靈又能感應到三太子了，知道三太子有難，這才趕來。三太子，白靈會一直陪伴在你身邊，你對白靈有兩次救命之恩，這時候白靈是不會丟下三太子的。三太子你一定要振作起來，一定可以東山再起，想想李天王，想想素知天后，還有三太子的兩位哥哥，他們可都等著你去救他們呢。」

「白靈，妳走吧，我不想妳看到我現在的樣子。我如今法力被廢，如同凡人，別說報仇，我自己都活不下去了，連幾個凡人都打不過。」

哪吒心如死灰道。

白靈走到了神像後面，哪吒捂住自己的臉，白靈拉下哪吒的雙手，哪吒仍然沒有面對白靈的勇氣。

「你看著我！」白靈以強硬的氣勢道。

哪吒看了看白靈，又將頭埋了下去。

白靈將他從神像後面拽到了神像前面。白靈用手將哪吒的下巴抬起來，使其望向哪吒的神像，白靈道：「三太子，眼前正是那個威風八面，令三界妖魔聞風喪膽的三壇海會大神啊。百姓們都在請求你的保佑呢，你看香火一刻也沒有斷，你得對得起他們，也要對得起元始天尊和玉皇大帝對你的信任啊，你要保護三界啊！如今三界已然落到截教手裡，闡教弟子是沒有好下場的，你就這樣自甘墮落嗎？你看看，看看眼前這個三太子，這才是白靈仰慕的三界戰神。你一定要振作起來！」

哪吒欲哭無淚，苦笑道：「白靈，妳說我該怎麼辦？我如何能迎回玉帝和解救諸神？」

白靈道：「你要想辦法恢復法力，不是還有神仙沒有被通天教主控制嗎？比如二郎神楊戩，還有未入神籍的大羅神仙，如陸壓道人，可以集中他們的力量，一定可以打敗通天教主。」

哪吒道：「通天教主野心很大，我想等他在天庭坐穩了，一定會趁元始天尊不在，攻打崑崙山，崑崙山十一位師叔伯，還有我師父，恐怕劫數難逃！」

白靈道：「三太子，那你更要抓緊恢復功力啊，你乃靈珠子轉世，一定有辦法恢復功力的。」

哪吒心急如焚道：「我擔心楊戩和崑崙金仙有難，我要馬上去報信，不能讓通天教主的人殺他們一個措手不及，可是我如今不能騰雲駕霧，風火輪和法器都被通天教主收了，我也不知道該怎麼辦了。」

白靈問道：「三太子，你想去哪兒，我帶你去。」

哪吒道：「五嶽大帝、五方天帝、雷震子，天界能征善戰的天神都已經被通天教主控制了，如果楊戩和崑崙上的師叔伯們再遭遇不測，恐怕想要奪回天宮、解救玉帝就很困難了。我們先去灌江口找二郎神，再去乾元山金光洞找我師父。白靈，辛苦妳了。」

白靈和哪吒駕雲朝灌江口而去，一路來到灌江口二郎真君廟，只見廟門大開，那梅山七怪正在廟門口你一口我一口地喝著酒，好不自在。

那牛角牛鼻的金大升見哪吒，連忙上前相迎，道：「三壇海會大神今日怎麼不踏風火輪？」

眾人皆深感詫異，那豬嘴豬臉、滿臉黑鬚的朱子真道：「是呀，這可不像三太子的作風啊！」

哪吒下了雲，忙問眾人道：「清源妙道真君楊戩呢？」

那長著一對羊角的楊顯道：「剛剛金甲神人到來，說玉帝有要事要與我家二爺相商，二爺剛上天。」

哪吒回頭瞅了瞅白靈，道：「完了，還是來晚一步。」

金大升道：「三太子，到底出什麼事了？」

哪吒眉頭緊鎖道：「三界已被通天教主占領，玉帝和天神都已經被通天教主收在了他的混元無極寶光乾坤袋裡，我被通天教主削去頂上三花，如今已是凡人，我的法寶都被收了，要不是白靈幫我，我連到這裡都沒有可能。」

眾人瞠目結舌，面面相覷，一副大吃一驚的樣子。

朱子真道：「那我們怎麼辦呢？如果真是這樣，二爺又豈能是那通天教主的對手？怕是有去無回啊！」

眾人深感擔憂。

「我與楊戩大哥心意相通，我試試吧，用我最後的一點法力試試吧。」哪吒焦慮道。

哪吒閉上雙眼，以念力運功，嘴裡念道：「楊戩大哥，三界已被通天教主占領，領你的金甲神人是假的，你聽到速做決斷。楊戩大哥……」

哪吒集中精力，喊了幾聲楊戩，楊戩在雲端上終於聽到。

楊戩趁假的金甲神人不備，將三尖兩刃刀比在那假金甲神人的脖子上，威逼道：「你到底是誰？為什麼要騙我去天庭？天庭已經被通天教主占領了對不對？」

假金甲神人不吭聲，楊戩一刀砍了他，原來牠的真身是一隻狼。

楊戩連忙折返，回到了灌江口，見哪吒，深感震驚道：「哪吒，天庭已經落在通天教主手裡了？」

哪吒痛心疾首道：「是呀，我父王、母后，還有兩個哥哥，玉帝和諸神全部都在通天教主的手裡，我被通天教主廢了法力，如今形同凡人，若不是白靈帶我來找你，我恐怕活不下去了！」

「是呀真君，三太子就是放心不下你們，所以才來向你們通風報信的，如今三界只剩下你們幾位真神了。」白靈激動道。

哪吒面對楊戩急道：「楊戩大哥，你們兵分幾路前往崑崙山通知我闡教的幾位師叔伯，我和白靈去乾元山找我師父，再晚一步，恐怕他們也會遭到通天教主的毒手啊！」

楊戩吃驚道：「元始天尊和道德天尊兩位師祖呢？他們怎麼會任由通天教主放肆？」

哪吒搖了搖頭，急道：「兩位師祖都在遨遊宇宙，茫茫宇宙，怕是數年之內回不來。」

哪吒緊緊握著楊戩的手，道：「楊戩大哥，拯救玉帝的重任就靠我們了。」

楊戩百感交集。

「梅山兄弟，隨我去崑崙山。」

楊戩帶著梅山七怪駕雲朝崑崙山方向去了。

白靈向六神無主的哪吒道：「三太子，我們現在去哪裡？」

「白靈，我想去乾元山金光洞看我師父，快帶我去吧，我擔心晚一步師父遭遇不測。」哪吒心急如焚道。

白靈帶著哪吒駕雲來到乾元山金光洞。洞門口遍地都是碎石塊，一片狼藉，像是有打鬥過的痕跡，洞門也被破壞了。

哪吒臉色煞白，連忙衝進了金光洞。

「師父，哪吒回來了……師父。」

哪吒邊找邊喊。洞內的陳設像是被強盜洗劫後一般，金蓮像是被霜和冰雹打過一樣，都蔫了，淤泥濺得滿地都是；池子裡的金蓮藕也被人撈走了，池子裡的銀白蝦全都死了；走進洞，哪吒看到煉丹爐也被打翻了。

「師父，弟子還是來晚一步。」哪吒傷心不已，靠在煉丹爐上坐了下來。

白靈看到哪吒消沉的樣子很難過，她來到哪吒身邊安慰道：「三太子，看來真人很可能已經遭遇不測，你現在功力盡失，即使早到也不是那截教眾弟子的對手，我們也算逃過一劫。三太子你可要抓緊恢復功力啊，通天教主是一定不會放過你的，即使你做了凡人，他也不會放心。」

哪吒站起來，注視著周圍的一切，含淚道：「我幼年之時，就是在這裡，師父傳我法術，火尖槍、乾坤圈、風火輪都是師父賜予我的，如今師父不知去向，我要想恢復法力，要戰勝通天教主，解救諸神，談何容易啊！」

白靈含情脈脈地面對哪吒，眼神堅定不移道：「三太子，崑崙眾聖吉凶未卜，拯救三界，就全靠你和楊戩了，你一定可以。」

哪吒垂頭喪氣地走出了金光洞，抬頭看天，撕心裂肺地喊道：「師父，你在哪兒啊？你告訴弟子，哪吒該怎麼辦？」

哪吒接連幾天在洞內打坐，不吃不喝，人也憔悴消瘦了不少，白靈看在眼裡痛在心裡。

哪吒盤腿坐於蒲團之上，運功，臉色忽紅忽白，臉色難看的哪吒吐了一口血，白靈連忙上前去扶著他。

哪吒體虛，眼神無光，道：「我拚盡全力，功力只恢復到一成，沒有了頂上三花我就是個凡人，想要恢復到以前的功力太難了。」

「慢慢來，相信你一定可以，不要洩氣啊。」

白靈只能不斷地安慰。

哪吒起身，走到石壁前，一個勁兒把頭往石壁上撞擊。

「我真沒用，我真是個廢物，父王母后，孩兒救不了你們。」哪吒自暴自棄道。

他把額頭磕破了，鮮血流了出來，濺到石壁上，石壁的石屑開始脫落，一幅栩栩如生的壁畫出現在哪吒眼前。白靈也甚為吃驚，急忙湊上去看。

壁畫的內容大致是三教聖人大戰元魔老祖的畫面。那三教聖人披頭散髮，瀟灑飄逸，只見他口吐金蓮，手持靈珠子，驅動混元靈寶石，三寶合一得以消滅元魔老祖。

壁畫旁題了一首詩：

鴻蒙宇宙初開闢，諸聖群魔應劫臨。
三教聖人再現時，三寶合一萬魔盡。

白靈一頭霧水，道：「三太子，元魔老祖是誰？誰又是三教聖人？什麼又是三寶？」

哪吒沉吟半晌，道：「我聽我師父太乙真人說過，元魔老祖是魔的化身，本事不在我師祖元始天尊之下，當年我師祖元始天尊和元魔老祖打了個平手，是三教聖人將我闡教、西方教、截教三寶聚齊才消滅元魔老祖。三教聖人應劫而生，沒有說是誰，只有在關鍵時刻才能出現；至於說這三教至寶是什麼，我也不清楚。」

白靈對壁畫上的詩仔細揣摩，道：「從這首詩的意思來看，只有三教聖人出現，並聚齊三寶才能戰勝通天教主。我只知道截教門人異類眾多，當年截教弟子在下界助紂為虐，那通天教主擺下誅仙陣對付元始天尊和道德天尊，看來通天教主就是最大的魔頭。」

哪吒站在壁畫面前，徬徨無措時，那接引道人出現在哪吒的頭頂，金光照耀整個洞府，只見接引道人腳踏十二品蓮臺，手執念珠。

哪吒猛回頭，見是接引道人，連忙稽首道：「哪吒見過接引大師。」

接引道人搖了搖頭，嘆道：「哪吒，天庭發生的事情，我西方教已然知曉，但向來我西方教不管天庭之事，所以愛莫能助。況且那截教教主已經修成了魔功，只怕那元始天尊也非他對手，況且兩位天尊不在三界。如今我只能將本教鎮教之寶婆羅八部金蓮借你，助你恢復功力；那混元靈寶石是截教鎮教之寶，乃截教前教主道本天尊體內結石，應在碧遊宮，只有靠你自己去尋了；至於闡教至寶靈珠子在該出現的時候自然會出現。」

哪吒道：「接引大師，難道就任由通天教主逍遙法外嗎？三界內無人能打敗他嗎？那三界生靈豈不是永遠在黑暗之中。」

接引道人搖了搖頭，嘆道：「自古邪不勝正，魔頭遲早有滅亡的那一天。此乃三界劫數，這個重擔就在你的身上。」

「哪吒接住。」接引道人將掌心的婆羅八部金蓮給哪吒。

哪吒接住了金蓮，接引道人轉身就要走。

「大師，我師父呢？他在哪裡？」哪吒激動道。

「太乙真人被無當聖母和坎宮斗姆偷襲，被關押在碧遊宮。昆侖金仙均在自己的道場被偷襲。現在崑崙金仙中只剩下廣成子、道行天尊，慈航道人、普賢真人、文殊廣法天尊因早年投我西方教，所以免遭於難。楊戩也在崑崙山，崑崙山是闡教祖庭，截教暫時攻不上去。」接引道人嘆道。

接引道人飛走了，哪吒此刻心亂如麻。

他坐在了石階上，盯著手裡的婆羅八部金蓮，黯然神傷。

白靈道：「三太子，現在我們該怎麼辦？大羅金仙都被通天教主拿下，就憑我們，勢單力薄，能挽回局勢嗎？」

哪吒站起來，正義凜然道：「我是三界護法神，玉帝罹難，三界秩序遭到破壞，我責無旁貸。我要馬上恢復功力，然後再做打算。」

哪吒一口吞下婆羅八部金蓮，然後盤膝而坐，運功調息，哪吒的臉上出現了八種顏色，忽明忽暗，忽深忽淺，他的左右生出很多金色的蓮花，他的頭頂出現了神光。

哪吒緩緩睜開眼睛，站起來，激動地擁抱白靈道：「白靈，我恢復了頂上三花，功力全部恢復了，這西方教的鎮教之寶果然厲害。」

見哪吒功力恢復，白靈似乎比哪吒更高興，高興得手舞足蹈。

「三太子，那我們可以召集眾聖一起打入天宮了？」

哪吒搖了搖頭道：「現在玉帝和諸神都被通天教主收在他的混元無極寶光乾坤袋中，想必這袋子是他隨身攜帶的，我們要想救回眾聖，除了偷，就是打敗通天，否則別無他法。即便是我恢復了功力，我的法器都還在通天的手裡，根本不可能有什麼作為。我們不能在此待太久，以通天的法力定能找到我，我們要迅速轉移。」

白靈道：「那我們去哪兒？」

「哪裡都可以，但是不能在一個地方待太久，現在三界都在截教的掌控中，我們只有與他們周旋。」哪吒道。

這個晚上，哪吒做了很多噩夢，夢見太乙真人和李天王一家被通天教主綁在誅仙臺上，飽受雷劈火燒之苦。哪吒滿頭大汗，大喊大叫，驚醒了白靈。

白靈搖醒了哪吒，喊道：「三太子，你怎麼了？」

白靈扶哪吒坐了起來，哪吒坐在草墊上，滿頭大汗，恐懼道：「我夢見我師父，還有我父王、母后、大哥、二哥，他們被綁在誅仙臺上，忍受著雷劈火燒之刑，我都不知道他們怎麼樣了。」

白靈安慰道：「三太子，夢都是反的，李天王和素知天后他們，一定不會有事的。」

哪吒道：「我們在這裡多停留一刻，他們就要多一分危險。」

哪吒憂心忡忡地走出了金光洞。

白靈見哪吒如此消沉，她感到很痛心，喃喃自語道：「我打認識你以來，還從來沒有見你這樣過，我知道你的壓力太大了。」

白靈跟了出來。

哪吒站在洞外，望著漆黑一片的天空，繁星遍布周天，偶有流星劃過。見到有流星落下，哪吒感慨道：「又不知是哪位星君喪命。」

就在哪吒感慨時，夜空下太乙真人的元神出現了。

「哪吒。」

見太乙真人，哪吒激動地跪拜道：「師父，徒兒好想你啊。」

太乙真人道：「哪吒，為師現在被通天教主囚禁在碧遊宮，為師用僅存的一點功力，重塑元神，才能與你對話，師父必須長話短說。

哪吒你聽著，現在三界危難，你必須扛起拯救三界的重任，迎回玉帝，你只有練成新的法術，聚集三教鎮教之寶，才有可能打敗通天教主，奪回天宮。你還記得當年你在乾元山上練功的乾坤洞嗎？你只有去那裡練功，才能有突破……」

話說了一半，太乙真人就消失了。

「師父……」

白靈急道：「真人怎麼沒有把話說完就走了。」

哪吒道：「想必師父是耗盡了最後一點功力。白靈，走，我們去乾坤洞，你幫我護法，時間不多了。」

哪吒拽著白靈，朝乾坤洞的方向跑去。

天已經微微亮，哪吒和白靈舉著火把進入到乾坤洞。這洞十分隱祕，沒有人知道，裡面已經結滿了蜘蛛網，還有大量的蝙蝠從洞穴裡湧出。哪吒噴了一口三昧真火，將洞裡的蜘蛛網和蝙蝠燒了個乾乾淨淨，右臂一揮，洞內一塵不染。

哪吒坐在石凳之上，乾坤洞的石壁上，星羅棋布記載著闡教功法的口訣。

「三太子，這裡都是你們闡教的功法口訣，我一個小妖還是不看為好，我在洞外替你把門吧。」

白靈說罷，轉身朝洞外走去。

哪吒一把抓住白靈的手臂，道：「白靈，在我心裡你也是我最重要的人，你就是我的親人，我從來沒有把你當作外人。如果這次不是你，可能我都沒有信心活下去，更不可能來到這乾元山，我得感謝你。如今三界有難，你就留在洞內與我一同參詳這些口訣吧，如果你能練成闡教的功法，他日攻打碧遊宮，你也能助我一臂之力，我也少了一份擔憂不是？」

白靈被哪吒的一番話感動了，含情脈脈地看著哪吒。

哪吒對著洞內吹了一口氣，乾坤洞裡的油燈都燃起來了，將山洞照得通明。

哪吒丟了白靈和自己手裡的火把，將白靈拉到寫滿文字的石壁前。

白靈面對哪吒含情脈脈道：「三太子，在白靈心裡，你也是白靈最重要的人，你兩次救了白靈性命，現在又給機會讓白靈學闡教的功法，白靈不知道該說什麼好！」

「白靈，你我之間就不要這麼客氣了，快參悟口訣吧，時間不多了。」

哪吒說罷，盤腿而坐，全神貫注地注視石壁上的文字，字跡分明寫著，「元氣之始，無宗無上。萬法之宗，謂之大道。眾玄之門，玄之又玄。大道無常，歸元合一。陰陽之氣，抱殘守缺……」

白靈見哪吒氣定神閒，十分欣慰，也盤腿坐了下來。

天大亮，陽光照進洞內，洞外的鳥兒嘰嘰喳喳，吵醒了睏倦的白靈，她睜開眼睛，見身邊的哪吒已經不見了。

白靈迅速地起身，朝洞外走去，喊道：「三太子……」

哪吒正站在乾坤洞外面的巨石上，展開雙臂，擁抱陽光，做了一個深呼吸。

哪吒回頭面對白靈微笑道：「白靈，妳醒了？」

「三太子，你沒事吧？」白靈仍然一副擔憂的樣子道。

哪吒欣喜道：「我神功已經練成，是我喪失功力前的十倍。想來這西方教的鎮教之寶果然厲害，我吞食以後，練什麼都快，怪不得當年西方大鵬金翅鳥就是吞下此物將我打敗。」

突然，山中衝出來一條巨蟒，正在追趕一隻山兔。那巨蟒已經成精，行動快如閃電，尾巴一掃，巨石被擊得粉碎，山體頓時轟然倒塌。眼看著巨蟒正要一口吞下山兔。

哪吒發出一掌，將巨蟒震碎，地上全是蛇皮和血肉，草地和樹葉上都是血跡，兔子鑽進石縫逃走了。

白靈大吃一驚，瞠目結舌，雙手捂住了嘴巴。

「三太子，這蛇妖怕是有千年道行，你竟然一掌就滅了牠，白靈從修成人形以來，聞所未聞。三太子，你又救了我的同類。」

哪吒滿心期待道：「白靈，妳認為我此刻功力能否打敗通天教主？」

白靈道：「白靈以為，以三太子此刻的功力，就是通天教主四大弟子聯手，也不一定能打贏你。三太子不依靠乾坤圈和火尖槍，也能發揮威力，如果再聚齊三教三寶，定能消滅通天教主。」

「白靈，我們先去崑崙山，找我師叔伯，商量如何奪回天宮！」

哪吒和白靈駕雲往崑崙山飛去，轉瞬即逝，速度直追風火輪。

第三十章 碧遊宮決戰

崑崙山上正在交兵，魔界大聖狻猊，在趙公明、三霄姐妹、無當聖母、坎宮斗姆等截教諸聖帶領下，率領魔兵正在攻打玉虛宮。昆侖山玉虛宮被紫氣籠罩，設有結界，魔兵攻不進去。廣成子、道行天尊、楊戩等闡教諸神各顯神通，正拚死抵抗。雖然普賢真人、文殊廣法天尊、慈航道人早已脫離闡教，歸了西方教，但闡教祖庭崑崙山畢竟是他們的母家，知崑崙山有難，三聖紛紛前往助陣，西方教由此也捲進來。

闡教弟子與截教弟子打得不可開交，昏天暗地，風起雲湧，戰火引發崑崙山森林大火，生靈塗炭。

「三太子，玉虛宮那邊正在交戰，情況很不樂觀，你看那邊已經燒起來了。」白靈站在雲端，指著正在燃燒的森林，面對哪吒激動道。

哪吒憤怒道：「這群妖魔趁我師祖不在攻打玉虛宮，好不要臉，好好的玉虛宮被他們攪得烏煙瘴氣。白靈與我一道助陣。」

哪吒和白靈飛往玉虛宮。廣成子與道行天尊正在對戰趙公明，楊戩大戰狻猊，普賢真人、文殊廣法天尊、慈航道人分別對戰三霄姐妹、無當聖母、坎宮斗姆，戰鬥慘烈，不分勝負。

「諸位師叔伯，哪吒來了。」哪吒喊道。

楊戩見哪吒，欣喜若狂，回頭喊道：「哪吒，你功力恢復了？」

楊戩心情大好，全身充滿了力量，一鼓作氣，一掌打在了狻猊的胸口，並開了天眼，令狻猊顯出了原形，獅頭龍身。狻猊的吼叫聲令楊戩和眾聖心煩意亂，楊戩搖起三尖兩刃刀，斷了狻猊的中路，將狻猊劈成了兩段，一聲龍叫，狻猊掉下了山崖。楊戩尖刀一揮，大批魔兵傷亡，見狻猊已死，殘餘魔兵紛紛朝四周圍逃竄。

哪吒口吐三昧真火將這些魔兵全部燒死，魔兵們痛不欲生，在雲端打滾，如天降大火，紛紛落在了山裡，慘叫聲劃破天穹。

楊戩收起武器，跑到哪吒面前，拍著他的肩膀，欣喜道：「哪吒你的法力恢復了？」

「嗯，我吞了西方教的鎮教之寶婆羅八部金蓮，功力恢復了，我還練成了新的法術。楊戩大哥，現在不是敘舊的時候，等我把截教眾聖打退了，我們再從長計議。」

沒等楊戩開口，哪吒就擋在趙公明前面，將婆羅八部金蓮吐出來，運功提氣，將功力集於掌心，並催動婆羅八部金蓮，金蓮釋放萬道金光，射得趙公明睜不開眼，哪吒一掌將趙公明打翻在地，趙公明噴了一口血。

闡教和截教眾聖皆瞠目結舌，大吃一驚。三霄姐妹見師兄趙公明受傷倒地，忙於應付，走了神，被慈航道人擊中天靈蓋，敗了下來。

正在與普賢真人對戰的無當聖母，見能征善戰的趙公明被哪吒打敗，信心大減，分心時被普賢真人的吳鉤劍傷了鎖骨。

「快走。」趙公明對截教眾聖喊道。

三霄姐妹扶著受傷的趙公明，與無當聖母等人幻化而去。

闡教眾聖見威脅已消，收了各自法器，朝哪吒走來。

哪吒面對闡教眾聖，作揖道：「哪吒見過諸位師叔伯。」

廣成子欣慰道：「如果不是哪吒及時趕到，我們的崑崙祖庭怕是要遭殃了。哪吒，你不是被通天教主廢了頂上三花嗎？現在怎麼變得這麼厲害？」

哪吒將白靈拉到廣成子及眾聖面前，笑著道：「諸位師叔伯，這次全靠白靈，如果不是她在我身邊照顧我、鼓勵我，我可能連凡人都做不下去，在凡間我終於體會到什麼是虎落平陽被犬欺，凡人有多難。白靈送我去乾元山金光洞，是西方教的接引大師將西方教至寶婆羅八部金蓮借給我，才助我恢復功力，哪吒現在還練成了新的法力。

接引大師說，只有三教聖人出現，聚齊三教至寶才能消滅通天教主，如今靈珠子和截教的混元靈寶石還不知藏在什麼地方，唉。」

道行天尊感嘆道：「你能恢復功力就好。我知道白靈，上次擅闖天庭，你還替她捱了棍子。雖為兔妖，但也不失為義仙，有你在哪吒身旁幫助他，相信我們一定可以打敗通天，迎回玉帝。」

白靈面對眾聖施了萬福禮，道：「白靈見過諸位大仙。」

哪吒面對西方三聖文殊廣法天尊、普賢真人、慈航道人問道：「慈航師姑、普賢和文殊兩位師叔，你們不是歸了西方教了嗎？西方教不干預天界之事，怎麼今日也來了昆侖？」

慈航道人道：「哪吒，通天占了三界，三界將進入黑暗統治，如今已不是闡教和截教之間的恩怨了，這關乎三界安危；再則我們出自崑崙，這裡是我闡教祖庭，元始天尊是我等的師尊，雖然改投別教，但闡教有難，我等豈能袖手旁觀！」

「唉。看來我們得抓緊了。」哪吒搖了搖頭。

「哪吒，我來了。」

哪吒聽到一個熟悉的聲音，猛一回頭，見是慈航道人身邊的善財龍女敖盈。

看到敖盈，哪吒激動道：「敖盈，你怎麼來了？」

慈航道人對敖盈道：「你不在珞珈山道場看守門戶，來這裡幹什麼？」

敖盈道：「尊者，三界都不保，珞珈山如何保得住？如果真的有截教妖邪冒犯，敖盈也是寡不敵眾，還不如與尊者和三太子一道，抵抗截教。」

哪吒面對敖盈激動道：「你來了就太好了，我們的力量又增加了。」

廣成子道：「哪吒，諸位，我們還是進入玉虛宮裡去謀劃，看看怎樣奪回天宮，救回眾聖。」

眾聖朝玉虛宮裡走去，此時的玉虛宮已不復往日光耀，死氣沉沉，硝煙瀰漫。

哪吒隨眾聖走進大殿，他四處張望，眾聖盤腿坐於蒲團之上。

廣成子面對眾聖道：「接下來該怎麼辦？眾神都議議吧。」

哪吒道：「我聽師父說過，當年是三教聖人聚齊了三教的鎮教之寶才消滅了元魔老祖，如今接引大師也是這樣說，到底誰才是三教聖人？闡教和截教之寶又在哪裡？」

哪吒一臉困惑地看著眾聖。

文殊廣法天尊道：「哪吒，三教聖人是應劫而生，該他出現時他才會出現。截教至寶混元靈寶石想必通天教主是放在身上的，他向來謹慎，肯定不會放在碧遊宮或者其他地方，無論是偷還是奪，都不容易，只有看天意了。靈珠子是我闡教至寶，三教聖人出現時，它也會出現，一切都要看機緣。」

慈航道人面對廣成子道：「師尊不在，崑崙群龍無首，只有靠廣成子師兄主持全域性了。」

廣成子道：「我們幾個聯手也打不過截教四大弟子，哪吒一人就將他們擊退，對於我們是如虎添翼。哪吒現在的法力比之前更強了，即便沒有了風火輪和火尖槍，倒也不失英雄本色。三教聖人沒有出現，混元靈寶石下落不明，就我們目前的法力要與師尊齊名的通天教主抗衡，還是很吃力的。」

道行天尊道：「我們要想辦法，把太乙真人、玉鼎真人及崑崙眾聖從碧遊宮救出來，眾聖恢復法力後，聯手打上凌霄寶殿，才能多幾分把握。」

哪吒道：「通天教主讓魔界大聖狻猊管理冥界，狻猊被楊戩大哥斬殺，通天教主斷了一臂；四海龍王被申公豹控制，如果能勸服公豹師叔回頭是岸，四海龍王也會是我們的幫手。」

廣成子氣憤道：「這個申公豹，真不知道他是怎麼想的，當年悖逆師尊助紂為虐，現在封神了又跟著通天教主反天，豈有此理！」

「申公豹就交給我吧，解鈴還需繫鈴人，這是我與他的恩怨。」

眾聖回頭，見是姜子牙，個個笑顏逐開。

「姜子牙給各位師兄見禮了，聞闡教有難，子牙特來助陣。」姜子牙面對眾聖作揖道。

見姜子牙，哪吒和楊戩激動不已，異口同聲喊道：「姜師叔。」

「姜師叔，哪吒好想你啊！」哪吒激動得手舞足蹈。

姜子牙刮了刮哪吒鼻梁，調侃道：「你這混小子，想姜師叔也不來看我，果然當了護法天神忙了！」

「姜師叔，哪吒經常和師父還有父王母后念叨你呢。」哪吒撒嬌道。

楊戩則是一本正經地站在姜子牙面前。

姜子牙拍了拍楊戩的肩膀，欣慰道：「不錯，能一舉殺死魔王狻猊，楊戩你的功力又進步了，師叔很欣慰。」

「多謝師叔。」楊戩鄭重其事道。

廣成子道：「子牙師弟來了，我們力量就又增強了。」

道行天尊走到姜子牙面前，感慨道：「眾人皆被封神，就連惡貫滿盈的費仲、尤渾都封了神，唯獨子牙未封，師尊常說子牙封神不合時宜，子牙你恨嗎？」

姜子牙搖了搖頭，道：「子牙乃周朝開國元勛，被周天子封為齊侯，我齊國最終雖為田氏所代，我姜尚這一脈享國也有六百多年。子牙肉身死後，雖未得封神，但元始天尊賜我三界散仙，享受天庭俸祿，也不用到玉虛宮拜見，師尊對子牙的這份情義，勝過虛無的神職。」

普賢真人道：「子牙師弟的心胸比天高比地闊，你能如此想再好不過。」

姜子牙向哪吒欣慰道：「哪吒，三界天崩地裂，你的父王和母后都還在通天教主手裡，你還能如此談笑自如，你比封神前更可堪大任！你得到了西方教的婆羅八部金蓮，神功大成，迎回玉帝，奪回三界，你責任重大啊。」

聽姜子牙如此讚揚哪吒，白靈心裡美滋滋的，對哪吒的蛻變感到欣慰。慈航道人身邊的善財龍女敖盈也含情脈脈地看著哪吒。

廣成子道：「師尊不在，我是崑崙山的大師兄，那我就來帶這個頭，關於營救眾聖和奪回天宮之事，諸神有何高見啊？」

姜子牙道：「申公豹交給我，等我降了申公豹，再帶領四海龍王上天助戰。」

慈航道人道：「如果眾神真的被關押在碧遊宮，想必通天教主此刻已經在碧遊宮布下了天羅地網，我等貿然前往，無疑是自投羅網。」

道行天尊道：「慈航所言極是。」

哪吒道：「那我們就來一個聲東擊西，我們放出風去，佯裝攻打天庭，實際上集中精力偷襲碧遊宮。」

廣成子道：「只怕通天教主沒有那麼容易上當。」

眾神一籌莫展。

白靈道：「眾神肯定被通天教主封了法力，即使找到了他們，也很難將他們帶出碧遊宮。」

姜子牙看了看白靈，問道：「這位是？」

哪吒道：「姜師叔，她叫白靈。」

「哦，我知道，你們兩個的事情早已傳遍三界。」姜子牙道。

文殊廣法天尊道：「如果真的要去碧遊宮，就一定要找一個熟悉碧遊宮的人帶路，可是難啊。」

就在大家一籌莫展、唉聲嘆氣的時候，手持拂塵、腰懸寶劍的多寶道人和陸壓道人出現了。

多寶道人走進玉虛宮，正義凜然道：「通天教主逆天，貧道只有大義滅親。貧道願助諸位一臂之力。」

陸壓道人道：「還有我，我也來助諸位一臂之力。」

眾神見兩位道人到來，連忙起身作揖相迎。

廣成子道：「能得兩位大仙相助，碧遊宮可破，多寶道兄出自截教，對碧遊宮內部的情況再熟悉不過。我們就聲東擊西，佯裝攻打天庭，救出眾聖，再一起打上天庭。」

眾神表示同意。

憂心忡忡的敖盈向慈航道人道：「尊者，我願與姜丞相一道去東海，我擔心父王出事。」

「去吧。」慈航道人點了點頭道。

敖盈來到姜子牙面前。姜子牙向廣成子道：「師兄，子牙先和敖盈去東海，等我解決了申公豹，再讓龍王率領海龍兵一起上天助戰。」

廣成子道：「千萬要小心。」

姜子牙和敖盈一起出了玉虛宮。

通天教主正在碧遊宮入定，趙公明、三霄姐妹、無當聖母、坎宮斗姆負傷推開了殿門，他們相互攙扶，狼狽不堪，來到了通天教主的面前。

眾弟子跪在了通天教主面前，異口同聲道：「師尊，弟子無能，未能攻破玉虛宮，請師尊降罪。」

通天教主睜開眼睛，見眾弟子受傷，吃驚道：「你們都是大羅神仙，尤其是你公明，你是本座所有弟子中法力最強的，當年在伐周路上，你曾力挫群雄，怎麼受傷的？」

瓊霄道：「師尊，萬萬沒想到啊，我們都是被同一個人打傷的，這個人曾經的法力比起崑崙十二金仙差遠了，沒想到我們竟然傷在小輩的手裡。」

通天教主疑惑道：「你說的是誰？」

「是哪吒。師尊你萬萬想不到吧，他已經被師尊廢了頂上三花，沒想到他現在的功力更厲害了。」趙公明匪夷所思道。

無當聖母憂慮道：「師尊，魔界大聖狻猊也被楊戩誅殺了，我們又斷了一臂，現在冥界沒有管事的了。」

通天教主難以置通道：「被我廢掉頂上三花的神仙，不可能再恢復功力，更不可能這麼厲害，待我聽察三界。」

通天教主閉上眼睛，崑崙山上的場面都出現在他的眼前。

通天教主睜開眼睛，憤怒道：「是接引把西方教的鎮教之寶婆羅八部金蓮借給了哪吒，才使他恢復了功力。西方教向來不管我天界之事，真是豈有此理！」

坎宮斗姆道：「師父，我們幾個都身受重傷，如果此時崑崙眾聖群起圍攻我碧遊宮，我們該當如何？」

通天教主道：「接引想利用三教至寶對付我，如果沒有三教聖人出現，即使有了三寶，也奈何不了我！我截教至寶混元靈寶石在我的身上，他們妄想。」

趙公明道：「師尊，當年三教聖人用三教至寶消滅了元魔老祖，我們不能掉以輕心啊。」

「三教聖人真的那麼厲害？」碧霄道。

通天教主心有餘悸道：「三教聖人加上三教至寶，可以毀天滅地，三界內諸神諸魔無人能敵。三教聖人只會在關鍵時候出現，至於他什麼時候出現，三教聖人是誰，本座也無從知曉。三教聖人的身上凝聚著闡教、截教、西方教的全部精髓大道。」

眾弟子聽得心驚膽寒。

就在弟子們低頭不語的時候，通天教主卻顯出一副輕鬆的樣子，笑道：「也沒什麼可怕的，誰說三教聖人就是衝我來的？本座與元始天尊、道德天尊都是道的化身，宇宙的根本，誰規定他元始天尊的闡教才是正統！現在天神們都在本座手裡，誰笑到最後還不一定。」

東海岸邊，東海分水將軍廟的上空，持寶劍的申公豹正在與手無寸鐵的姜子牙展開大戰。申公豹祭出開天珠，開天珠威力驚人，像一顆顆雷彈，珠子劃過空中如一道道閃電，姜子牙手無寸鐵，避之不及，在空中翻跟頭，申公豹馭劍直指姜子牙胸膛，姜子牙用了一招轉移大法，避其鋒芒。

申公豹得意揚揚道：「師兄，當年你仰仗師尊賜給你的打神鞭和《封神榜》在下界所向披靡，如果諸神歸位，你手裡沒有了打神鞭，你還能是我對手？」

申公豹將開天珠丟擲去，開天珠一分為二，二分為三，如下彈雨一般，鋪天蓋地打向姜子牙，隨即申公豹揮劍刺了過去。姜子牙脫下袍子，袍子將珠子擋住，姜子牙如金蟬脫殼，方才逃脫。申公豹刺穿的只是一件袍子。

申公豹譏諷道：「師兄，打神鞭在你手上，你尚且不是我對手，如今沒了打神鞭，你就更不是我的對手，我勸你還是投降吧！」

姜子牙提氣運功，念道：「大道無形，莫能與爭……」

姜子牙身上孕育出一股強大的氣，這氣讓申公豹不寒而慄。姜子牙雙掌推出，打中申公豹，申公豹用寶劍格擋，寶劍隨之震碎，申公豹手裡只剩下劍柄。申公豹身負重傷從雲端落下，掉到了廟宇前，將軍廟的水兵一擁而上，想刀劈斧砍姜子牙，姜子牙右手一揮，將士們倒了一地。

面對身負重傷的申公豹，姜子牙蹲了下來道：「師弟，你認輸嗎？」

申公豹連連搖頭道：「這不可能，你明明打不過我的，你沒有了打神鞭，應該任人宰割的，怎麼會？」

姜子牙嘆道：「只因你不修德行，心浮氣躁，在下界助紂為虐，與正義之師為敵，如今你又幫助通天教主反天，你對得起師尊嗎？」

申公豹一副桀驁不馴的樣子，道：「姜子牙，你殺了我吧，我不想再受你的侮辱！」

「那好，我現在就成全你，讓你連神也做不成，最好是灰飛煙滅。」

姜子牙舉起右手，正要一掌拍向申公豹的天靈蓋。

申公豹驚出一身汗，閉上眼睛，喊道：「不要……」

一連幾個不要，讓姜子牙忍俊不禁，道：「看來你還是不想就這樣灰飛煙滅嘛。」

姜子牙坐了下來，面對申公豹道：「師弟，我知道你為什麼恨我，一恨恨了幾百年，無非是你覺得師尊偏心，沒有把封神大任交給你，所以你才在下界助紂為虐，幫助商朝對付義軍，你恨師尊將法力都傳給了我，讓我下界完成封神大業。這些都讓你不滿，你覺得子牙是個凡人。其實，崑崙十二金仙法力都比子牙厲害，正因為子牙是凡人，只有凡人才最合適完成封神大業，神仙是不能直接和凡人打交道的。當年我曾向師尊推薦過你，讓你完成封神大業，你知道師尊怎麼說的嗎？他說所有弟子中，他最痛心的就是師弟，師弟剛到崑崙山時，乾淨得像一碗清水，可如今師弟雜念太多，私欲太多，爭強好勝，師尊最終未能採納子牙建言。儘管你助紂為虐，但是封神榜上還有你的神位，可師兄我呢，功勞最大，如今還沒有任何名分地飄蕩在三界，我說什麼了嗎？師弟啊，你要多體諒師尊的難處！如今三界有難，闡教有難，我們應該團結起來，共同抵禦截教啊。」

申公豹道：「師兄，師尊真的那樣說的？」

「是呀，這叫愛之深責之切，在師尊心裡你仍然是他最重要的弟子。你可不能越走越遠啊。」

申公豹似有悔意，道：「我可能真的錯了吧……我知道我罪孽深重，手上沾滿了血腥，現在還能僭居神位，我愧對師尊。」

姜子牙道：「師尊和道德天尊都不在，闡教由廣成子師兄主持，眾神列將正往碧遊宮討伐通天教主，如今截教勢大，我們還是率領海龍兵去碧遊宮助陣吧。」

申公豹被姜子牙感化了，眼冒淚花，道：「師兄，對不起，我做了幾百年的罪人，我不配為崑崙弟子，我現在就隨你們去攻打碧遊宮，以贖我的罪過。」

姜子牙道：「我們先去東海龍宮，把四海龍王召集起來，再從長計議。」

姜子牙運氣為申公豹療傷。

通天教主正在與趙公明、三霄姐妹等訓話，那凌霄寶殿四聖大元帥九龍島四聖衝進大殿。四聖心急如焚，氣喘吁吁，異口同聲喊道：「教主，不好了，闡教大批神仙正在攻打天宮。」

通天教主道：「都是什麼人？」

「廣成子、道行天尊、姜子牙、申公豹，還有大批海龍兵，正在與天兵天將交戰。」王魔急道。

「走，召集碧遊宮人馬，趕往天宮。」

通天教主起身朝殿外走去，趙公明等人身負重傷，不能前行。

「你們在此養傷，看好門戶。」通天教主回頭道。

碧遊宮大批門人隨通天教主往天上飛去。

此時，多寶道人帶領哪吒、楊戩、文殊廣法天尊、慈航道人、普賢真人、白靈、陸壓道人等已經來到了碧遊宮。

闡教和西方教諸神停留在碧遊宮上空雲端之上。

哪吒俯瞰碧遊宮，震撼道：「我還是第一次來到碧遊宮，想不到這碧遊宮竟如此壯觀！」

多寶道人道：「通天教主畢竟是我的師尊，我不想與之為敵，我只想幫助大家救出諸位天神和闡教眾聖。你們都聽我說，我們得抓緊，聲東擊西之計肯定會被教主發覺的，我們得趕緊救出眾聖。碧遊宮有九宮三十八殿，八百零一間屋，我們不可能一間間找，到處都是機關；但碧遊宮有一間密室，這間密室是專門關押神仙的地方，任何大羅神仙到了那裡，都使不出一點法力，更不要說逃出來。」

普賢真人問多寶道人道：「大仙也不知道密室在何處嗎？」

多寶道人搖了搖頭，嘆道：「儘管我是師尊的大弟子，但也不知道密室在什麼地方，這個地方不僅是師尊囚禁大羅神仙的地方，也是師尊祕密練功的地方，除了師尊，無人知曉。」

哪吒急道：「天呀，時間不多了，也不知道我父王母后還有玉帝他們怎麼樣了，急死人了。」

眾神束手無策，焦急如熱鍋上的螞蟻。

哪吒道：「我與母后心靈相通，雖然密室裡她們無法施展法力，我們母子連心，只有靠我的念力一試。」

哪吒盤腿而坐，雙目緊閉，大施法術，集中精力，念道：「母后，你們在哪裡……」

密室裡的素知聖母天后和天界諸神體力全無，正在密室裡打坐養神，殷夫人聽到了哪吒的聲音。她憑著意念，回道：「哪吒，我們被通天教主關在上清殿下面的密室裡，你的父王，兩個哥哥，還有玉帝和諸神都在。」

哪吒站起來，面對眾神，激動道：「師叔，我已經找到他們了，他們被關在上清殿下面。」

「上清殿我知道，你們跟我來。」

多寶道人帶領諸神趕往上清殿。上清殿空無一人，主要兵力都隨通天教主上天助陣去了，只有兩名守殿的神將，多寶道人大袖一揮，二將便昏死過去。

哪吒衝進殿內，大喊道：「父王、母后、玉帝，你們在哪兒？」

「哪吒……我們在下面。」殷夫人的聲音傳上來。

哪吒俯身敲了敲地板，下面是空的。

「他們在下面。」哪吒激動道。

多寶道人道：「這密室有機關，只有師尊才能打開。」

楊戩道：「真是麻煩，等通天教主回來，我們大家都逃不了。」

楊戩舉起三尖兩刃刀砍地磚，卻被反彈回來。

「沒用的，師尊也是萬神之祖，他的機關，誰能破！」多寶道人嘆道。

哪吒心急如焚，靈光乍現道：「西方教的鎮教之寶婆羅八部金蓮還在我手裡，我不妨用它試試，看看能不能打開。」

哪吒取出金蓮，用法力驅使金蓮，金光萬道，密室大門大開，眾神欣喜若狂。

哪吒和諸神走進了密室，見諸天神坐在地上，四肢無力，哪吒、白靈、楊戩、陸壓道人等前去攙扶他們。

楊戩將玉帝扶起來，道：「舅舅，讓你們受苦了。」

玉帝自我安慰道：「這也是劫數。」

哪吒見到殷夫人和李靖父王還有二位哥哥，骨肉分離讓他淚流滿面，一家人抱作一團痛哭。

玉帝道：「哪吒，現在還不是難過的時候，我們現在法力被封，體力全無，首先要迅速離開這裡，如果等通天教主回來，我們一個也走不了。」

陸壓道人道：「玉帝所言極是，大家還是快走吧。」

眾神如開了閘的洪水，湧出了密室，往殿外逃去。

夜間，上清殿的巨大動靜，引來了留守碧遊宮的趙公明他們，眾截教門人正好與眾神撞上。

趙公明見隊伍中的多寶道人，憤怒道：「多寶師兄，你竟敢背叛師父？」

多寶道人道：「師弟，玉帝在此，你要回頭是岸。」

玉帝道：「趙卿，你雖為截教中人，但元始天尊依然封你為玄壇真君，你可不能糊塗，只要你放了寡人，寡人既往不咎。」

瓊霄在趙公明身邊點火，道：「師兄，師命難違，如果讓他們逃離，我截教就將面臨滅頂之災。」

「是呀，不能放過他們。」無當聖母和坎宮斗姆異口同聲道。

幾大弟子一擁而上，那陸壓道人連發數掌，將本來有傷的幾大弟子打得爬不起來。

就快到天宮，通天教主猛一回頭，向截教門人道：「不好，我們中計了，他們去打碧遊宮了，玉帝被他們帶出來了。」

通天教主帶著眾弟子往回趕。

玉帝和諸位天神剛走出碧遊宮，就遇上了通天教主。

通天教主大笑道：「好一齣聲東擊西之計！你們是自己進去呢，還是本座請你們進去？」

玉帝道：「通天教主，你也是萬神之祖，我等也只不過是你的後生晚輩，你截教門人如今遍布三界，在天界為臣為神的不計其數，你為何非要一統三界呢？」

通天教主冷笑道：「本座就是嚥不下這口氣，憑什麼主持天界的就是他元始天尊？他與道德天尊將我封印，這口氣本座嚥不下去！少說廢話，快回密室。」

天界眾神被通天教主封了法力，面對通天教主的囂張，眾神無可奈何，只能眼巴巴看著。

哪吒施展大法，振臂高呼道：「青鸞火鳳，你們的主人回來了，此時不出來更待何時？」

青鸞、火鳳從碧遊宮飛了出來，化作風火輪，哪吒腳踏風火輪，火尖槍、乾坤圈、混天綾、陰陽劍，還有九龍神火罩相繼從碧遊宮飛來，環繞哪吒左右。

陸壓道人、哪吒、楊戩、文殊廣法天尊、普賢真人、慈航道人各持法器將通天教主圍了起來。

楊戩持三尖兩刃刀朝通天教主劈了過去，通天教主手臂一揮，楊戩就被甩了老遠，摔在宮殿的大柱上，吐了一口血。

陸壓道人丟擲飛刀，那飛刀衍生出刀雨射向通天教主，通天教主設下金鐘罩，飛刀瞬間成了粉末。陸壓道人以寶劍刺向通天教主，通天教主以拂塵打落他的寶劍，並用拂塵打中陸壓天靈蓋，陸壓倒下。

慈航道人、普賢真人、文殊廣法天尊與匆匆趕來助陣的廣成子、道行天尊，全部敗下陣來。截教門人和闡教門人以及西方教眾聖廝殺在一起，碧遊宮血雨腥風。

哪吒搖起火尖槍，蹬上風火輪，與通天教主展開周旋。哪吒練成了新的法術，加上吞食婆羅八部金蓮，神力驚人，用火尖槍攻了通天教主幾個回合，通天教主以拂塵和哪吒在空中打鬥。哪吒使出三頭八臂，用火尖槍攻通天教主上三路，三頭同時噴出三昧真火，用乾坤圈攻通天教主下三路，通天教主避之不及。

眾神紛紛觀戰，趕來的姜子牙道：「想不到哪吒封神以後這麼厲害，能與通天教主打成平手。」

戰鬥愈演愈烈，雙方的戰鬥力都發揮到了極致，但通天教主的功力依然高出哪吒一頭，哪吒被通天教主的拂塵打下來，火尖槍被擊落，重重摔倒在地上。

通天教主迎頭痛擊，窮追猛打，從空中落下，舉起拂塵正要打向哪吒，李靖夫婦大驚失色，廝殺中的白靈撲上去擋在哪吒身上，白靈中招，被拂塵打中，口吐鮮血，血濺到了哪吒的臉上。

「三太子，你兩次救了我的性命，這次該輪到我救你了。」白靈暴斃而亡。

哪吒悲痛欲絕，喊道：「白靈！」

哪吒站了起來，擦了擦臉上的血，撕心裂肺的叫喊聲撕破夜空。

突然他眼運金光，頭頂出現了神光，天上電閃雷鳴，他吐出婆羅八部金蓮，通天教主身上的混元靈寶石從他的體內鑽出來。哪吒盤腿席地而坐，那混元靈寶石圍繞婆羅八部金蓮旋轉，越轉越快，兩件至寶逐漸融為一體，成了一顆金丹。哪吒的體內出現一顆白色的珠子，一珠一丹釋放能量，灌注到通天教主身上，通天教主招抵不上，逐漸膨脹，隨之爆炸。

通天教主已死，截教門人亂作一團，趙公明等幾大弟子目瞪口呆，瞠目結舌。

通天教主一死，諸天神法力瞬間恢復，神光護體。

玉帝道：「將截教一干叛逆押往天庭，聽候處理。」

眾神各顯神通，往天庭飛去。

木吒和金吒連忙跑向哪吒，異口同聲道：「三弟，你沒事吧？」

哪吒收了神通，站了起來，一副六神無主的樣子，失魂落魄地看著白靈的屍體。

李靖夫婦朝哪吒走了過去，李靖驚訝道：「想不到我兒竟然是三教聖人！消滅了通天教主，以後三界算是安寧了，可是我李家從此與截教結怨。」

殷夫人握住李靖的手，寬慰道：「我們是一家人，任何時候我們都在一起，天塌地陷我們一起承擔。」

哪吒抱起白靈的屍體，痛哭道：「白靈……」

哪吒久久不能釋懷。太乙真人走到哪吒面前，道：「哪吒，這是劫數，為師知道你與白靈情深義重，但你不可就此消沉，截教餘毒尚未完全清除！」

哪吒抱著白靈走了。

玉帝坐在凌霄寶殿上，接受群臣跪拜，截教跟著通天教主反叛的門人被押往凌霄寶殿。

太白金星奏道：「玉帝，玄壇真君、三霄娘娘、二十八星宿、九曜星、火德星君、九龍島四聖，他們都是跟著通天教主叛逆的截教門人，該當何罪？」

趙公明道：「陛下，我們謀反，死有餘辜，通天教主是我等師尊，師命難違，如今我等失敗，陛下要殺要剮，悉聽尊便。」

玉帝震怒道：「君就是君，臣就是臣，是君命大，還是師命大？謀反大罪，寡人如果不懲罰你們，不能正天規，就不能統領三界，來人呀……」

關鍵時刻，元始天尊和道德天尊回來了，他們立於雲輦之上。

「玉帝。」元始天尊道。

眾神連忙跪拜，玉帝從寶座上走下來，面對二位天尊作揖道：「見過二位天尊。」

元始天尊道：「玉帝，三界正是用人之際，不可輕言責罰。他們也是受了通天教主的蠱惑，才迷了心性，如今通天教主已滅，就讓他們將功補過吧！」

「遵法旨。」玉帝道。

截教門人異口同聲道：「謝天尊。」

碧霄站起來，向玉帝和元始天尊叫囂道：「哪吒殺我師尊，這個仇我一定要報！」

元始天尊搖了搖頭，道：「真是有其師，必有其徒，這碧霄還是讓我帶回玉虛宮好好管教吧。」

元始天尊施展法術，將碧霄裝進了他的袖筒裡，便和道德天尊幻化而去。玉帝回到了寶座上，面對眾神道：「你們都起來吧，只要你們從此為寡人盡忠，護佑三界安寧，以前的事情寡人不再追究。」

諸神站了起來。

「傳哪吒。」玉帝道。

少時，哪吒走上殿來，一副心不在焉的樣子，李靖夫婦看到也深感痛心。

「哪吒拜見玉帝。」哪吒跪拜道。

玉帝大悅道：「哪吒，你是此次消滅通天教主最大的功臣，不愧為我天界護法神，你要什麼賞賜儘管說吧。」

哪吒起身，黯然神傷，不能釋懷，道：「哪吒不要賞賜，哪吒只有一個小小的要求，賜給白靈一個神位，否則她將三魂七魄離體，灰飛煙滅。白靈幫了哪吒很多，如果她不能成仙，我對不起她。」

諸神對此深感同情。玉帝感慨道：「你二人深情厚誼，感天動地！傳旨，冊封兔仙白靈為白靈護法元君，道場岐山。」

白靈的魂魄來到凌霄寶殿，三魂七魄重新聚在一起，玉帝旨意下，立刻恢復金身，與哪吒相擁在一起。諸神稱好，玉帝對此深感欣慰。

封神演義之哪吒新傳——戰魂歸位，逆命定三界

作　　者：代言
發 行 人：黃振庭
出 版 者：複刻文化事業有限公司
發 行 者：崧燁文化事業有限公司
E-mail：sonbookservice@gmail.com
粉 絲 頁：https://www.facebook.com/sonbookss/
網　　址：https://sonbook.net/
地　　址：台北市中正區重慶南路一段61號8樓
8F., No.61, Sec. 1, Chongqing S. Rd., Zhongzheng Dist., Taipei City 100, Taiwan
電　　話：(02)2370-3310
傳　　真：(02)2388-1990
印　　刷：京峯數位服務有限公司
律師顧問：廣華律師事務所 張珮琦律師

定　　價：375 元
發行日期：2025 年 04 月第一版
◎本書以 POD 印製

國家圖書館出版品預行編目資料

封神演義之哪吒新傳——戰魂歸位，逆命定三界 / 代言 著. -- 第一版. -- 臺北市：複刻文化事業有限公司, 2025.04
面；　公分
POD 版
ISBN
POD 版
ISBN 978-626-428-096-9(平裝)
857.44　　　114004218

電子書購買

爽讀 APP

臉書